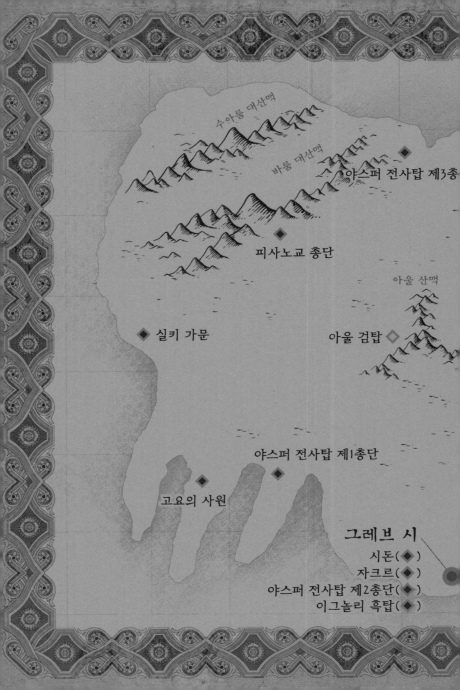

추이타 북산맥

추이타 대초원

추이타 남산맥

피요르드 시
쿠퍼 가문(◇)
은화 반 닢 기사단(◇)
모레툼 교황청(◇)

과이올라 시

솔노크 시

솔 강

퍼듐 시
|퍼 마탑(◇)

원시림

라폴리움 시
라폴 도서관(◇)

트루게이스 시

뉴브로도 시
아바니 가문(◆)
수의 사원(◆)

◇ 백 진영
◆ 흑 진영
◈ 중립 진영
● 도시

언노운월드 대륙 전도

ORIGINAL FANTASY STORY & ADVENTURE

쥬논 판타지 장편소설

dream
books
드림북스

이탄 4 밀려드는 퀘스트

초판 1쇄 인쇄 2020년 12월 18일
초판 1쇄 발행 2021년 1월 5일

지은이 쥬논
발행인 오영배
편집 편집부
일러스트 필연
표지 · 본문 디자인 오정인
제작 조하늬

펴낸 곳 (주)삼양출판사 · 드림북스
주소 서울시 강북구 도봉로 173
대표 전화 02-980-2112 **팩스** 02-983-0660
편집부 전화 02-987-9393 **팩스** 02-980-2115
블로그 blog.naver.com/dreambookss
출판등록 1999년 3월 11일 제9-00046호

ISBN 979-11-283-9994-7 (04810) / 979-11-283-9990-9 (세트)

드림북스는 (주)삼양출판사의 판타지 · 무협 문학 브랜드입니다.

목차

사대신수

『성혈의 바하문트』
—신수: 날개 달린 사자
—상징: 공포
—속성: 흙(土), 피(血)

『불과 어둠의 지배자 샤피로』
—신수: 광기의 매
—상징: 탐욕
—속성: 불(火), 어둠(暗), 나무(木)

『포식자 하라간』
—신수: 투명 마수
—상징: 타락, 나태
—속성: 얼음(氷), 균(菌), 물(水)

『둠 블러드 이탄』
—신수: 냉혹의 뱀
—상징: 파멸
—속성: 금속(金), 빛(光)

발췌문

태초에 '세계'가 있었다.

동 세계는 빛과 어둠으로부터 물과 불, 흙과 바람을 빚어 내었고, 다시 얼음과 벼락을 만들었다고 전해지니 이것이 바로 '4대 기초원소설'과 '6대 원소설'의 기원이다.

태초에 '혼'이 있었다.

혼은 심혼을 창조하여 빛에 혼을 심고, 어둠에 혼을 심었다. 이후 불에 혼을 담고, 물에 혼을 담고, 나무에 혼을 담고, 금속에 혼을 담고, 흙에 혼을 담았다고 전해지니 이것이 바로 '5대 속성설'의 기원이다.

쥬신 대제국이 세워지기 이전, 오랜 고대에는 학자들 사이에서 원소설과 속성설이 병행하여 논의되었다.

　다만 어느 순간부터 속성설은 사라지고 원소설만 남게
되었다.

　　—간용음이 수집한 고대의 전설과 신화 중에서 발췌

제1화
적진 돌파

Chapter 1

이탄의 목표는 어디까지나 케레이트족 후계자였다.

하지만 한 번에 꼭 목표를 하나씩만 달성하라는 법은 없었다.

'이왕이면 두 마리 토끼를 한꺼번에 잡으면 더 좋지.'

이렇게 판단한 이탄은 '이참에 새로 업그레이드된 가호를 써먹어 봐야겠다.'라는 생각을 품었다. 케레이트족 후계자가 토끼(목표)라면, 지둔의 가호를 활용해 보는 것은 또 다른 토끼인 셈이었다.

후웅!

이탄의 신체로부터 신성력이 썰물처럼 빠져나갔다.

그 신성력이 지면으로 스며들어 땅속에 빛의 방패를 형성했다. 그것도 조그만 방패가 아니었다. 케레이트족의 후계자를 중심으로 무려 50미터 영역을 꽉 장악한 초대형 빛의 방패였다.

원래 지둔의 가호는 이것보다 네 배는 더 커야 정상이었다. 하지만 이탄의 가호는 지둔으로 업그레이드된 지 얼마 되지 않아 아직 제 위력을 다 발휘하지 못했다.

물론 이 정도만 되어도 파괴력은 엄청날 것이다. 지둔의 가호가 괜히 주교급의 스킬이라 불리는 것이 아니었다.

이탄은 투명 상태에서 대지를 박차 허공으로 도약했다. 동시에 지둔의 방패를 그대로 터뜨려버렸다.

꽈아앙!

금속이 폭발하는 소리와 함께 케레이트족 후계자가 머물던 곳 주변 50미터가 풍비박산이 났다.

"크악."

"케엑."

포로를 감시하던 타우너스 전사들은 그대로 온몸이 찢겨 어육으로 변했다. 주변 땅거죽도 크게 뒤집혀 사방으로 흙이 비산했다.

그 엄청난 폭발 속에서도 케레이트족의 후계자는 다치지 않았다. 이탄이 의도적으로 폭발의 방향을 조정한 덕분이었다.

대신 케레이트족의 후계자도 폭발력에 휘말려 몸이 허공으로 떠오르기는 했다.

이탄이 허공에서 쏜살같이 방향을 틀어 케레이트족의 후계자를 낚아챘다.

"으읍."

입에 재갈을 문 후계자가 버둥거렸다.

"쉿."

이탄이 검지를 입에 대었다.

케레이트족의 후계자는 그 즉시 버둥거림을 멈췄다. 이탄이 적이 아님을 본능적으로 알아차린 것이다.

이탄은 폭발 속에 몸을 숨겨 50미터를 날아간 다음, 지상에 한 번 발을 내디뎠다가 다시 점프했다.

꽈아앙!

이탄이 발로 밟은 곳 주변 50미터가 한 번 더 박살 났다.

두 번째 지둔이 폭발한 것이었다. 폭발에 휘말린 타우너스 전사들이 떼죽음을 당했다. 타우너스의 피부는 케레이트족의 화살도 두려워하지 않을 만큼 질겼으나, 지둔의 가호가 폭발하면서 발산하는 파괴력을 감당할 정도는 아니었다.

이탄은 지둔을 연달아 두 번 터뜨리며 150미터 밖까지 무사히 도망쳤다.

하지만 타우너스들도 바보는 아니었다.

"이노옴!"

천둥소리와 함께 이탄의 등 뒤에서 거대한 괴물이 덮쳤다.

다름 아닌 타우너스 대족장이었다.

타우너스 대족장은 푸른 돔으로 아군을 보호하던 중이었다. 그런데 적 포로를 붙잡아 둔 곳에서 갑자기 대폭발이 일어나자 곧바로 반응했다.

'구출 작전이다. 간교한 케레이트 놈들이 머리를 썼어.'

이렇게 판단한 타우너스 대족장은 푸른 돔을 포기하고 곧장 포로가 있는 곳으로 달려왔다.

아니나 다를까, 케레이트족의 후계자가 허공으로 휙 날아가는 모습이 보였다. 희한하게도 후계자의 모습은 보이는데, 그 후계자를 옆구리에 끼고 점프하는 구출자의 모습은 보이지 않았다.

타우너스 대족장이 눈을 번쩍 빛냈다.

"은신의 가호? 케레이트족과 혈맹 관계인 모레툼 교단이 개입했구나."

대족장은 전쟁 경험이 풍부하였다. 그래서 곧바로 전후 사정을 눈치챘다.

꽈아앙!

그 와중에 땅거죽이 한 번 더 폭발했다. 타우너스 전사들이 단숨에 온몸이 찢겨 피보라로 변했다.

타우너스 대족장의 눈에서 불똥이 튀었다.

"요놈."

거센 고함과 함께 타우너스 대족장이 이탄의 등 뒤를 따라잡았다. 대족장은 육중한 해머를 한 손으로 휘둘러 이탄의 등뼈를 으스러뜨릴 요량이었다.

그때 이탄의 몸이 갑자기 지상으로 뚝 떨어졌다. 앞으로 튀어나가던 관성의 법칙을 무시하고 갑자기 땅이 잡아당기기라도 한 것처럼 뚝.

이것은 간철호의 특기 가운데 하나인 중력마법이었다. 이탄은 지난 몇 달간 간철호의 마법 가운데 쓸 만한 것 몇 가지를 연습했다. 물론 간철호처럼 능숙하게 사용할 수는 없었으나, 어느 정도 흉내를 낼 수준에는 도달했다.

중력마법 덕분에 이탄이 특이한 궤적을 그리며 지상에 내려섰다.

타우너스 대족장이 휘두른 해머는 빈 허공만 훑고 지나갔다. 대족장이 허공에서 방향을 틀어 이탄을 다시 뒤쫓았다.

그때 이미 이탄은 세 번째 지문의 가호를 터뜨린 상태였다.

꽈아아앙!

무지막지한 소리와 함께 땅의 방패가 폭발했다.

"크아악."

타우너스 전사들이 또다시 큰 피해를 입었다. 흙이 사방으로 튀면서 타우너스 대족장의 시야도 가렸다.

이탄은 그 혼란을 틈타 100미터 밖까지 도주했다.

타우너스 대족장이 악을 썼다.

"저놈을 막아랏. 포로가 도망치도록 내버려 두면 안 된다."

타우너스 전사들이 노란 눈을 번뜩여 주변을 둘러보았다.

"여기다. 여기."

그 가운데 몇 명이 이탄을 발견했다. 엄격하게 말해서 타우너스 전사들이 발견한 것은 이탄이 아니라 케레이트족의 후계자였다.

타우너스 전사들이 민첩하게 몸을 날려 벽을 쌓았다. 이탄의 앞쪽에 하나, 양옆에 둘, 뒤에도 하나. 타우너스족은 이탄이 도망칠 만한 곳을 미리 막았다.

"쳇. 둔하게 생겼는데 의외로 빠르네."

결국 이탄은 네 번째 지둔을 터뜨릴 수밖에 없었다.

Chapter 2

꽈아아앙!

땅거죽이 수 미터 높이로 뒤집혔다. 이탄의 전면을 가로막았던 타우너스 전사들이 모조리 피떡이 되어 날아갔다.

대신 이탄의 신성력도 거의 다 고갈되었다. 연달아 네 번이나 지둔의 가호를 사용한 탓이었다. 여기서 신성력을 더 소모하면 이탄의 정체가 발각될 위험이 컸다. 이탄은 은신의 가호부터 해제했다.

스르륵—.

투명 상태이던 몸이 평소처럼 돌아왔다. 이탄은 그 상태에서 타우너스족의 저지선을 돌파했다. 네 번째 지둔을 터뜨리면서 이탄은 앞길을 깨끗하게 청소해놓은 상황이었다. 그렇게 뻥 뚫린 길을 이탄은 전력으로 돌파했다.

"이노옴, 게 섰거라."

우두두두두두.

타우너스 대족장이 무지막지한 속도로 이탄을 뒤쫓았다.

타우너스 전사 몇 명이 이탄을 향해 육중한 도끼를 집어던졌다. 이탄은 날아오는 도끼를 피하느라 지그재그로 달려야 했다. 옆구리에 낀 케레이트 후계자도 지금 상황에서는 꽤나 무거운 짐이었다.

반면 타우너스 대족장은 일직선으로 달려들었다. 타우너스 대족장이 이탄을 거의 따라잡았다.

슈왁—

그때 옆에서 투명한 존재가 나타났다.

"후계자를 내게 넘겨라."

투명한 존재가 이탄과 나란히 달리며 이탄에게 말을 걸었다.

"응?"

이탄이 힐끗 옆을 돌아보았다.

은신의 가호로 온몸을 투명화한 요원이 이탄을 재촉했다.

"내 말 들리지 않나? 너는 이미 적에게 발각되었어. 게다가 네 능력으로는 포로까지 투명화하는 것이 불가능하다. 하지만 나는 내 손에 닿은 모든 사람과 물체를 투명하게 만들 수 있다. 그러니 고집부리지 말고 내게 넘겨. 그것만이 은화 반 닢 기사단의 퀘스트를 달성하는 길이다."

"넌 누구지?"

이탄이 물었다.

상대가 잠시 멈칫했다가 대답했다.

"37호다. 그러는 너는?"

"나는 49호."

답변과 동시에 이탄이 손을 휘익 뻗었다. 그 손이 S자로 꿈틀거린다 싶더니 벼락처럼 37호의 어깨 부위를 낚아챘다.

이탄은 비록 달리기 실력은 최상급이 아니지만, 순간적인 공격속도나 악력은 발군 중의 발군이었다.

"으헉?"

37호가 정신을 차리기도 전에 그의 몸이 지면에서 부웅 떠올라 이탄에게 붙잡혀갔다. 그리곤 뒤쪽으로 휘리릭 날아갔다.

이탄에게 붙잡힌 37호의 어깨 부위에서는 어느새 피가 철철 흘러내렸다. 무복도 부욱 찢어졌다. 뒤로 날아간 37호는 허공에서 두 차례 회전을 하면서 황급히 어깨를 지혈했다. 그때 날벼락이 떨어졌다.

뻐억!

무지막지한 속도로 달려오던 타우너스 대족장이 온몸으로 37호를 들이받은 것이다.

대족장은 37호의 모습을 제대로 보지는 못했다. 하지만 앞에서 무언가가 날아온다는 사실은 직감했다. 대족장은 오른쪽 어깨를 내밀어 그 무언가를 그대로 들이받았다. 이어서 손톱으로 찢어버렸다.

타우너스 대족장은 몸무게만 290킬로그램이 넘는 괴물

이었다. 그것도 비계가 아니라 온통 딴딴한 근육 덩어리로
290킬로그램이었다. 그 육중한 몸체가 가속에 가속을 더해
들이받는 힘은 엄청났다.

"끄허억."

충돌과 동시에 37호의 온몸 뼈가 으스러졌다. 이어서 타
우너스 대족장의 날카로운 손톱이 37호의 가슴을 쥐어뜯어
버렸다.

37호가 몸이 반쯤 으스러진 상태로 땅바닥을 나뒹굴었
다. 대족장은 37호의 배를 발로 밟아 터뜨린 다음, 계속해
서 이탄을 뒤쫓았다.

바닥에 널브러진 37호는 거의 빈사상태가 되었다. 그 탓
에 은신의 가호도 자동으로 풀려버렸다.

타우너스 전사들이 우르르 달려와 37호의 주변을 빙 둘
러쌌다.

"으읏. 으으으으."

37호의 입술이 푸들푸들 떨렸다. 37호의 의식은 이미 가
물가물하게 흐려지는 중이었다. 이내 37호의 고개가 옆으
로 툭 꺾였다.

이탄은 37호를 희생양으로 삼아 시간을 벌었다. 그리곤
끝내 타우너스 무리의 외곽지역까지 돌파하는 데 성공했
다.

이제 더 이상 이탄의 앞길을 가로막는 타우너스족은 없었다. 다만 타우너스 대족장이 뒤에서 열심히 쫓아올 뿐이었다.

이탄은 몸이 다소 호리호리하고 미소년처럼 미끈하게 생겼다.

그에 비해서 타우너스 대족장은 거대한 체격에 온몸에 장갑을 한 겹 두른 듯한 외모였다.

생김새만 놓고 둘을 비교하면, 이탄이 민첩하고 대족장은 둔할 것 같았다. 대신 이탄은 힘이 약하고 대족장은 괴력을 지녔을 듯했다.

사실은 정반대였다.

이탄은 순발력은 뛰어났으나 달리기 속도까지 최상급은 아니었다.

반면 타우너스 대족장은 생김새와 달리 속도가 엄청나게 빨랐다. 대족장은 얼마 지나지 않아 이탄을 따라잡았고, 두꺼운 손으로 이탄의 어깨를 붙잡는 데까지 성공했다.

"요놈. 드디어 잡았다."

타우너스 대족장은 요 미꾸라지 같은 놈을 확 잡아당겨 땅바닥에 패대기를 친 다음, 그대로 온몸을 짓뭉개버릴 것이라고 계획했다.

한데 웬걸?

대족장이 무서운 힘으로 이탄을 잡아당기기는 했는데, 이탄이 딸려오는 것이 아니라 거꾸로 대족장이 이탄에게 딸려갔다.

이탄이 빙글 돌아서 대족장의 멱살을 잡아끌었다.

"무엇?"

콰득!

대족장은 허무할 정도로 맥없이 이탄에게 끌려가 바닥에 무릎을 꿇어야 했다. 이탄에게 붙잡힌 대족장의 가슴 부위는 뼈가 으스러지고 살점이 뭉개졌다.

이탄의 악력이 어찌나 강했던지 대족장은 숨이 턱 막혔다. 타우너스 대족장은 비로소 이탄과 시선을 마주 보게 되었다. 그것도 위에서 아래로 내려다보는 자세가 아니라, 밑에 꿇어앉은 채 비굴하게 올려다보는 자세로 이탄과 눈을 마주쳤다.

이탄의 무표정하고, 무감각하면서도, 깊이를 알 수 없는 무저갱 같은 두 눈을 목격한 순간, 타우너스 대족장은 강한 한기를 느꼈다.

"크윽?"

타우너스 대족장이 어떻게든 이탄의 손을 뿌리치고 일어서려고 들었다.

그러나 몸이 꿈쩍도 안 했다.

이탄이 타우너스 대족장의 멱살을 손에서 놓고, 그 손으로 상대의 턱 부위를 붙잡아 뜯었다.

우두득, 찌꺼—어억.

살짝 쓰다듬는 것처럼 보였는데 어느새 대족장의 억센 턱뼈와 어금니가 통째로 뜯겨나갔다. 뼈가 강제로 뜯어지면서 얼굴 살가죽도 절반이 홀랑 벗겨졌다. 생살이 통째로 뜯겨나가면서 살점 잡아 뜯는 기괴한 소리가 울렸다.

"끄아악!"

타우너스 대족장이 찢어져라 비명을 질렀다.

"대족장님?"

"허억, 대족장님."

뒤에서 타우너스 전사들이 우르르 달려왔다.

이탄은 몰려드는 적들을 힐끗 바라본 다음, 다시 대족장에게 시선을 돌렸다. 이탄의 입술 사이에서 으스스한 경고가 튀어나왔다.

"너, 운이 좋은 줄 알아. 다음에 다시 만나면 얼굴의 나머지 반쪽도 뜯어줄게."

이 말을 끝으로 이탄이 등을 획 돌렸다.

"꾸와아아아악."

타우너스 대족장은 피범벅이 된 얼굴을 양손으로 부여잡으며 풀밭에 나뒹굴었다. 이탄에 의해 뜯겨나간 대족장의 얼굴 반쪽이 풀밭에 아무렇게나 나뒹굴었다.

"어엇? 대족장님. 이게 어찌된 일입니까?"

"괜찮으십니까, 대족장님?"

타우너스 전사들이 우르르 달려와 자신들의 대족장을 둘러쌌다.

그 사이 이탄은 무성한 풀숲 사이로 자취를 감추었다.

Chapter 3

타우너스 대족장의 얼굴 절반을 뜯어버리고, 케레이트족의 후계자를 구출할 때까지만 해도 이탄은 임무를 거의 완수한 것처럼 보였다.

타우너스족의 포위망은 이미 뚫은 상태였다. 이탄의 뒤를 쫓는 적들도 없었다. 대초원 사방에서는 불길이 치솟고 상황이 어수선했다.

'이제 구출한 후계자를 케레이트족에게 전달하기만 하면 임무 완성이구나.'

이탄이 힐끗 뒤를 돌아보았다. 그 다음 시선을 하늘로 돌렸다.

밤하늘에서는 케레이트족과 뇌조의 전투가 아직도 계속

되는 중이었다. 구름 속이 번쩍번쩍 빛났다. 이따금씩 불화살 세례가 지상에 작렬했다.

전반적인 전황은 케레이트족이 불리했다. 독수리와 케레이트족 전사들은 온몸이 새까맣게 타버린 상태로 후두둑 추락하였다.

이탄은 타우너스족의 승리를 점쳤다. 타우너스족의 주술사들과 흑마법사들이 효과적으로 연계한 덕분인 것 같았다.

"그래도 뭐 어쩌겠어. 내가 전쟁까지 끼어들 필요는 없잖아. 주어진 퀘스트만 해내면 그만이지. 어차피 어르신들이 내게 요구한 것은 새끼독수리를 구출하라는 거였으니까."

이탄은 전황에 크게 신경 쓰지 않았다. 게다가 이탄은 은화 반 닢 기사단에 그리 좋은 마음을 품고 있지도 않았다. 엄밀하게 말해서 은화 반 닢 기사단보다는 교황에 대한 앙금이 남아 있었다.

'적당한 때가 되어 누명이 풀리면 기사단을 나가야지.'

이것이 이탄의 솔직한 속마음이었다. 이탄은 성기사보다는 교단의 신관으로 조용히 살기를 원했다.

이탄이 풀숲을 가로질러 333호와 약속된 장소로 달려가고 있을 때였다.

쾅릉!

섬뜩한 소리와 함께 이탄의 발밑에 샛노란 낙뢰가 작렬했다.

이탄은 반사적으로 몸을 날려 낙뢰를 피했다.

"누구냐?"

이탄이 마스크를 코까지 바짝 치켜올리며 물었다.

스사사사삭.

이탄의 전방에 6명의 **빡빡머리**들이 모습을 드러내었다. 이탄의 후방에도 6명의 **빡빡머리**들이 등장해 퇴로를 차단했다.

적은 총 12명.

회색 수도복을 입고 정수리에 뱀눈 문신을 새긴 마법사들이었다.

'고요의 사원 흑마법사들이로구나. 이들이 어떻게 내 행방을 추적했지?'

이탄이 고개를 갸웃했다.

"거 참 희한하군. 내가 이곳으로 올 줄 어떻게 알고 매복을 했을까?"

이탄이 상대를 떠보았다.

흑마법사들은 답이 없었다. 그저 가슴에 손을 모으고 그 자리에 털썩 주저앉아 캐스팅을 외울 뿐이었다.

후오옹! 후옹! 후옹! 후옹! 후오옹!

12명의 흑마법사들의 정수리로부터 뱀눈이 활짝 열렸다. 그 눈으로부터 튀어나온 빛의 알이 허공에서 부화하여 뇌조를 탄생시켰다.

쩌저적! 쩌저저저적!

환상적인 깃털과 꼬리를 가진 뇌조 열두 마리가 상공으로 날아오르며 온 사방으로 노란 벼락을 떨쳐내었다. 그 벼락들이 서로 연결되어 벼락의 그물을 형성했다.

"이크."

이탄이 황급히 방패의 가호를 펼쳤다.

빠카카캉!

빛의 방패와 노란 벼락이 맞부딪치면서 강렬한 불똥이 튀었다. 그 불똥의 여파로 풀밭에 불이 붙었다.

"큽."

이탄이 짧은 신음을 흘렸다.

뇌조가 뿜어내는 벼락이 여간 따가운 것이 아니었다. 방패의 가호를 여지없이 뚫고 들어와 이탄의 몸을 지져댔다. 그때마다 붉은 기운이 아스라이 일어나 이탄을 보호해주었기에 망정이지, 아니었다면 그대로 주저앉을 뻔했다.

열두 마리의 뇌조들이 날개를 펄럭이며 이탄의 주변을 빙빙 돌았다. 그 뇌조들이 뿜어내는 벼락이 약간의 시간 차를 두고 이탄을 때렸다.

쩌적! 쩌적! 쩌적! 쩌적! 쩌적! 쩌적!

연이어 날아오는 시간차 공격 때문에 이탄은 방패의 가호를 계속 유지해야만 했다. 그나마 이 가호 덕분에 벼락의 향연 속에서 견디는 것이지, 신성력이 고갈되고 방패의 가호가 사라지면 이탄의 옷이 홀랑 타버리고 케레이트족의 후계자도 죽음을 맞이할 것이 뻔했다.

물론 이탄이야 멀쩡할 것이다. 그에게는 붉은 금속, 즉 적양갑주가 있으니까.

하지만 케레이트족의 후계자가 문제였다. 옷이 타버리면서 이탄의 정체가 까발려지는 것도 신경이 쓰였다.

'이대로는 안 돼.'

지둔의 가호로 땅거죽을 한 번 뒤집어 버리면 무언가 수가 생길 것 같은데, 안타깝게도 이탄은 신성력이 거의 고갈된 상태라 지둔을 만들 수가 없었다.

대신 이탄에게는 또 다른 수단이 존재했다.

'음차원의 마나를 직접 사용하는 것은 위험하지. 내 정체가 발각 날 수 있으니까. 하지만 내게는 다른 방법이 있어.'

이탄이 발을 쿵 굴렀다. 그러면서 음차원의 마나 가운데 아주 조금만 끌어와서 마법 배열에 밀어넣었다.

우두두두둑.

주변의 흙이 눈 깜짝할 사이에 수 미터 높이로 솟구쳐서 소일 월(Soil Wall: 흙의 벽)을 형성했다.

대지의 소서러 간철호의 마법이 이탄의 몸에서 발현된 것이다.

음차원의 마나를 직접 사용하면 이탄의 정체가 발각 날 위험이 크지만, 이렇게 간철호의 마법으로 한 겹 포장해서 사용하면 이탄의 정체성을 숨기기에 편했다.

쩌저저저적!

소일 월은 열두 마리 뇌조들이 뿜어대는 벼락의 그물을 거뜬히 막아내었다. 흙은 전기가 통하지 않는 부도체라 벼락을 상대하기에 상성이 좋았다.

"어엇? 저게 뭐야?"

"흙을 다루는 마법인가?"

"모레툼의 신관이 어떻게 마법을 사용하지?"

흑마법사들이 흠칫했다.

그 사이 이탄이 소일 월을 한 겹 더 일으켰다. 1미터 높이로 솟구친 흙의 벽이 돔 형태로 변형되더니 케레이트족 후계자를 꽁꽁 에워쌌다.

'이렇게 해놓으면 뇌조의 벼락에 타죽지는 않겠지.'

이탄은 케레이트족의 후계자를 소일 월 속에 남겨두고는 풀쩍 몸을 띄웠다.

이탄이 가볍게 땅을 박차고 허공으로 떠올랐다.

Chapter 4

이탄의 몸뚱어리가 허공 한복판에서 잠시 멈추는가 싶더니, 이내 지상에 가볍게 내려섰다.

투우웅!

이탄을 중심으로 동심원의 파문이 이는가 싶더니, 주변의 중력이 갑자기 다섯 배로 증폭되었다.

"흐억?"

12명의 흑마법사들이 별안간 허리를 휘청거렸다. 갑작스러운 충격에 뇌조들도 멈칫했다. 뇌조들이 뿜어대던 벼락의 그물이 잠시 중단되었다.

이탄은 그 짧은 틈을 놓치지 않았다.

슈와왕—.

허공에서 S자 궤적을 그리며 날아온 이탄이 풀밭에 앉아 있던 흑마법사 한 명의 얼굴을 앞쪽에서 붙잡았다.

이탄의 엄지와 중지가 흑마법사의 광대뼈 양쪽을 동시에 잡았다가 놓았다.

결과는 끔찍했다.

콰직!

마치 호두를 까는 도구가 호두껍데기를 살짝 찍었다 놓으면 껍질이 으스러지는 것처럼, 이탄의 손가락 2개가 힘을 살짝 주자 흑마법사의 얼굴이 세로로 으깨졌다. 부서지는 두개골 사이로 뭉그러진 뇌가 주르륵 흘러내렸다.

슈웅—.

이탄이 옆으로 이동했다. 이탄의 손이 두 번째 흑마법사의 빡빡머리를 위에서 뒤덮었다.

다른 표현은 필요 없었다. 이탄의 다섯 손가락이 빡빡머리의 머리를 치즈 뭉개는 것처럼 파고들어 두개골과 뇌를 동시에 으스러뜨렸다.

"저, 저것."

"아앗, 피해라."

맞은편의 흑마법사들이 비명을 질렀다.

이미 그때는 두 번째 흑마법사의 두개골이 완전히 부스러진 상태였다. 이탄은 어느새 세 번째 흑마법사의 얼굴을 붙잡아 뜯어버렸다.

쩌—걱!

귀를 중심으로, 그 앞쪽 얼굴 전면부가 통째로 뜯겨 나오면서 흑마법사의 뇌가 밤공기에 그대로 노출되었다.

"당황하지 말고 공격에 집중해."

흑마법사들 가운데 한 명이 외쳤다.

흑마법사들이 애써 평정심을 되찾은 다음, 뇌조에 온 신경을 집중했다.

쩌저적! 쩌저적! 쩌저저저적!

아홉 마리의 뇌조가 이탄에게 날아오면서 노란 벼락을 사정없이 날려댔다.

이탄은 음차원의 마나 가운데 아주 미세한 일부를 뽑아내어 간철호의 마법 배열에 밀어넣었다.

소일 쉴드(Soil Shield: 흙 방패)가 이탄의 등 뒤에 환상처럼 나타났다. 뇌조가 뿜어낸 벼락의 그물은 두터운 흙의 방패를 뚫지 못했다.

덕분에 이탄은 뇌조의 공격에 신경 쓸 필요가 없어졌다. 그저 흑마법사들을 처단하는 데만 집중할 뿐이었다.

퍼억, 퍽!

네 번째 흑마법사가 이탄에 의해 머리통을 잃었다. 다섯 번째 흑마법사의 두개골도 잘 익은 수박처럼 깨져나갔다.

"아, 안 돼."

여섯 번째 흑마법사가 집중력을 잃었다. 뇌조를 부리려면 흑마법에 온 정신을 집중해야 하는데, 이탄의 폭력이 너무 무서워서 흑마법사는 자신도 모르게 엉금엉금 기어서라도 도망치려고 들었다.

물론 도망은 쉽지 않았다. 다섯 배로 무거워진 중력 때문에 흑마법사의 행동이 굼뜰 수밖에 없었다.

그에 비해 이탄은 나는 듯이 가벼웠다. 바람처럼 다가온 이탄이 흑마법사의 뒤통수를 붙잡았다.

퍼석!

여섯 번째 흑마법사는 머리 뒤쪽 절반이 뜯겨나가면서 앞으로 고꾸라졌다.

이쯤 되자 흑마법사들은 평정을 유지하지 못했다.

"으으으. 안 되겠다."

"젠장. 도망쳐."

아직까지 숨이 붙어 있는 흑마법사 6명이 동시에 일어나 사방으로 흩어졌다.

파스스스스—.

이탄의 뒤를 쫓던 뇌조 여섯 마리가 빛 알갱이로 변하면서 환상처럼 자취를 감추었다.

"이러면 나야 더 좋지."

이탄이 손가락을 튕겼다.

사방으로 흩어지던 흑마법사의 몸에 소일 아머(Soil Armor: 흙의 갑옷)가 돋아났다.

이탄은 흑마법사들의 방어력을 높여주려고 소일 아머를 선물한 것이 아니었다. 이 소일 아머는 덫이자 족쇄였다.

"크허헉."

"어억."

소일 아머의 무게에 다섯 배의 중력이 더해졌다. 흑마법
사들이 무게를 이기지 못하고 그 자리에 고꾸라졌다.

이탄은 살려고 버둥거리는 흑마법사 6명을 한 명 한 명
쫓아가서 머리통을 몸에서 뜯어내었다.

대초원의 풀밭은 어느새 흑마법사들이 흘린 피로 흥건했
다. 이탄도 얼굴과 가슴도 적들이 흘린 피로 범벅이 되었
다.

"이제 다 끝났나?"

이탄이 손을 탁탁 털었다. 그리곤 처음 싸움이 시작된 곳
으로 돌아왔다. 케레이트족의 후계자를 챙기기 위함이었
다.

한데 없어졌다. 돔 형태의 소일 월 속에 잘 보관(?)해 두
었던 케레이트족 후계자가 감쪽같이 사라지고 없었다.

"어엉? 뭐야?"

소일 월로 둘러싸인 밑바닥에 땅굴 하나가 뻐끔 뚫려 있
는 모습이 이탄의 눈에 들어왔다.

콰앙!

이탄이 발을 세차게 굴렀다.

주변의 대지가 이탄의 의지에 반응하여 폭발적으로 일어

났다. 땅굴 윗부분이 차례로 터져나가면서 기다란 구덩이
가 드러났다. 땅굴은 소일 월이 세워져 있던 장소 바로 아
래부터 시작하여 100미터 저편까지 길게 뚫려 있었다.

"누가 감힛."

이탄이 바람처럼 몸을 날렸다.

그 순간에도 땅굴은 점점 더 빠르게 추가로 뚫리는 중이
었다. 누군가가 케레이트족의 후계자를 납치한 다음, 땅속
을 통해 도망치는 모양이었다.

제2화
뒤통수

Chapter 1

"나와라."

이탄이 발로 땅을 짓누를 때마다 새로 뚫린 땅굴이 펑펑
폭발했다. 그러면서 적이 도망치는 궤적을 고스란히 드러
내었다.

이탄은 그 궤적을 쫓아 신속하게 달렸다.

마침내 이탄이 납치범의 뒤를 따라잡았다.

납치범도 그 사실을 깨달았는지 더는 도망치지 않았다.
곧장 반격했다.

투확!

땅거죽이 갑자기 솟구쳤다. 그 속에서 새하얀 무복을 입

은 사내가 뛰쳐나왔다. 사내의 등에 축 늘어진 후계자의 모습이 보였다.

이탄이 사냥에 나선 표범처럼 소리 없이 상대를 덮쳤다.

사내가 왼손에 든 단검으로 허공에 X자를 그었다.

후오옹!

그 X자로부터 신성한 빛이 폭발했다.

"설마, 혼동의 가호?"

이탄이 이 빛의 정체를 알아보았다. 빛에 노출되는 순간 이탄의 시야가 잠시 백색으로 물들었다. 이탄의 귀에서는 삐이이이익 이명이 울렸다. 달팽이관이 흔들리면서 이탄의 방향감각도 흐트러졌다.

이탄이 살짝 휘청거렸다.

강한 빛을 방출하여 적의 감각을 흐트러뜨리는 것이 바로 혼동의 가호였다.

'안 돼.'

이탄은 재빨리 음차원의 마나를 끌어올렸다. 꽈배기 문자가 이탄의 몸속으로 흘러들어 오면서 망가졌던 감각이 빠르게 되살아났다. 이탄은 거의 1.5초도 되지 않아 모든 감각을 다시 회복했다.

하지만 그 짧은 사이에 상대는 완전히 자취를 감추었다.

그뿐만이 아니었다. 이탄이 다시 정신을 차렸을 때는 케레이트족 후계자도 보이지 않았다.

"허어, 은신의 가호까지?"

이탄이 어이없다는 표정을 지었다.

"이러면 내가 닭 쫓던 개가 된 셈인데. 아니지. 재주부리
는 곰이 된 셈이었던가? 하여간 기분이 더럽네."

이탄은 절레절레 고개를 흔들었다.

혼동의 가호에 이어서 은신의 가호까지 펼쳤다면 납치범
은 은화 반 닢 기사단에서 파견한 동료 요원이 분명했다.
아군에게 뒤통수를 맞은 기분이 더럽기도 하고, 기가 막히
기도 했다. 이탄이 어금니를 지그시 악물었다.

"아직 퀘스트가 끝난 건 아니야. 이번 퀘스트는 어디까
지나 새끼독수리를 구출하여 케레이트족에 되돌려주어야
끝나는 거라고."

이탄은 남에게 빚을 지고는 못사는 성격이었다. 모레툼
교단 자체가 '다른 사람에게 빚을 지우면 지웠지 내가 빚을
떠안지는 말자.'라는 신념으로 살아가는 사람들의 집합체
였다. 그중에서도 이탄은 모레툼의 정신에 가장 부합하는
신관이었다.

이탄이 고스트 핸드(Ghost Hand: 유령의 손)를 통해 아
조브를 꺼냈다.

츄라라락.

큐브 형태의 아조브가 커다란 낫으로 변했다. 낫의 날에 걸린 고리가 밤바람에 흔들려 딸랑딸랑 소리를 내었다.

이탄은 그 낫으로 땅바닥을 쭉쭉 그었다. 입술을 달싹여 저주도 읊조렸다. 아나테마의 악령에게 배운 저주마법이 아조브의 기괴한 힘과 결합했다.

스르륵, 샤악! 스르륵, 샤악! 스르륵, 샤악!

땅바닥의 긁힌 자국으로부터 해괴한 소리가 울렸다. 그러면서 땅에 생긴 상처가 납치범의 몸으로 그대로 옮아갔다.

이것은 운드 트랜스퍼(Wound Transfer: 상처 전이).

고대 문명 시절 아나테마가 즐겨 사용하던 저주마법 가운데 하나였다.

츄라락.

이탄이 낫을 다시 거둬들였다.

"운드 트랜스퍼를 걸었으니 행동이 느려질 테지? 그 사이에 뒤를 따라잡아 주마."

이탄은 케레이트족의 본거지를 향해 부지런히 움직였다.

이탄의 저주가 제대로 먹혔다.

"커헉."

케레이트족 후계자를 등에 업고 전속력으로 달리던 중, 40호가 갑자기 앞으로 고꾸라졌다. 40호의 하얀 무복은 어

느새 시뻘건 피로 물들었다. 40호의 가슴과 등, 팔과 다리
엔 칼날에 베인 듯한 상처가 한가득이었다.

상처는 예고도 없이 갑자기 나타났다.

"크억, 이게 대체 어찌 된 일이지? 크흐윽."

40호는 황급히 비상약을 꺼내서 입에 털어 넣었다. 그는
치유의 가호를 가지지 못했기에 비상약을 품에 넣고 다녔
다. 일반 비상약이 아니라 신성력이 듬뿍 담긴 비상약이었
다. 당연히 먹자마자 곧바로 효과가 나타나야 했다.

한데 상처가 쉽게 아물지 않았다. 치유는커녕 오히려 상
처 부위가 점점 더 벌어졌다. 상처 주변 피부가 괴사하면서
고름도 생겼다. 상처 부위가 화끈거려서 제대로 서 있기도
힘들었다. 40호는 이 상황이 무척 곤혹스러웠다.

"크으윽. 왜 이래? 왜 갑자기?"

40호가 한 걸음 내디딜 때마다 온몸에서 피가 울컥울컥
배어 나왔다. 특히 케레이트족 후계자를 짊어진 등과 어깨
가 심하게 쑤셨다. 결국 40호는 몇 걸음 더 걷다가 케레이
트족의 후계자를 땅에 내려놓아야 했다.

고통이 심하다 보니 은신의 가호도 자연스럽게 풀렸다.
바닥에 주저앉은 40호가 주변에서 풀잎을 하나 뜯어서 입
에 물었다.

삐이익.

풀잎으로부터 날카로운 소리가 울렸다.

삐이익, 삐이익, 삐이익.

40호는 풀피리를 몇 차례 더 불었다.

잠시 후, 풀숲을 헤치고 하얀 무복을 입은 여인이 등장했다.

"40호? 왜 그래?"

여인은 깜짝 놀라서 40호에게 달려왔다.

40호가 쓴웃음을 지었다.

"55호."

여인의 정체는 다름 아닌 은화 반 닢 기사단의 55호였다.

"이게 어찌 된 일이야? 대체 어쩌다가 이런 심각한 부상을 입었냐고? 타우너스족에게 당한 거야?"

"크윽. 나도 잘 몰라."

40호가 고개를 가로저었다.

"뭐?"

"타우너스족의 흑주술인지, 아니면 정체 모를 흑마법사들에게 당한 건지 모르겠다고. 젠장."

40호가 신경질적인 반응을 보였다.

Chapter 2

55호가 케레이트족의 후계자를 턱 끝으로 가리켰다.

"그렇다면 여기 이 남자는 또 누군데? 설마 케레이트족 후계자인가?"

"맞아. 케레이트족 후계자야. 크흐흐."

40호가 힘겹게 잇몸을 드러내고 웃었다.

그 말에 55호가 마스크를 턱밑으로 끌어내렸다.

"이야. 성공했구나? 어려운 퀘스트를 해냈어. 대체 어떻게 빼낸 거야? 그 많은 타우너스 무리를 뚫고 어떻게 구출했어?"

40호가 고개를 가로저었다.

"내가 해낸 게 아냐."

"엉? 그럼 누가?"

"나도 몰라. 어르신들이 이번 작전을 경쟁 체제로 만들어 놓았잖아? 내가 모르는 요원이 새끼독수리 구출 작전에 투입된 것 같았어. 나는 그 요원이 흑마법사들과 싸울 동안 이 녀석을 빼돌렸을 뿐이야. 솔직히 말해서 아군의 뒤통수를 친 셈이지. 큭큭큭."

40호가 씁쓸한 웃음을 흘렸다.

55호가 40호를 위로했다.

"어쩔 수 없잖아. 그게 어르신들이 우리에게 바라는 바였잖아. 동료 요원들끼리 서로 경쟁하는 것. 그러니 우리끼리 내분이 일어나도 할 수 없는 거지. 나는 어르신들의 생각이 우리 은화 반 닢 기사단을 더 망칠 거라고 봐."

"맞아. 나도 그 말에 동의해. 어르신들에 대한 불만 때문에 화가 잔뜩 났나 봐. 그래서 홧김에 아군의 뒤통수를 쳤어. 그런데 말이야, 이번 작전에 내 예상보다 더 상위 레벨의 요원이 투입되었나 봐."

"왜?"

"나에게 뒤통수를 맞은 요원. 아주 무시무시하더라고. 만약 정면으로 맞붙었다면 나 같은 건 그냥 즉사했을 거야. 크으윽."

40호가 갑자기 얼굴을 찡그렸다.

"가만히 있어 봐."

55호가 뒤춤에서 유척을 꺼내 40호의 몸을 스캔했다. 놋쇠 막대기에서 흘러나온 성스러운 빛이 40호의 상처를 치유했다.

"으으으."

40호의 표정이 조금 풀렸다.

하지만 저주마법으로 인한 상처는 쉽게 낫지 않았다. 치유의 가호 덕분에 고름이 사라지고 상처가 아무는가 싶더니, 이내 다시 벌어지면서 검붉은 피를 쏟아내었다.

"크으윽."

40호가 고통스러워했다.

55호의 표정이 곤혹스러워졌다.

"왜 이러지? 왜 이렇게 낫지 않는 거야?"

"크윽. 안 되겠다. 여기서 이렇게 시간을 끌다가 타우너스족 추격대가 몰려오면 끝장이야. 이 녀석을 네가 데려가라."

"뭐?"

55호가 눈을 동그랗게 떴다.

40호가 눈빛으로 케레이트족 후계자를 가리켰다.

"네가 이 녀석을 케레이트족에게 데려다주라고."

55호가 펄쩍 뛰었다.

"내가 왜? 이 녀석을 구출한 것은 너잖아?"

"어차피 내가 구출한 것도 아니야. 중간에 아군의 뒤통수를 치고 빼돌렸을 뿐이지. 그러니까 네가 퀘스트를 마무리해줘. 부상당한 몸으로 이 녀석을 끌어안고 있다가는 나까지 위험해지겠어. 부탁해, 55호."

"하지만……."

55호의 눈동자가 바르르 흔들렸다.

40호가 55호를 재촉했다.

"빨리 이 녀석을 데려가. 괜히 여기서 뭉그적거리다가 타우너스족이 뒤쫓아 오면 위험해."

"싫어. 너도 같이 가. 너와 내가 힘을 합쳐서 이 녀석을 케레이트 부족에 데려다주자고."

55호가 새로운 제안을 했다.

40호는 듣지 않았다.

"그럼 너무 늦어. 생각보다 내 부상이 심해서 속도가 느려질 수밖에 없다고. 어서 서둘러. 고집부리다가 퀘스트를 망칠 셈이야?"

"으읏."

"55호, 어서 서두르라니까."

40호가 55호의 등을 떠밀었다.

결국 55호는 케레이트족 후계자를 등에 짊어졌다.

55호는 은화 반 닢 기사단의 성기사들 가운데 몇 손가락 안에 꼽힐 정도로 속도가 빠른 요원이었다. 40호가 눈을 한 번 감았다가 떴을 때 55호는 이미 평원 저 끝에 가 있었다. 40호가 희미한 미소로 55호를 배웅했다.

"잘 한다. 55호. 네가 나 대신 이번 퀘스트를 완료해라. 크크크."

이것이 40호의 바람이었다.

결론적으로 말해서, 40호의 바람은 이루어지지 않았다.

"끄악."

하얀 무복을 입은 여인이 대초원의 북쪽, 추이타 북산의 절벽 앞에서 비명을 질렀다. 여인의 옆구리는 갈비뼈가 훤히 보일 정도로 뜯겨나갔다. 상처를 지혈한 손가락 사이로 검붉은 핏물이 콸콸 쏟아졌다. 뜯겨나간 살점 사이로 내장도 보였다.

　　여인은 심각한 부상을 입고서 비틀비틀 뒷걸음질 쳤다. 여인의 손에 들려 있던 유척은 이미 세 토막이 나서 눈밭에 나뒹굴었다.

　　계절상으로는 초가을이었으나, 대초원의 북산 일대는 일년 내내 만년설에 뒤덮인 혹한기였다. 추위 때문인지, 아니면 부상 때문인지, 여인이 부르르 몸서리를 쳤다.

　　여인의 정체는 55호.

　　케레이트족의 후계자를 등에 업고 한달음에 북산으로 달려온 55호가 목적지 바로 앞에서 예기치 못한 기습공격을 당했다.

　　"끄윽. 너, 넌 누구냐?"

　　55호의 앞, 공기가 투명하게 꿀렁거렸다.

　　"헉, 은신의 가호?"

　　55호가 목에서 쇳소리를 냈다.

Chapter 3

상대가 투명하여 모습은 보이지 않았다. 대신 눈 위에 발자국이 저벅저벅 생겼다. 55호를 향해 유령처럼 다가온 투명인간이 스르륵 은신의 가호를 풀었다. 그 속에서 드러난 것은 유목민 복장을 입은 사내, 즉 이탄이었다.

지금으로부터 한 시간 전, 이탄은 정체 모를 납치범에게 운드 트랜스퍼를 걸은 다음 곧장 케레이트족의 터전으로 달려왔다. 그리곤 절벽 아래 매복하여 납치범이 나타나기만을 기다렸다.

이탄의 계획이 맞아떨어졌다. 감히 이탄의 뒤통수를 친 납치범은 케레이트족 후계자를 등에 업고 이곳에 나타났다.

이탄은 즉시 달려들어 상대의 갈비뼈를 쥐어뜯으려 들었다.

한데 상대의 반응이 생각보다 신속했다. 그 탓에 이탄은 갈비뼈 대신 옆구리만 한 움큼 뜯어놓았다.

"으으으."

55호가 가늘게 신음했다.

이탄이 고개를 갸웃했다.

"여자 요원이었나?"

"크으윽."

55호가 입술을 꾹 깨물었다.

사실 이탄은 누가 납치범인지 정확하게 몰랐다. 상대가 남성인지 여성인지도 확인하지 못했다. 그저 복수심에 불타올라 저주마법을 걸었을 뿐이다.

번쩍.

순간적으로 55호가 이탄의 시야에서 사라졌다. 55호는 이탄의 왼쪽으로 몸을 빼내는 척하다가 오른쪽으로 핑그르르 돌면서 이탄을 속였다.

55호의 움직임은 사람의 동체시력보다 훨씬 더 빨랐기에, 일반 사람의 눈에는 55호가 갑자기 사라진 것처럼 느낄 수밖에 없었다. 심지어 잘 훈련된 기사들도 55호의 페인트 모션을 쫓아가기 힘들었다.

이탄도 순간적으로 55호의 행방을 놓쳤다.

하지만 이탄은 눈이 아니라 후각으로 55호를 뒤쫓았다. 공기 중에 뿌려진 피냄새가 이탄의 감각에 잡혔다. 이탄은 그 감각에 따라 오른손을 뻗었다.

이탄의 손이 갑자기 획 늘어난 것처럼 보였다.

"꺄악."

이탄의 손끝에 살짝 스쳤을 뿐인데 55호의 어깨가 피투성이가 되었다.

이탄은 곧바로 상대에게 따라붙었다.

슈왁— 피육!

S자 궤적을 그리며 날아온 이탄의 왼손이 55호의 복부를 강타했다. 가죽 터지는 소리와 함께 55호의 몸이 허공으로 붕 떠올랐다. 이탄의 왼손은 55호의 배를 뚫고 등까지 빠져나온 상태였다. 이탄의 팔뚝 전체가 시뻘겋게 물들었다.

55호는 이탄의 팔뚝에 복부를 관통당한 채 허공에 대롱대롱 매달렸다.

"끄어, 끄어어."

55호가 입을 벙긋거렸다. 55호의 입가에서 피거품이 연신 게워졌다.

이탄이 왼손을 다시 회수했다.

"끄억."

55호는 뚫린 배를 붙잡고 눈밭에 나뒹굴었다.

이탄의 발이 55호의 목을 지그시 눌렀다.

"이봐. 세상엔 상도덕이라는 것이 있잖아? 함부로 남의 뒤통수를 치면 곤란하지."

55호를 내려다보는 이탄의 눈은 일체의 감정이 배제되었다.

그 무채색의 눈을 올려다보면서 55호가 바르르 전율했다. 55호는 뭔가 할 말이 있는 듯 입술을 연신 벙긋거렸다.

이탄이 55호를 내려다보면서 으스스하게 뇌까렸다.

"내가 뒤통수 맞는 것을 별로 좋아하지 않아서 말이야. 복장으로 봤을 때는 아군인 것 같은데, 그래도 살려주기는 힘들겠어."

이탄의 발에 무게가 지그시 실렸다.

"끕!"

뿌드득 소리와 함께 55호의 혈관이 지렁이처럼 부풀었다. 55호의 눈알이 밖으로 툭 튀어나올 듯 꿈틀거렸다.

'틀렸다.'

55호는 죽음을 직감했다. 온몸과 마음이 동시에 차갑게 얼어붙는 느낌이었다.

그때 이탄이 발을 다시 들었다.

"어라?"

뭘 발견했는지 이탄이 55호의 무복 상의를 북 찢었다. 옷이 찢어져 속살이 드러나는 데도 55호는 아무런 저항을 하지 못했다. 손으로 상체를 가릴 생각도 하지 못했다.

부욱, 북, 북.

이탄이 55호의 상의를 더 크게 찢었다. 이어서 55호의 몸뚱어리를 휙 뒤집어 등판까지 확인했다.

깨끗했다. 조금 전 이탄에게 뚫린 복부와 옆구리를 제외하면, 55호의 몸에는 아무런 상처가 없었다.

이탄이 55호의 머리카락을 우악스레 잡아챘다.

"너, 누구냐?"

"크윽? 뭐라고?"

55호가 간신히 되물었다.

이탄이 55호의 귓가에 입을 대고 낮게 으르렁거렸다.

"너 누구냐고. 내 뒤통수를 쳤던 그 두더지 놈은 어디로 가고, 네가 새끼독수리를 업고 왔어? 그놈 어디 있어? 내 뒤통수를 친 놈 말이야."

55호는 심장이 철렁했다.

쾅!

이탄이 55호의 뒤통수를 붙잡아 얼굴을 땅바닥에 처박았다. 그 다음 좌우로 북북 끌어 상대의 얼굴을 바닥에 갈아버렸다.

"크아—."

피투성이가 된 55호가 괴성을 질렀다.

이탄은 상대의 뒤통수를 다시 위로 치켜들었다.

"그놈 어디 있어?"

이탄의 두 눈이 시뻘건 화염을 머금었다.

그때 이탄의 뒤에서 제3의 인물이 나타났다.

"그만하지."

"응?"

이탄이 55호의 몸을 깔고 앉아 고개만 뒤로 돌렸다.

은화 반 닢 기사단 특유의 새하얀 무복을 입고, 허리에 검 두 자루를 비끄러맨 사내가 이탄을 내려다보는 중이었다.

이탄이 55호의 머리카락을 놓고 일어섰다.

"넌 또 뭐냐?"

상대를 향한 이탄의 태도가 곱지 않았다.

Chapter 4

이탄은 원래 이렇게 막무가내로 행동하는 편이 아니었다. 하지만 두더지 같은 놈(40호)에게 뒤통수를 맞은 이후로 기분이 썩 좋지 않았다.

상대가 순순히 자신의 정체를 밝혔다.

"나는 기사단 소속 28호다. 그러는 너는 누구지?"

이탄이 빠르게 머리를 굴렸다.

'타우너스 진영에서 마주쳤던 요원이 1명, 두더지 1명, 여자 1명. 그리고 이번엔 28호란 말이지? 나까지 포함하면 총 5명이네? 이게 작전에 투입된 요원 전부인가? 아니면 또 다른 요원들이 더 있나?'

이탄이 답이 없자 28호가 한 번 더 물었다.

"나는 정체를 밝혔잖아. 그러니 이제 네가 말해봐라. 지금까지 기사단에서 온갖 궂은일을 해온 나다. 그런데 지금까지 너 같은 요원이 있다는 소리는 들어보지 못했어."

"49호."

이탄도 솔직하게 말했다.

피투성이가 된 55호가 뒤에서 악을 썼다.

"거짓말."

"뭐?"

이탄이 무서운 눈빛으로 뒤를 돌아보았다.

55호가 찔끔해서 시선을 피했다. 그래도 할 말은 끝까지 했다.

"거짓말이라고. 나는 몇 해 전에 49호와 함께 작전에 나갔던 적이 있어. 너는 그가 아니야."

이탄이 유목민 복장을 훌러덩 벗어서 그 속의 하얀 무복을 보여주었다. 무복의 어깨 부위에는 49라는 숫자가 선명했다.

55호가 혼란스러운 눈빛을 보였다.

"이상하다. 너는 분명 49호가 아닌데? 49호는 검을 사용하는데, 너는 검수가 아니잖아."

28호가 이탄의 공격권 안으로 성큼 들어왔다. 28호의 두 손은 어느새 검자루를 쥐고 있었다. 이탄을 노려보는 28호의 눈빛이 잘 벼린 칼날을 보는 듯 예리했다.

"무복이야 얼마든지 위장할 수 있지. 아니면 진짜 49호를 죽이고 빼앗아 입을 수도 있고. 이봐. 네 정체에 대해서 해명이 필요할 것 같은데?"

28호에게서 뿜어지는 기세가 심상치 않았다. 이탄이 추이타 대초원에서 마주쳤던 동료 요원들, 즉 37호나 40호, 55호는 확실히 무력이 이탄보다 떨어졌다. 하지만 28호는 직접 싸워보기 전까지는 기량이 가늠되지 않았다. 게다가 28호에게서는 어딘지 모르게 아울 검탑 검수들의 느낌이 풍겼다.

이탄은 왼쪽 눈을 통해 상대의 정보를 읽었다.

— 종족: 필드 일족
— 주무기: 쌍검, 표창
— 특성 스킬: 철익의 가호, 쾌속의 가호, 쌍검무
— 성향: 백
— 레벨: A—
— 주 출몰지역: 언노운 월드 평야
— 출몰빈도: 희박

A— 레벨이면 결코 만만한 수준은 아니었다. 특성 스킬도 뛰어나서, 철익의 가호와 쾌속의 가호 모두 상대하기 까다로웠다.

'더군다나 철익의 가호는 주교급 가호잖아?'

철익의 가호도 문제지만, '쌍검무'라는 스킬도 마음에 걸렸다. 이탄은 28호와 싸우려는 생각을 접었다. 신성력이 고갈된 상태에서 이 정도 레벨의 강자와 싸우는 것은 미련한 짓이었다.

'간철호의 마법은 아직까지 완전히 몸에 배지 않았어. 그렇다고 음차원의 마나를 사용할 수도 없고. 지둔의 가호도 없이 28호와 싸우기는 부담스럽지.'

이탄이 어깨를 으쓱했다.

"내가 49호인지 아닌지는 전담 보조팀을 불러서 물어보면 알 수 있지."

"엇? 전담 보조팀도 알아? 진짜로 우리 동료가 맞나?"

28호가 흠칫했다.

55호가 반대 의견을 내었다.

"아니에요, 28호 님. 이자는 49호가 아니라고요. 전에 제가 49호와 작전을 함께 해본 경험이 있어서 잘 알아요. 속지 마세요."

55호는 이탄에게 크게 당한 터라 감정이 좋지 않았다.

손으로 상처를 부여잡고 눈밭을 엉금엉금 기어서 28호에게 다가간 55호는 표독한 눈빛으로 이탄을 노려보았다.

이탄은 55호를 그냥 놓아주었다. 여기서 55호를 죽이려 들었다가는 28호와 싸울 수밖에 없을 테고, 그렇게까지 일이 꼬이면 반드시 28호를 죽여서 입을 막아야 했다.

'최후의 경우에는 어쩔 수 없이 그렇게 할 수밖에 없겠지만, 아무래도 쾌속의 가호가 마음에 걸린단 말이야.'

28호와 55호 모두 쾌속의 가호를 지녔다. 이 가호를 하사받은 사람은 눈 깜짝할 사이에 수 킬로미터를 종횡할 수 있었다.

'둘 중 한 명만 놓쳐도 낭패다.'

이탄은 모험을 자제하기로 마음먹었다.

"굳이 나를 믿어달라고 하지는 않겠어. 하지만 말이야, 나는 그쪽을 어떻게 믿지? 내가 목숨을 걸고서 새끼독수리를 구출했는데, 그 공을 중간에 가로채 간 사기꾼을 어떻게 신뢰하겠느냐고."

"윽."

이탄의 공격에 55호가 당황했다.

28호가 55호를 돌아보았다.

"저 말이 사실인가?"

"그건……."

55호는 말문이 막혔다.

28호가 앞뒤 상황을 한눈에 파악했다.

"이야기를 종합해 보면 49호의 말이 맞아 보이네. 전담 보조팀에 이어서 새끼독수리까지 입에 담는 것을 보면 그는 기사단 소속 요원이 확실해. 그리고 55호가 49호의 공을 가로채려고 한 게야. 이에 화가 난 49호가 55호를 죽이려고 했고. 내 말이 틀렸나?"

"28호 님……."

55호의 눈빛이 가늘게 흔들렸다.

반면 이탄의 눈빛에는 변화가 없었다.

Chapter 5

28호가 두 사람 모두에게 화를 내었다.

"자네들 모두에게 실망이군. 원로 어르신들이 우리를 경쟁시킨 것은 그럴 만한 이유가 있었기 때문이었어. 선의의 경쟁을 통해 분발하라는 뜻이었지, 동료의 뒤통수를 치고 공을 빼앗으라는 뜻은 결코 아니었다고."

"으윽."

55호가 고개를 푹 숙였다.

28호는 55호를 대뜸 꾸짖었다.

"그런데 55호의 행동은 어떠했나? 목숨을 걸고 새끼 독수리를 구해온 49호의 뒤통수를 쳤어. 그게 옳은 일인가?"

"으으. 아닙니다."

28호의 엄한 시선이 이탄에게 멎었다.

"49호도 마찬가지야. 잘한 것이 하나도 없다고. 설령 아군에게 뒤통수를 맞았다고 치자. 애써 세운 공을 빼앗겼다고 치자. 그게 동료를 죽일 만한 일인가?"

이탄이 고개를 삐딱하게 기울였다.

"저 여자가 동료라고 어떻게 확신하지?"

"뭐?"

"새끼독수리를 빼앗아간 자를 추적하여 겨우 붙잡았는데, 그자가 내 동료라고 어떻게 생각하겠어? 당연히 적이라고 여겼지."

이탄은 태연하게 둘러대었다.

55호가 발끈했다.

"거짓말. 너는 내가 기사단 소속 성기사인 것을 알았어. 그걸 알면서도 나를 죽이려고 했다고. 이 상처를 보고도 그런 거짓말이 나오나?"

55호가 복부의 상처를 까뒤집어 공개했다.

"웃기는군. 다친 게 무슨 벼슬이야? 배에 구멍이 났다고 해서 무조건 네 말이 옳다는 게 말이 돼?"

이탄이 가소롭다는 듯이 팔짱을 끼었다.

28호가 언성을 높였다.

"그만. 둘 다 그만둬. 같은 편끼리 이게 무슨 창피한 짓이야?"

"으윽."

55호가 입을 꾹 다물었다.

이탄도 아무 소리 하지 않았다.

28호가 케레이트족의 후계자를 손가락으로 가리켰다.

"타우너스족의 손에서 새끼독수리를 구출한 것은 분명히 49호의 공이다. 55호, 내 말이 맞나?"

"으으음."

55호가 불만스레 볼을 부풀렸다.

28호가 이탄에게 중재안을 제시했다.

"하지만 49호도 잘못을 저지른 바가 있으니 너그럽게 양보를 해주면 좋겠다. 두 사람이 함께 공을 세운 것으로 하면 안 되겠나?"

"그러면 40호는……, 앗!"

55호가 불쑥 끼어들었다가 두 손으로 자신의 입을 막았다.

이탄과 28호의 눈이 동시에 55호에게 쏠렸다.

"40호? 혹시 40호도 이번 작전에 투입되었나?"

28호가 55호를 추궁했다.

이탄이 속으로 히죽 웃었다.

'아하! 이제 보니 내 뒤통수를 친 사람이 55호가 아니라 40호였구나? 어쩐지 55호의 몸에 상처가 전이된 흔적이 보이지 않더라.'

물론 이탄은 속으로만 이렇게 짐작할 뿐 생각을 겉으로 드러내지는 않았다. 자세하게 파고들면 저주마법에 대한 이야기도 나올 텐데, 이탄은 그게 싫었다.

55호가 마뜩지 않은 눈빛으로 이탄을 노려보았다.

'수상해. 나는 49호가 영 수상쩍다고.'

55호는 이탄을 의심했다.

그렇다고 이 상황에서 이탄을 계속 물고 늘어질 수도 없었다. 뒷사정을 자세히 캐다 보면 40호가 저지른 잘못이 드러나기 때문이었다.

당시 40호는 그냥 새끼독수리만 가로챈 것이 아니었다. 이탄이 흑마법사들과 혈투를 벌이는 틈을 타서 동료의 뒤통수를 쳐버렸다.

'보는 시각에 따라서는 40호가 흑마법사들을 도운 것으로 판단될 수도 있어. 아니, 거의 그렇게 판명 날 것이 뻔해. 만약 40호의 잘못이 만천하에 까발려진다면?'

백 진영의 사람이 혹 진영을 돕는다는 것은 어마어마한 죄였다. 은화 반 닢 기사단에서는 40호를 단두대에 보낼 것이 뻔했다.

여기에 생각이 미치자 55호의 가슴이 철렁 내려앉았다. 사실 40호와 55호는 오랜 연인 관계였다.

'이런. 49호의 말 한 마디에 40호의 목숨이 달렸잖아?'

55호가 불안한 눈빛으로 이탄의 안색을 살폈다.

다행히 이탄은 이번 일을 폭로할 생각이 없었다. 이탄은 이탄대로 구린 구석이 있는 까닭이었다.

'운드 트랜스퍼가 발각되면 골치 아프겠지? 쳇. 어쩔 수 없군. 28호의 권유대로 이번 일을 덮을 수밖에.'

이탄은 잠시 고민하는 척하다가 시원하게 대답했다.

"좋습니다. 새끼독수리를 구출한 공을 55호와 나누겠습니다."

이탄이 갑자기 28호에게 존칭을 썼다. 지금까지 이탄은 28호를 선배로 인정하지 않았으나, 이제부터는 인정하겠다는 의미였다.

28호가 그 의미를 파악했다. 이탄을 향한 28호의 눈빛이 살짝 누그러졌다.

28호가 말없이 55호를 돌아보았다.

55호도 마지못해 28호의 제안을 따랐다.

"할 수 없군요. 별로 내키지는 않지만 저도 28호 님의 말씀을 따르겠습니다."

"40호는?"

28호가 40호에 대해서 물었다.

55호는 씁쓸하게 고개를 가로저었다.

"40호까지 끼울 수는 없겠습니다. 그렇게까지 하면 49호에게 미안하기도 하고, 사실 40호가 별로 세운 공이 부족하기도 합니다."

55호는 40호가 부각되는 것을 꺼렸다.

이탄도 같은 마음이었다.

"저도 40호는 아니라고 봅니다. 대신 28호 님과 공을 나눌 의향은 있습니다. 어차피 28호 님이 중재하지 않으셨다면 저는 55호를 적으로 여기고 죽였을 겁니다. 그리고 나중에 어르신들께 그 죄를 추궁당했겠지요. 그런 의미에서 28호 님도 함께 공을 세운 것으로 보고서를 올렸으면 합니다."

여러 사람을 끌어들이면 그만큼 이탄의 공은 축소되게 마련이었다. 그럼에도 불구하고 이탄이 28호를 물귀신처럼 끌어들인 이유는 하나였다.

'이 자리에서 벌어진 모든 일들을 우리 3명 사이의 비밀로 남기자. 공을 나눠줄 테니 입은 다물어라.'

이것이 이탄의 요구였다.

Chapter 6

55호가 남몰래 눈을 찌푸렸다.

'역시 수상해. 굳이 공을 나누면서까지 28호 님의 입을
다물게 만들려는 의도가 뭐지?'

속으로는 이렇게 의심했으나, 사실 55호는 이번 일을 떠
벌리고 다닐 처지가 아니었다. 연인인 40호가 무사하려면
이번 사건을 마음속에만 묻어두는 것이 최선이었다.

한편 28호도 고개를 갸웃했다. 그는 이탄의 의중을 알
수 없었다.

'공을 빼앗기는 것이 싫어서 55호를 죽이려 든 것 아니
었나? 그렇게 욕심이 많은 49호가 왜 나에게 공을 나눠주
려고 하지?'

일단 이런 의심이 들었다. 그럼에도 불구하고 28호는 기
꺼이 이탄의 호의를 받아들였다.

은화 반 닢 기사단에서 요원으로 활동하는 사람들은 저
마다 절실한 사정이 있었다. 그런 사정 때문에 목숨을 걸고
요원으로 뛰는 거였다.

28호도 예외는 아니어서, 그에게는 이번에 공을 세워야 하는 절박한 이유가 존재했다.

"험험. 그래 주면 나야 고맙지."

결국 28호는 이탄이 내민 손을 잡았다.

대신 28호의 입에 자물쇠가 꾹 채워졌다.

일은 그렇게 마무리되는 듯했으나, 딱 그 타이밍에 맞춰서 훼방꾼들이 나타났다. 타우너스족의 추격대가 눈밭을 헤치고 이곳까지 쫓아온 것이다.

"저기 놈들이 있다."

커다란 양날도끼를 든 타우너스 전사가 콧김을 거세게 내뿜었다. 전사는 어마어마하게 큰 흑마를 타고 있었는데, 자세히 보니 실제 말이 아니라 시커먼 연기가 뭉쳐서 만들어진 주술마였다.

다른 타우너스 전사들도 모두 주술마를 타고 있었다.

28호가 한 발 앞으로 나섰다.

"마침 잘 되었군. 새끼독수리를 구출하는 데 아무런 도움도 주지 못하고 숟가락만 얹는 것 같아서 찜찜했는데, 이제라도 할 일이 주어져서 다행이야."

그 사이 타우너스족의 추격대는 무서운 속도로 달려와서 은화 반 닢 기사단의 요원들을 휩쓸었다. 흑주술로 만들어진 주술마는 육중한 체격의 타우너스족을 등에 싣고서도 실제 말보다 두 배는 더 빨리 달렸다.

후왕—.

선두의 전사가 양날도끼를 크게 휘둘러 28호의 몸을 쪼갰다.

까앙!

28호의 쌍검이 벼락처럼 X자를 그려 적의 공격을 막아냈다. 놀랍게도 타우너스 전사의 양날도끼가 X자 모양대로 잘려나갔다. 뒤이어 타우너스 전사의 몸에서도 X자 모양으로 피가 튀었다.

"큿."

상처 입은 전사가 잇새로 뜨거운 신음을 토했다.

28호의 쌍검에서는 오러가 선명하게 타올랐다.

타우너스 추격대는 오러를 목격하고서도 전혀 물러서지 않았다. 오히려 더 사납게 밀어붙여 28호를 집중 공략했다.

"와라."

28호가 춤을 추듯이 적들 사이로 뛰어들었다. 두 자루 검을 들고 추는 춤은 미려했고, 가벼웠다. 그 가벼운 검무에 타우너스 전사들의 두꺼운 피부가 서걱서걱 잘려나갔다. 타우너스족의 중병기가 치즈 조각처럼 베어졌다.

"크워어어어어!"

타우너스 전사들이 일제히 함성을 터뜨렸다.

그 즉시 타우너스 전사들이 입은 상처가 아물고, 움직임은 몇 배나 더 빨라졌다. 피부도 철벽처럼 강화되었다. 그들의 눈에서는 시퍼런 안광이 줄기줄기 뿜어져 나왔다.

"주술 강화!"

55호가 흠칫했다.

주술의 힘으로 신체를 강화하고 상처를 치유하는 것은 타우너스족의 주특기 가운데 하나였다. 이렇게 강화된 신체는 어지간한 무기로는 작은 흠집 하나 만들기 힘들었다.

28호가 결국 비기를 꺼내들었다.

촤라라락!

28호의 쌍검무에 철익의 가호가 더해졌다. 28호의 등 뒤에 철로 만들어진 날개가 환영처럼 드러났다. 그 날개의 깃털 하나하나가 철편이자 곧 철검이었다.

28호가 검무를 추자 거대한 날개도 함께 움직였다. 수백 자루의 검이 공간을 헤집고 적들을 베었다.

"크윽."

주술로 강화한 타우너스의 피부가 철검에 베여 피를 흘렸다. 타우너스 전사들이 휘두르는 중병기가 철검에 막혀 28호의 곁에도 미치지 못했다.

타우너스 추격대는 28호의 주변을 빙빙 돌면서 집중 공격했다. 그러나 시간이 갈수록 타우너스 전사들의 피해만 커질 뿐 28호는 멀쩡했다.

"역시 28호 님은 강하시구나."

55호가 28호의 무력에 감탄했다.

반면 이탄은 살짝 실망한 편이었다. 이탄이 팔짱을 깊숙이 끼었다.

'체엣. 주교급 가호라고 해서 바짝 긴장했는데, 별거 없잖아? 저 정도 무력이면 나에게는 큰 위협이 되지 않겠는데?'

28호가 추는 쌍검무도 이탄의 눈에는 그리 대단해 보이지 않았다.

이탄이 지켜보는 가운데 전장에 변화가 생겼다. 28호에 대한 공격이 쉽지 않자 타우너스 추격대가 목표를 바꿨다.

"안 되겠다. 케레이트족의 후계자부터 되찾는다."

타우너스 추격대 대부분은 여전히 28호의 주변을 맴돌면서 공격을 지속했다. 다만 추격대 소속 전사들 가운데 3명이 주술마를 몰아 전장에서 이탈했다. 그들은 곧장 이탄을 향해 달려들었다.

엄밀하게 말해서 이 3명의 전사가 노리는 것은 이탄이 아니었다. 55호도 아니었다. 이들은 케레이트족의 후계자를 원했다.

"앗!"

거대한 주술마가 와락 달려들자 55호가 바짝 긴장했다. 부상이 심한 55호의 입장에서는 타우너스 전사들의 공격이 부담스러울 수밖에 없었다.

결국 이탄이 나섰다.

이탄은 얼마 남지 않은 신성력을 끌어모아 땅속에 방패의 가호를 심었다. 빛이 뭉쳐서 만들어진 신성한 방패들이 타이밍을 맞춰서 일제히 폭발했다.

꽈아앙!

지축이 뒤흔들렸다.

Chapter 7

"크악."

"우와악."

타우너스 전사 3명이 거칠게 눈밭에 나뒹굴었다. 빛의 방패가 터지면서 형성된 파편들이 주술마 세 마리를 단숨에 날려버린 탓이었다.

주술마들의 근본은 흑주술의 결정체.

상대적으로 신성력에 취약할 수밖에 없었다. 대신 타우

너스 전사들은 방패의 폭발에 휘말리고도 그다지 큰 타격을 받지는 않았다.

문제는 이탄이었다. 유령처럼 적에게 다가간 이탄이 땅바닥에 쓰러진 타우너스 전사 한 명의 목덜미를 붙잡았다.

덥석.

"억? 어어억? 크아아아악!"

산 채로 몸이 찢긴다는 것이 어떤 것인지, 이탄은 타우너스 전사를 상대로 그 진가를 보여주었다. 이탄의 손에 잡힌 적의 목덜미가 종잇장처럼 뜯겨나갔다. 뒤이어서 타우너스의 귀가 부욱 찢어졌다. 억센 어금니가 과자처럼 어이없이 부러졌다. 타우너스 전사의 아래턱이 장난감처럼 잡아 뽑혔다. 두 팔이 몸통과 분리되어 눈밭에 아무렇게나 내팽개쳐졌다.

"크아악, 크아악."

타우너스 전사가 온몸으로 발악했다.

이탄은 발악하는 상대를 척척 분해하여 사방에 그 부산물들을 늘어놓았다. 기다랗게 잡아 뽑힌 혀가 눈밭에 철썩 떨어졌다. 형체를 알 수 없게 뭉그러진 코가 그 옆에 팽개쳐졌다. 눈알 2개가 눈밭을 굴렀다. 심장이 바닥에 떨어져 펄떡펄떡 뛰었다. 내장이 줄줄이 뽑혀서 뱀처럼 똬리를 틀었다.

"으, 으으윽."

"이게 뭐야?"

나머지 두 전사는 감히 이탄에게 달려들 생각도 하지 못
했다.

"우웨엑, 우웨에에엑."

55호는 이탄이 자행하는 끔찍한 살육 행위를 견디지 못
하고 구역질을 해댔다. 이탄에게 붙잡힌 타우너스 전사는
불과 몇 분 만에 고기 파편이 되어버렸다.

주춤주춤.

2명의 타우너스 전사들이 뒷걸음질을 쳤다.

이탄이 그들에게 성큼 다가섰다.

타우너스 전사들은 이탄이 다가온 거리의 두 배만큼을
더 후퇴했다.

"으으윽."

타우너스 전사들의 입에서 겁에 질린 신음이 새어 나왔
다. 놀란 전사들이 자신들의 입을 손으로 막았다.

용맹을 최고의 가치로 생각하는 타우너스족이었다. 적에
게 기가 눌려 신음을 흘렸다는 사실이 그들에게는 씻을 수
없는 수치였다.

슈웅―.

이탄이 적의 틈을 노려 S자로 몸을 날렸다. 자세를 잔뜩
낮추고 눈밭에 거의 상체를 밀착하여 뱀처럼 움직였다.

스으윽―.

유령처럼 다가온 이탄이 손을 휘저었다.

황급히 도망치던 타우너스 전사 한 명의 발목이 이탄의 손에 걸렸다.

뿌드득!

살짝 스친 것 같았는데 어느새 전사의 발이 종아리에서 뽑혔다. 뜯겨나간 종아리로부터 피가 한 사발이나 떨어졌다. 핏줄과 힘줄이 뒤엉킨 덩어리가 눈밭에 길게 늘어졌다.

"끄아아아악."

타우너스 전사가 고통에 울부짖었다.

턱.

어느새 다가온 이탄의 손이 타우너스 전사의 안면을 붙잡았다.

그것으로 끝.

뼈 으스러지는 소리와 함께 타우너스 전사의 얼굴 전면부가 통째로 뜯겨 나왔다. 빈 허공을 허우적거리던 전사의 손이 이탄의 몸을 연신 할퀴었다.

이탄은 꿈쩍도 하지 않았다. 오히려 타우너스 전사의 손톱이 철벽에 막힌 듯 뭉그러지고 갈려 나갔다.

"거참, 귀찮게 버둥거리네."

이탄은 반항하는 적의 팔 2개를 먼저 잡아 뽑았다. 그 다음 타우너스 전사의 육중한 몸을 깔고 앉아 신체를 부위별로 뜯어내기 시작했다.

"우웨에에엑—."

그 끔찍한 해체 작업에 55호가 한 번 더 구토를 했다.

이탄이 본격적으로 나서자 다른 곳의 싸움이 모두 멈췄다. 28호가 흔들리는 눈빛으로 이탄의 행동을 지켜보았다. 죽음을 두려워하지 않는다는 타우너스 전사들도 질린 눈빛으로 이탄을 주시했다.

이탄이 뒤를 돌아보며 히죽 웃었다.

"조금만 기다려. 다 똑같이 만들어줄게."

이 말이 기폭제가 되었다.

"으아아아아."

타우너스 전사들이 서로의 얼굴을 한 번 마주 보더니 슬금슬금 후퇴했다. 이탄은 적을 추격하지 않았다. 그저 손에 잡힌 희생자를 꼼꼼하게 분해할 뿐이었다.

28호가 절레절레 고개를 가로저었다.

'저런 괴물과 맞서 싸우려고 했다고?'

28호는 55호에게 눈으로 물었다.

'아니요. 싸우긴 누가 싸운다고 그래요. 으으윽.'

55호가 미친 듯이 도리질을 했다.

다음 날 아침.

"모레툼 교단의 도움에게 감사하는 바이다. 그러나 지금 우리 종족의 상황이 좋지 않아 잔치를 베풀 수가 없도다. 부디 우리의 열악한 사정을 이해해다오."

케레이트족의 대족장이 이런 말로 세 사람의 공을 치하했다.

대족장의 옆에는 케레이트족의 후계자가 자리했다. 후계자의 안색은 아직 파리했다. 몸에 기운도 없어 보였다.

대족장이 침울한 기색으로 후계자를 곁눈질했다. 그러다 침통하게 고개를 내저었다.

지난밤 케레이트족이 입은 피해는 극심하기 이를 데 없었다. 타우너스족의 주술사들과 고요의 사원 흑마법사들은 케레이트족에게 치명적인 피해를 입혔다. 심지어 케레이트 대족장도 거동이 불편할 정도의 중상을 입었다.

그래도 대족장은 아픈 티를 내지 않았다. 꼿꼿하게 바른 자세로 앉아서 모레툼의 성기사들을 맞았다.

"아닙니다. 대족장님의 말씀만으로도 충분히 보상이 되었습니다. 우리 모레툼 교단과 케레이트족은 오랜 혈맹 관계가 아니겠습니까? 마땅히 할 일을 했을 뿐입니다."

28호가 모레툼 교단을 대표하여 이렇게 대답했다.

Chapter 8

대족장이 고개를 가로저었다.

"그렇지 않다. 수십만 적들 사이로 침투하여 우리 후계자를 구출한 것은 정말로 용감한 전사가 아니라면 엄두도 내지 못할 일이다. 나와 우리 케레이트족은 이번 일을 절대 잊지 않는다."

"감사합니다."

28호가 정중히 고개를 숙였다.

"이제 그대들은 교로 복귀할 것인가?"

대족장이 28호에게 물었다.

28호는 미리 준비한 답변을 내놓았다.

"저희에게 주어진 임무를 해내었으니 교단으로 돌아가는 것이 마땅합니다. 만약 대족장님께서 타우너스족과 전쟁을 계속하실 것이라면, 그래서 지원병이나 지원 물품이 필요하시면 모레툼 교단에 요청해 주십시오. 저희와 같은 소수 정예 부대는 대규모 전쟁에서 별로 도움이 되지 않을 것입니다."

28호는 대족장이 무리한 요구를 할까 봐 우려했다.

'예를 들어서 적 후방에 침투하여 타우너스 대족장을 암살하라든가, 거꾸로 타우너스족의 후계자를 납치해오라든

가. 이런 요구는 곤란하지.'

다행히 대족장은 무리한 요구를 하지 않았다.

"알겠다. 그대들은 그대들 나름의 쓸모가 있고, 일반 병
사들은 일반 병사들 나름의 쓸모가 있는 법. 굳이 소 잡는
칼을 닭 잡는데 사용할 필요는 없지."

"이해해주시니 감사합니다."

28호의 얼굴이 밝아졌다.

반면 대족장의 안색은 밝지 않았다.

"우리 케레이트족이 모레툼 교단에 지원을 요청하는 일
은 당분간 없을 것이다. 전쟁을 지속하기에는 우리의 피해
가 너무 크다."

"그 말씀은?"

"케레이트족은 고향을 버리고 떠난다."

"네?"

"일단 북산 꼭대기로 터전을 옮길 생각이다. 물론 우리
의 고향을 완전히 포기하겠다는 뜻은 아니다. 때가 되면 저
극악무도한 타우너스들의 손에서 이 땅을 되찾아야겠지.
하지만 지금은 고집을 부릴 때가 아니야. 평야에서 계속 싸
우기에는 우리 부족의 전사들이 너무 많이 죽었다."

"아!"

이번엔 28호의 얼굴에 그늘이 드리웠다.

케레이트족이 북산 깊숙이 숨어버리면, 결국 모레툼 교
단은 추이타 대초원에 대한 영향력을 상실하는 셈이었다.

그렇다고 28호가 케레이트족을 붙잡을 수도 없었다.

'모레툼 교단이 전력을 투입해서 타우너스족과 대신 싸
워줄 수도 없잖아? 으으음. 이거 일이 꼬이는데?'

28호가 입술을 꽉 깨물었다.

55호의 표정도 상당히 어두웠다. 돌아가는 상황이 좋지
않다고 여겨서였다.

이탄은 예외였다. 이탄은 대족장을 알현할 때부터 지금
까지 표정에 변화가 없었다. 대족장도 이탄에게는 그리 신
경을 쓰지 않았다.

어쨌거나 이것으로 새끼독수리 구출 작전이 종료되었다.

결과는 성공이었으되, 작전 도중에 피해도 제법 입었다.
우선 요원들 가운데 37호가 실종되었다. 40호는 큰 부상을
입어 후방으로 호송되었다. 케레이트족은 대초원의 터전을
버리고 북산 깊숙한 곳으로 이주한다고 선포했다.

모레툼 교단의 입장에서는 이 모든 것이 악재였다. 특히
케레이트족의 도피가 가장 뼈아팠다.

하지만 교단이 얻은 것도 많았다. 우선 28호와 49호(이
탄), 55호가 힘을 합쳐 케레이트족의 후계자를 구출한 것이

대표적인 성과였다. 덕분에 모레툼 교단과 케레이트족 사이의 혈맹 관계는 더욱 돈독해졌다. 그리고 이 관계는 나중에 후계자가 대족장이 되었을 때 더욱 강화될 가능성이 높았다.

은화 반 닢 기사단에서는 공을 세운 3명의 요원들에게 골고루 포상을 내렸다. 목숨을 걸고 임무를 수행한 만큼 포상도 컸다.

28호는 딸의 불치병을 치료할 수 있는 성약을 받았다. 28호는 원래 아울 검탑의 도제생 출신이었다. 그런데 아픈 딸 때문에 구도자의 길을 포기하고 부유한 모레툼 교단에 투신하게 된 것이다.

추이타 대초원에서 이탄은 28호의 자세를 보고 아울 검탑을 떠올렸는데, 그 판단이 정확했다.

55호는 은화 반 닢 기사단으로부터 신성력을 추가로 주입받았다. 더불어서 가족을 위한 재물도 두둑하게 챙겼다.

이탄도 55호와 마찬가지로 신성력을 추가로 주입받았다. 거기에 더해서 이탄은 30일간의 특별 휴가를 요구했다.

가을이 깊어가는 9월 10일 오후, 이탄은 쿠퍼 가문으로 복귀하지 않고 홀로 휴가를 떠났다. 이탄의 목적지는 쿠퍼 가문으로부터 한참 떨어진 남쪽, 트루게이스 시였다.

모레툼 교단에서는 이탄을 위해 점퍼들을 여러 명 동원
했다. 덕분에 이탄은 불과 하루 만에 트루게이스 시에 도착
했다.

물론 이탄이 휴가를 가기 전, 은화 반 닢 기사단에서는
가주의 행세를 대신 할 가짜를 앉혀놓았다.

제3화

달콤한 휴가

Chapter 1

이탄이 휴가를 요구했다는 소식은 비크 교황의 귀에도 들어갔다.

비크가 고개를 갸웃했다.

"49호가 어디로 휴가를 갔다고?"

"트루게이스 시입니다. 교단의 점퍼들이 49호를 트루게이스로 보내주었다고 합니다."

교황의 오른팔이라 불리는 추기경이 상세한 내용을 아뢰었다.

비크가 다시 한 번 물었다.

"트루게이스가 확실한 게요? 솔노크가 아니고?"

이번엔 추기경이 고개를 갸우뚱 기울였다.

"수변도시 솔노크 말씀이십니까? 49호는 솔노크에 연고가 없는데 왜 그곳으로 가겠습니까? 고향인 트루게이스 시로 가는 것이 마땅하지 않습니까?"

추기경은 이탄의 출신 성분에 대해서 잘 알지 못했다.

반면 비크는 오래 전부터 이탄을 주시해왔다. 이탄을 은화 반 닢 기사단으로 보낸 장본인이 바로 비크 교황이었다.

비크의 머리가 빠르게 돌아갔다.

'이상하구나. 49호가 포상으로 특별 휴가를 요구했다지? 나는 그 보고를 들었을 때 당연히 그가 솔노크 시로 갈 줄 알았는데? 그곳에서 아나톨 주교의 죽음을 파헤치고 누명을 벗으려는 의도가 아니었나? 아니면 이탄이 내 예상보다 훨씬 더 약속을 잘 지키는 성격인가?'

오래 전 비크는 이탄에게 "은화 반 닢 기사단의 성기사가 되어 20회의 퀘스트를 성공하거나, 혹은 9년 동안 성실히 헌신하면 아나톨 주교의 죽음을 재조사할 기회를 주겠다."고 약속했다.

처음 이탄이 휴가를 받았다고 들었을 때, 비크는 '이탄 녀석이 약속을 깨고 아나톨에 대한 뒷조사를 시작한 것 아닌가?' 라는 의심을 품었다.

한데 그건 아닌 듯했다. 이탄은 누명을 벗기보다는 고향부터 먼저 찾았다.

'신관 이탄. 너도 그냥 평범한 부류였단 말이냐? 하루하루의 삶에 만족하며, 고향 친구들을 그리워하는 마음이 누명을 벗는 것보다 더 중요한, 그런 평범한 사내였느냐? 아니면 한번 입에서 뱉은 약속은 반드시 지켜야 하는 고지식한 녀석이었나?'

그렇다면 안심이었다. 비크는 모레툼 신으로부터 4개의 가호를 부여받은 이탄을 내심 경계했었다.

'내가 너무 예민했었나?'

비크의 마음속에서 이탄에 대한 경계심이 조금 누그러졌다.

그렇다고 이탄에 대한 의심을 탁 풀어버릴 정도로 비크가 녹록한 사람은 아니었다.

"일단 49호에 대한 행적은 계속 나에게 보고하게. 휴가 기간 내내 그에 대한 눈을 거두지 말게나."

"성심을 다해 교황 성하의 말씀을 따를 것이옵니다."

추기경이 공손히 답변했다.

이것으로 비크는 이탄에 대해서 잠시 잊었다. 교황의 자리는 너무나 바빠서 이탄처럼 말단의 성기사 요원에게까지 계속 신경을 쓸 수는 없는 노릇이었다. 비크의 입장에서 이탄은 언제든 운명을 뒤틀어 버릴 수 있는 도구에 불과했다.

그리고 그런 도구에게 너무 많은 시간을 할애하는 것은 낭비였다.

비크는 낭비를 혐오하는 성격이었다. 스텐실창 사이로 스며드는 햇살을 올려다보며 비크는 교단의 미래를 계획했다.

"날이 추워지기 전에 마무리 지을 일들이 많지. 곧 겨울이 올 게야."

비크는 웅얼거리는 말투로 혹한의 겨울을 입에 담았다.

같은 시각,

먼 남쪽의 트루게이스 시가지.

"어, 춥다."

이탄이 여우털 목도리를 코까지 치켜 올렸다.

오늘 이탄은 은화 반 닢 기사단의 성기사를 상징하는 하얀색 무복을 입지 않았다. 대신 남색과 흰색이 교대로 섞인 모레툼 교단 신관의 복장을 갖추었다. 발에는 고급스러운 가죽신을 신었다. 머리카락은 단정하게 빗어서 위로 틀어 올렸는데, 귀밑머리만 남겨 놓아 어깨까지 길게 늘어뜨렸다.

지금 이탄의 외모는 3년 전 겨울 트루게이스 시를 활보하던 때와 똑같았다. 다만 당시에 허리에 차고 다녔던 유척이 없어졌고, 품속에 보물처럼 간직했던 외상 장부도 지금은 없다는 점이 다를 뿐이었다.

산악도시 트루게이스의 언덕을 올라가는 이탄의 발걸음은 가벼웠다.

"좋구나. 먼 길 여행을 떠났다가 고향에 돌아온 기분이야."

이탄은 트루게이스의 흙냄새가 정겨워서 코를 씰룩거렸다. 도시 뒤편에 배경처럼 펼쳐진 산세도 왠지 모르게 정감이 갔다. 길가에 피어 있는 들꽃 한 송이, 풀 한 포기, 돌멩이 하나, 모두 다 보기에 좋았다.

"지부는 과연 어떻게 변했을까?"

이탄은 자신이 세운 지부가 궁금했다.

모레툼 교단은 직영 지부와 가맹 지부를 적절히 섞어서 운용하는 체제였다. 직영 지부란, 교의 총단에서 직접 운영하는 지부를 의미했다. 대표적으로 솔노크 시의 지부가 직영 지부였다.

반면 가맹 지부란, 거액을 헌금한 사람이 총단으로부터 권한을 이양받아서 세운 지부를 일컫는 말이었다.

3년 전, 이탄이 트루게이스 시에 세운 지부가 바로 가맹 지부에 해당했다.

이탄의 들뜬 기분은 지부 입구에 도착하자 한층 더 고조되었다.

"이야아, 여긴 그대로구나."

이탄이 기분 좋게 탄성을 질렀다.

트루게이스 시의 모레툼 지부는 오래된 성채를 개조해서 만들어진 건축물이었다. 덕분에 지부의 건물 지붕들은 뾰족뾰족했고, 삼면이 깎아지른 절벽으로 차단되어 있어 천연의 요새나 다름없었다.

절벽 아래에는 세찬 강물이 흘렀다. 굼실굼실 흐르는 강물과 지부 사이는 도개교로 연결되었다.

이탄은 대뜸 도개교 앞으로 발걸음을 옮겼다.

낯선 이가 접근하자 지부 안에서 딸랑딸랑 종이 울렸다. 도개교 위쪽으로 사람 한 명이 머리를 빼꼼 내밀었다.

다름 아닌 티케였다. 근미래 예지 스킬을 지닌 소녀 티케 말이다.

Chapter 2

"앗! 신관님."

티케가 이탄의 얼굴을 알아보았다.

"티케구나? 많이 컸네?"

이탄이 활짝 웃었다.

티케가 뒤를 향해 소리를 질렀다.

"거 봐요. 내가 뭐랬어요. 어젯밤 꿈에 신관님이 보였다니까요. 신관님이 이곳에 돌아오는 꿈을 꿨다고요."

"누가 뭐래? 나는 네 말을 전적으로 믿는다니까."

티케의 말을 받은 사람은 리리모였다. 도살 스킬을 타고 난 중년의 여성 리리모가 티케 옆에서 고개를 삐죽 내밀었다.

반가운 얼굴들이 이탄의 눈에 틀어박혔다. 3년 전, 헤스티아 영애를 호위하여 먼 여행을 떠났던 기억도 떠올랐다.

이탄의 마음이 모처럼 푸근해졌다.

잠시 후, 이탄의 방에서 세 사람이 빙 둘러앉았다.

이탄은 방 안 풍경을 쭉 둘러보았다.

3년 전 이곳을 떠날 때와 달라진 것은 하나도 없었다. 주인이 없는 동안에도 방은 한결같이 깔끔하게 유지되었다.

"티케가 매일 아침 꼬박꼬박 청소하고 있어요."

리리모가 티케의 칭찬을 했다.

"에이. 뭘요. 제가 한 게 뭐 있다고요."

쑥스러웠는지 티케가 볼을 발갛게 물들였다.

이탄이 흐뭇하게 웃었다.

"하하, 부끄러워할 필요 없다. 이렇게 깨끗한 것을 보니 좋구나. 그나저나 3년 사이에 많이 컸는걸?"

"그런가요?"

티케가 얼굴을 더 붉혔다.

티케는 이탄의 인사치레를 "3년 사이에 많이 커서 성숙한 아가씨가 되었는데?"라고 받아들였다.

사실 이탄이 말한 것은 "3년 사이에 근미래 예지 스킬이 많이 발전해서 이제 어엿하게 한 사람의 몫을 해내겠는데?"였다. 이탄이 3년 전 티케를 모레툼 지부로 데려온 이유도 바로 이 근미래 예지 스킬 때문이었다.

이탄의 시선이 리리모에게 향했다.

"리리모도 좋아 보이는군요."

"고맙습니다, 신관님."

리리모가 가볍게 목례를 했다.

남색 앞치마를 두른 리리모는 펑퍼짐하고 평범한 아낙네의 모습이었다. 하지만 그 속에는 도살 스킬을 개화한 도살자의 피가 흐르고 있었다.

3년 전 언데드와 혈투를 벌일 때부터 개화의 조짐이 보이기 시작했다. 그 후 트루게이스에 복귀한 이후부터 리리모의 특성은 완전히 꽃을 피웠다. 지금 리리모는 식칼 한자루만 잡으면 소건 돼지건 양이건 눈 깜짝할 사이에 도축이 가능했다. 사람을 도축하는 것도 식은 수프 먹기였다.

물론 아직까지 리리모는 사람을 직접 도축할 기회는 없

었지만 말이다.

"아 참, 모드융 할아버지도 잘 지내세요."

티케가 문득 모드융을 입에 담았다.

"그래?"

이탄이 티케를 돌아보았다.

마운틴족의 주술사 모드융은 3년 전 이탄 일행이 언데드 무리와 맞서 싸울 때 만난 동료였다. 모드융은 뛰어난 점퍼이기도 했다.

당시 이탄은 모드융의 능력을 한눈에 알아보았다.

'갖고 싶다.'

모드융의 능력을 탐낸 이탄은 모드융에게 빚을 잔뜩 지워 트루게이스 시 모레툼 지부의 신도로 만들어 버렸다.

사실 이탄은 좋은 사람, 아니 좋은 언데드가 아니었다. 어찌 보면 그는 악당 중의 악당이었다. 뛰어난 능력자들이 위기에 처했을 때 그들에게 은화 한 닢을 쥐여주고 모레툼 지부의 신도로 만드는 것은, 3년 전부터 이탄이 그려온 큰 그림이었다. 티케, 리리모, 모드융, 세 사람 모두 이탄의 큰 그림에 걸려 신도가 되었다.

그 모드융이 언급되자 이탄이 반겨 물었다.

"모드융의 상처는 모두 회복되었나? 3년 전 헤어질 당시에는 부상이 심했잖아."

티케의 얼굴에 그늘이 드리웠다.

"에효오. 부상이 심해도 이만저만 심한 게 아니었죠. 그 부상 때문에 모드융 할아버지는 하반신을 쓰지 못하는 불구가 되셨어요."

"저런."

이탄이 혀를 찼다.

티케가 밝게 미소를 지었다.

"하지만 지금은 괜찮으세요. 비록 다리는 쓰지 못하시지만 할아버지는 뛰어난 점퍼시거든요. 어디든 자유롭게 점프하실 수 있으시고, 또 기력도 전부 회복되셨죠."

"그거 다행이구나."

이탄이 하얗게 웃었다.

"그런데 모드융은 지금 어디 있느냐?"

"며칠 전에 일감을 하나 받으셔서 밖으로 나가셨어요."

티케 대신 리리모가 대답했다.

이탄이 고개를 갸웃했다.

"일감? 다리도 불편하다면서 일감을 받았단 말이오?"

"일을 해야 모레툼 님께 진 은혜를 갚죠. 머천트 길드를 위해서 점프를 해주는 일인데, 신도 몇 명과 함께 갔으니 별일 없을 거예요."

리리모가 씁쓸한 어투로 대답했다.

이탄이 문득 다른 것을 물었다.

"당연히 별일 없어야지. 그나저나 내가 없어도 지부가 잘 운영되었나 보구려? 모레툼 님의 은혜를 받고서도 그 은혜를 외면하는 사람들이 많은데, 의외로 꼬박꼬박 은화가 회수되었나 보지?"

3년 전까지만 해도 이탄은 신도들—비록 이탄은 이들을 신도들이라고 쓰고 빚쟁이라고 읽었지만—의 집과 가게를 돌아다니며 은화를 회수하는 것이 주요 업무였다.

그런데 이탄이 무려 3년이나 자리를 비웠다.

'당연히 돈줄이 막혔을 것이라고 예상했는데? 이상하단 말이야.'

이탄의 궁금증이 곧 풀렸다.

티케가 손뼉을 쳤다.

"아, 그거요. 헤스티아 님이 도와주셨어요."

"엉? 헤스티아 님이?"

의외의 말에 이탄이 눈을 동그랗게 떴다.

Chapter 3

티케가 신이 나서 대답했다.

"네. 헤스티아 님이요. 3년 전 신관님이 솔노크 시에 남으셨을 때 우리끼리만 트루게이스에 복귀했잖아요? 그 후로 헤스티아 영애님께서 지부 사정이 어려워지지 않도록 도와주셨어요."

"어떻게?"

이탄의 물음에 티케가 냉큼 대답했다.

"우선 헤스티아 님께서 영주성의 기사님들을 지부로 보내주셨거든요. 그 기사님들이 지부의 형제자매님들을 모아 놓고 특별히 당부하셨어요. 신관님께서 지부에 복귀하실 때까지 헌금을 밀리지 말라고 일장연설을 하셨죠. 그래야 지부가 어려워지지 않는다고요."

"아아!"

이탄이 마음속으로 감복했다.

'이 얼마나 아름다운 마음씨란 말인가? 내가 없는 동안 헌금이 밀리지 않도록 공권력을 동원해주시다니, 헤스티아 영애야말로 우리 지부의 특별 신도로 추대할 만하구나.'

이탄이 손바닥으로 무릎을 쳤다.

"참으로 고마운 분이시구나. 내가 조만간 영애님을 찾아 뵙고 감사 인사를 드려야겠다."

"그렇죠? 정말 고마우신 분이세요. 헤스티아 님은요. 헤헤헤."

티케가 혀를 쏙 내밀고 천진난만하게 웃었다.

그 후로도 이탄은 이것저것 질문했다. 그러면 티케와 리리모가 번갈아 가며 대답했다. 그러는 사이 어느새 날이 저물었다. 세 사람은 오래도록 수다를 떨며 회포를 풀었다.

밤이 깊어지자 리리모와 티케가 각자의 방으로 돌아갔다. 이탄은 탁자에 홀로 앉아 지난 3년간의 장부를 들춰보았다.

장부 정리는 티케가 했다고 한다.

"꼼꼼하게 잘 정리했네."

지난 3년간 지부의 수입은 늘지 않았다. 이탄이 신규 신도를 모집하지 못했으니 수입이 정체되는 것은 당연한 일이었다.

"그래도 이 정도면 나쁘지 않아."

헤스티아 영애가 신경을 써 준 덕분에 신도들은 헌금을 꼬박꼬박 냈다. 리리모와 티케가 허리띠를 졸라매면서 지부의 지출도 조금 줄였다. 덕분에 지부는 꾸준히 흑자를 유지하며 잘 버텨왔다.

"하지만 몇몇 악질들은 악착같이 회피를 했단 말이지."

이탄의 입꼬리가 비뚜름하게 사선으로 올라갔다. 이탄은 장부를 둘둘 말아 손바닥을 탁탁 내리쳤다.

대부분의 신도들은 이탄이 없어도 꼬박꼬박 모레툼 님의

은혜를 갚았다. 반면 일부 신도들은 똥배짱을 부렸다. 헤스티아의 말도 귓등으로 흘리고 무조건 배를 쨀 것이다.

"이거, 내일 날이 밝는 대로 한 바퀴 돌아야겠구먼. 배를 째달라는 분들은 진짜로 배를 쭉쭉 째드려야지."

이탄의 입가에 으스스한 미소가 걸렸다.

다음 날 새벽.

이탄이 여우털 목도리를 두르고 지부를 나섰다. 트루게이스 시의 번화가를 가로지른 이탄은 후미진 뒷골목을 찾았다.

새벽이라 거리는 한산했다. 밤새 술을 퍼마시던 술꾼들도 이제는 모두 집으로 돌아갔다.

뒷골목에는 술주정뱅이들이 토해놓은 토사물의 흔적이 역력했다. 이탄은 까치발을 들고 토사물을 피해 펍(Pub: 술집의 일종)으로 다가갔다.

딸랑딸랑딸랑

펍의 문을 열자 문 위에 걸어놓은 종이 울렸다.

펍의 이름은 프로그(Frog: 개구리).

이탄이 들어가자 바텐더가 뒤도 돌아보지 않고 말했다.

"영업 끝났습니다. 저녁 6시 이후에 다시 오세요."

이탄은 묘한 기시감을 느꼈다. 3년 전에도 이 술집에서 이와 비슷한 말을 들었던 것 같았다. 이탄은 펍에서 풍기는 퀴퀴한 냄새와 바텐더의 멘트가 정겹게 느껴졌다.

이탄이 가게 안쪽으로 걸어 들어갔다.

"어우. 오늘 영업 끝났다니까요."

바텐더가 이맛살을 찌푸린 채 고개를 돌렸다.

"허억!"

그리곤 놀란 개구리처럼 벽에 찰싹 달라붙었다. 가게 이름이 '개구리'인데, 바텐더가 하는 행동도 꼭 개구리를 닮았다.

"흐흐."

이탄이 바 앞에서 눈웃음을 흘렸다. 반달 모양으로 휘어진 이탄의 눈매가 선해 보였다. 하지만 그 눈을 바라보는 바텐더의 얼굴은 사시나무처럼 떨렸다.

"저, 저, 저, 신관님……."

이탄과 바텐더 사이의 거리는 2미터가 넘었다. 그리고 이탄의 팔은 당연히 2미터에 달할 만큼 길지는 않았다.

그런데 희한하게도 이탄의 손이 어느새 바텐더의 뒷머리를 틀어쥐고 앞으로 강하게 잡아당겼다.

쾅!

바텐더가 안면으로 참나무 바를 들이받았다. 바텐더의 코뼈가 우스스 부러졌다. 바텐더의 코와 입에서 피가 줄줄 흘렀다.

"이게 무슨 소리야?"

펍의 사장이 쾅 소리에 놀라 안으로 뛰어들어왔다.

"허걱. 신관님."

뚱보 사장이 이탄을 보자마자 뒷걸음질 쳤다.

순간적으로 이탄의 몸이 휙 사라졌다. 이탄이 다시 모습을 드러낸 곳은 뚱보 사장의 바로 옆이었다.

이탄은 사장의 손을 붙잡아 술집 뒷문에 끼운 다음, 그대로 문을 닫아버렸다.

"끄악."

뚱보 사장이 피투성이가 된 손을 붙잡고 울었다.

"크허엉. 그만. 그만. 제가 잘못했습니다. 신관님, 제발."

사장의 다리가 후들후들 떨렸다. 사장의 바지는 축축하게 젖어들었다.

"형제님, 제가 자리를 비운 동안 약조하신 기부금이 많이 밀리셨던데요? 하하하. 이거 참. 이러시면 곤란한데."

이탄이 피가 뚝뚝 흐르는 사장의 손가락을 붙잡아 반대쪽으로 꺾어버렸다.

"꾸아악."

사장이 이탄의 발밑에 엎드려 발광을 했다.

이탄이 허리를 숙이고 나직하게 속삭였다.

"형제님, 3년간 보지 못한 사이에 정말 시끄러워지셨네요. 성대를 한번 뽑아드릴까?"

"크헉? 아닙니다. 절대 시끄러워지지 않았습니다."

뚱보 사장은 눈물 콧물 범벅이 되어 이탄을 올려다보았다.

Chapter 4

이탄이 둘둘 말린 장부를 펼쳐 확인했다.

"그동안 형제님께서 밀리신 기부금이 무려……."

"은화 34개입니다."

사장이 1초도 망설이지 않고 정답을 말했다.

이탄이 싱긋 웃었다.

"딱 맞추셨네요. 형제님께서 저보다 더 잘 알고 계십니다."

"으허헉. 당연히 알고말고요. 그동안 제가 너무 너무 바빠서 기부금을 내지 못했을 뿐, 사실은 기부금 낼 은화는 이렇게 모아놓고 있었답니다. 으허엉."

뚱보 사장이 바의 뒤쪽을 향해 엉금엉금 기었다.

이탄이 슬슬 그 뒤를 쫓았다.

'야, 야. 그거 이리 줘.'

사장이 눈짓을 하자 바텐더가 가게 밑바닥에 숨겨놓았던 놋쇠단지를 하나 꺼냈다. 그 단지 속에서 은화 34개가 영롱한 빛을 토했다.

"으허헝, 여기 있습니다. 제가 이렇게 꼬박꼬박 모아놓고 있었습니다. 모레툼 님의 은혜를 잊지 않고 모아놓았단 말입니다. 으허허허헝."

뚱보 사장이 펑펑 울었다.

피투성이가 된 손이 아파서 우는 것인지, 은화 34개가 아까워서 우는 것인지, 아니면 모레툼 님의 은혜를 갚는 것이 기뻐서 우는 것인지는 알 수 없었다.

사장이 흘리는 닭똥 같은 눈물을 보면서 이탄이 공손하게 기도했다. 오른 주먹 위에 왼손을 덮어서 최대한 정중하게.

"모레툼 님께선 형제님이 힘들어 길바닥에 쓰러지셨을 때에 그 앞에 은화 한 닢을 던져주신 분이십니다. 형제님께서는 그 은화 한 닢을 주먹에 꼭 쥐고 일어나셨지요."

"모레툼."

뚱보 사장이 피투성이가 된 손을 벌벌 떨면서 마주 기도했다.

이탄이 기도를 이었다.

"오늘 형제님께서는 지난 34개월간 밀린 기부금을 모두 완납하셨습니다. 모레툼 님께서 형제님의 변치 않는 신앙심에 기뻐하십니다."

"모레툼."

"형제님께서는 앞으로 제가 자리를 비우건 비우지 않건 신경 쓰지 마시고 한 달에 한 번씩 꼬박꼬박 저희 신전을 방문하셔서 모레툼 님께 은혜를 받아 가시기 바랍니다. 형제님이 길바닥에 쓰러졌을 때 오직 모레툼 님만이 형제님께 손을 내미셨다는 점도 꼭 기억하시고요."

"모레툼."

신의 이름을 외치는 뚱보 사장의 음성에 울음기가 잔뜩 섞였다.

기도를 마친 이탄이 뚱보 사장의 손을 붙잡고 치유의 가호를 펼쳐주었다. 이어서 바텐더의 얼굴도 말끔하게 치유해주었다.

원래는 유척이 있어야 치유의 가호가 더 잘 발휘되었다.

하지만 지금 이탄은 주교급 이상의 신성력을 보유한 터라 유척의 도움을 받지 않고서도 치유가 잘 되었다.

상처가 아물자 뚱보 사장이 손을 쥐락펴락했다. 바텐더도 코밑을 손가락으로 문질러 코피가 멎었는지 확인했다.

"형제님, 그럼 저는 이만 가보겠습니다."

이탄이 마지막 인사를 남기고 펍을 물러나왔다. 이탄이 문을 나갈 때 문 위의 종이 다시 요란하게 울렸다.

　'에라이!'

　뚱보 사장이 문 밖을 향해 감자주먹을 날렸다.

　'이 악독한 고리대금업자야, 가다가 날벼락이나 맞아라.'

　바텐더는 소금을 한 움큼 퍼서 가게 문을 향해 뿌렸다.

　두 사람 모두 소리는 절대 내지 않았다. 귀가 밝은 신관에게 걸려서 다시 한 번 곤욕을 치를까 두려웠기 때문이었다.

　프로그 펍을 나선 뒤, 이탄은 '갈고리 푸줏간'을 찾았다. 이 푸줏간은 주인장이 오른손 대신 갈고리를 착용하고 있다고 해서 붙여진 이름이었다.

　말이 푸줏간이지 사실은 도축업을 전문적으로 하는 도축 길드의 아지트이기도 했다. 푸줏간의 사장은 도축 길드의 행동대장 역할도 겸했다.

　덕분에 갈고리 푸줏간에는 인상이 흉흉한 사내들이 늘 득실거렸다. 그들은 푸줏간 사장에게 도축 기술을 배우기도 하고, 때로는 연장을 챙겨들고 사장과 함께 다른 길드와 힘겨루기에 나서기도 하였다.

　묵직한 정으로 황소도 때려잡는다던 그 거친 사내들이

오늘은 피투성이가 되어 푸줏간 바닥에 나뒹굴었다.

"아, 쓰벌. 크악!"

욕을 내뱉던 덩치 한 명이 두 손으로 얼굴을 부여잡고 고꾸라졌다. 푸줏간 바닥에는 이미 열댓 명의 사내들이 엎어져 사지를 바들바들 떠는 중이었다.

푸줏간 벽에는 식칼 하나가 손잡이 바로 앞쪽까지 푹 박혀 있는데, 그 식칼 바로 아래서 푸줏간의 사장이 오줌을 질질 쌌다. 식칼이 조금만 아래에 박혔다면 푸줏간 사장은 이미 죽은 목숨이었다.

도축 길드의 행동대원들을 이 모양 이 꼴로 만든 사람은 다름 아닌 이탄이었다.

"으어억, 으억."

이탄의 손에 뒤통수를 붙잡힌 행동대원은 이탄이 손을 휘젓는 대로 이리저리 끌려다녔다. 그 큰 덩치가 이탄이 손을 휘두를 때마다 다리를 휘청거리는 모습이 참으로 우스꽝스러웠다.

이탄은 왼손으로 행동대원 한 명을 꼭 붙잡고 질질 끌고 다녔다. 그 상태에서 이탄은 오른손만으로 나머지 행동대원 열댓 명을 쓰러뜨렸다. 식칼을 집어던져 푸줏간 사장, 아니 도축 길드의 행동대장도 오줌을 질질 싸게 만들었다.

이탄이 물었다.

"형제님들. 4년 전에 도축 길드가 망해서 길바닥에 나앉았을 때 누가 길드를 다시 일으켜 세울 수 있도록 도움을 주었나요? 은혜로우신 모레툼 님 아니시던가요?"

"……."

아무도 대답하지 못했다.

쫘악!

이탄은 왼손에 잡힌 행동대원에게 다짜고짜 따귀를 날렸다.

그 가벼운 손짓 한 방에 행동대원의 이빨 8개가 우수수 날아갔다. 코와 입에서 피가 줄줄 쏟아졌다.

쫘악! 쫘악!

이탄이 왕복으로 따귀를 때렸다.

뺨을 맞은 행동대원의 눈알이 핑그르르 돌아갔다. 얼굴은 형체를 알아볼 수 없을 만큼 뭉개졌다.

쫘악! 쫘악! 쫘악! 쫘악!

이탄이 따귀 때리는 것을 반복했다. 행동대원은 이미 기절하였으나 이탄의 손찌검은 멈출 줄 몰랐다.

이러다 사람이 하나 죽을 것 같았다.

Chapter 5

푸줏간 사장이 겨우 입술을 떼었다.

"모레툼!"

사장은 공포에 질려 꽉 달라붙은 입술을 겨우 떼더니, 목이 찢어져라 모레툼을 외쳤다. 거기서 그치지 않고 사장은 오른 주먹 위에 왼손을 덮어 모레툼 교단 특유의 기도 자세도 모방했다.

"모레툼! 모레툼!"

"모레툼! 모레툼! 모레툼! 모레툼!"

마치 주문이라도 걸린 광신도들처럼 도축 길드의 행동대원들이 일제히 모레툼을 연호했다. 덩치 커다란 사내들이 펑펑 울면서 모레툼을 외치는 모습이 해괴했다.

이탄은 그제야 손찌검을 멈췄다.

"이거 참. 제 가슴이 다 뜨거워지는군요. 형제님들께서 이토록 신앙심이 깊은 줄은 제가 미처 몰랐습니다. 그런데 참 희한하죠? 이토록 은혜로우신 분들이 왜 기부금을 밀렸을까? 시범 삼아 형제님들 가운데 절반 정도를 골라서 손모가지를 뽑아드려야 하나? 그리하여 손대신 갈고리를 쓰게 만들어 드려야 하나? 저는 문득 이런 생각을 했답니다."

이탄은 시범이라도 보이는 것처럼 천장에 매달린 암소의 다리 하나를 붙잡아 발목 아래를 부욱 잡아 뜯었다.

커다란 식칼로 내려쳐도 쉽게 잘라지지 않는 것이 소의 발목인데, 놀랍게도 이탄이 가볍게 잡아당기자 발목이 툭 끊겼다.

"우허헉?"

"히익!"

이탄의 괴력을 목격한 행동대원들이 자지러졌다.

잠시 후, 푸줏간의 사장이 은화 두 꾸러미를 이탄에게 바쳤다. 이탄은 은화의 개수를 센 다음, 장부에 일일이 표기했다.

"다 되었네요. 총 16명의 형제님들께서 지난 34개월간 밀린 기부금을 오늘 모두 완납하셨습니다. 형제님들, 사랑합니다."

이탄이 두 손으로 커다란 하트를 만들며 귀엽게 머리를 옆으로 기울였다.

"허걱."

"크악. 내 눈. 내 눈."

도축 길드의 행동대장과 행동대원들이 단체로 경기를 일으켰다.

이탄은 피를 철철 흘리는 신도들을 한 명 한 명 치유해준 다음, 갈고리 푸줏간을 나왔다. 오늘 오전 중에 들러야 할 가게가 총 다섯 곳이었다.

"어, 춥다. 더 추워지기 전에 서둘러야지."

이탄이 발걸음을 재촉했다.

오전 중으로 수금을 모두 마친 뒤, 이탄은 트루게이스의 영주성을 향해 발걸음을 옮겼다.

시가지 한복판에 위치한 영주성은 3년 전과 달라진 바가 없었다. 성 앞에 설치된 가로 10미터, 세로 8미터의 대형 크리스탈 화면도 그대로였다. 화면에서는 라마 길드의 광고가 방영 중이었다. 하얗고 풍성한 수염이 인상적인 라마 길드의 길드장이 직접 광고를 했다. 이탄이 피식 웃었다.

'3년 전에도 저 노친네가 광고를 했는데. 트루게이스는 정말 시간이 천천히 흐르는 도시구나.'

이탄은 각 도시마다 시간이 흐르는 속도가 다른 것 같다는 생각을 하면서 영주성의 정문을 통과했다.

정문을 지키는 경비병이 이탄에게 인사를 건넸다.

"모레툼 님을 섬기시는 신관이시군요?"

이탄은 오른 주먹에 왼손을 덮어 인사했다.

"모레툼."

"아아, 네에."

떨떠름하게 인사를 받는 경비병의 모습도 3년 전과 같았다. 이탄은 한 번 더 미소를 지었다. 평소에 잘 웃지 않는 이탄이 트루게이스에 돌아온 이후부터는 자주 웃게 되었다.

이탄은 건물 외벽에 커다란 시계가 걸린 '트루게이스 행정처' 건물을 지나쳐서 영주가 머무는 본성으로 곧장 직행했다.

본성 입구를 통과하는 절차는 더 까다로웠다. 이탄은 신성력을 발휘하여 신관임을 증명한 다음, 본성을 찾아온 용무도 밝혔다.

"헤스티아 영애님과 약속이 있으시다고요?"

본성 경비병이 의심스러운 눈초리로 이탄을 훑어보았다.

이탄이 고개를 가로저었다.

"영애님과 선약을 한 건 아닙니다. 하지만 신관 이탄이 찾아왔다고 하면 영애님께서 만나주실 겁니다. 수고스럽겠지만 영애님께 기별을 넣어주시지요."

"선약이 없으면 곤란한데요. 헤스티아 영애님께서는 최근 이웃 영지의 공자님과 혼담이 오가는 터라 바쁘시거든요."

"혼담이요?"

이탄의 가슴이 철렁 내려앉았다.

3년 전 여러 가지 난관을 함께 헤치면서 이탄과 헤스티아는 서로 간에 묘한 감정의 교류를 공유했다. 비록 이탄이 언데드라 마음에 벽을 치고 헤스티아를 멀리하기는 했지만, 사실 이탄도 헤스티아가 싫지는 않았다.

　　그런데 아나톨 주교의 죽음과 함께 이탄의 운명이 꼬였다. 지난 3년간 이탄과 헤스티아는 걷는 길이 서로 달랐다. 이탄은 이탄대로, 헤스티아는 헤스티아대로, 각자의 길을 걸어가면서 점점 멀어지게 되었다. 그 사이 이탄은 프레야 피요르드와 혼인했고, 헤스티아도 다른 남자와 혼담이 오가는 중이었다.

　　'푸하아.'

　　이탄이 속으로 긴 한숨을 내쉬었다. 본성 문 앞에서 등을 돌리는 이탄의 어깨가 축 처져 보였다.

　　그때였다. 본성 문 안에서 시녀 한 명이 헐레벌떡 뛰어나왔다.

　　"헥헥. 혹시 이탄 신관님이신가요? 헤헤헥."

　　"네?"

　　터벅터벅 발걸음을 옮기던 이탄이 고개를 뒤로 돌렸다.

　　시녀가 이마의 땀을 소매로 훔치며 물었다.

　　"헥헥. 혹시 이탄 신관님 아니신가요? 저희 아가씨께서 신관님을 얼핏 목격하시고는 제게 확인하라고 시키셔서요."

"맞습니다. 제가 이탄입니다."

이탄의 대답에 시녀가 손뼉을 쳤다.

"아, 맞으시구나. 어서 안으로 드시지요. 헤스티아 아가씨께서 기다리고 계십니다."

"오!"

이탄의 안색이 밝아졌다.

"험험험."

이탄을 내쫓았던 경비병은 헛기침과 함께 한 발 뒤로 물러섰다. 이탄이 거 보란 듯이 경비병을 흘겨보자 경비병의 헛기침 소리가 한결 커졌다.

Chapter 6

"이쪽으로 오시죠."

시녀가 종종걸음으로 이탄을 안내했다.

이탄은 시녀의 뒤를 쫓아 본성 안으로 들어갔다.

이윽고 반가운 목소리가 이탄의 귀에 들렸다.

"신관님. 이탄 신관님"

헤스티아가 정원까지 달려 나와 이탄을 맞았다.

원래 헤스티아는 시녀들과 함께 정원을 산책 중이었다.

그러다 본성 입구에서 모레툼 교단의 신관을 발견하고는 혹시나 싶어서 시녀를 보내봤다.

"아아아. 정말 이탄 신관님이 맞으시군요."

헤스티아가 감정이 북받친 음성으로 이탄을 반겼다.

"헤스티아 영애님."

헤스티아를 바라보는 이탄의 눈빛도 가늘게 흔들렸다.

헤스티아가 속사포처럼 질문을 쏟아냈다.

"그동안 어떻게 지내셨어요? 트루게이스에는 언제 돌아오신 거고요? 지난주에 티케와 리리모 아주머니를 만났거든요. 그때까지만 해도 신관님의 소식을 듣지 못했는데요. 대체 어떻게 된 거예요? 누명은 모두 벗으셨나요? 벗으셨으니까 트루게이스에 돌아온 거겠죠?"

"영애님, 트루게이스에는 어제 도착했습니다. 티케와 리리모도 제 소식을 듣지 못하다가 어제서야 겨우 재회를 했고요. 누명은 완전히 벗지는 못했으나 저는 무사히 잘 지내고 있습니다. 지금은 교의 총단에서 일을 하고 있는데, 휴가를 받아 고향에 잠깐 들렀습니다."

이탄은 헤스티아의 연속 질문을 차례로 답변했다.

헤스티아가 손으로 입을 가렸다.

"앗. 제가 질문이 너무 많았죠? 그나저나 이곳에는 어쩐 일이세요? 혹시 저를 만나러 오셨나요?"

"네. 영애님께 인사도 드릴 겸 찾아뵈러 왔습니다."

그 말에 헤스티아의 얼굴이 활짝 폈다.

"와아. 그렇군요. 그럼 저와 차 한잔 나눌 시간은 있으시 겠네요?"

"네."

이탄은 목이 잘린 상태라 차를 마시지 않았다. 하지만 다과를 핑계로 헤스티아와 이런저런 대화를 나누고 싶어서 냉큼 대답했다.

헤스티아가 시녀들에게 눈짓을 보냈다.

"네. 아가씨."

"정원 테이블에 다과를 준비하겠습니다."

헤스티아로부터 눈짓을 받은 시녀 2명이 다과 준비를 위해 쪼르르 달려갔다.

헤스티아는 이탄을 정원 테이블로 안내했다. 영주의 성답게 정원은 화려하고 웅장했다. 이탄은 조각상들이 늘어서 있는 정원을 지나 나무 그늘 아래 마련된 테이블에 앉았다. 헤스티아가 이탄의 앞에 마주 착석했다.

"3년 전인가요? 신관님께서 갑자기 체포되시는 바람에 제가 얼마나 놀랐는지 몰라요. 그 후로 어떻게 지내셨어요?"

헤스티아는 자리에 앉자마자 다시 질문 세례를 퍼부었다.

이탄은 은화 반 닢 기사단의 이야기는 숨겼다. 대신 모레툼 총단에서 중요한 임무를 맡아 바쁘게 지냈다고 둘러대었다. 피사노교나 아울 검탑, 추이타 대초원 사건들도 당연히 입에 담지 않았다.

"그나저나 영애님께서는 어떻게 지내셨습니까?"

이탄이 대화의 주제를 돌렸다.

헤스티아의 얼굴에 살짝 그림자가 드리웠다.

"저야 뭐, 잘 지내고 있죠. 3년 전에 워낙 험한 일을 겪었잖아요. 그 후로 부모님께 혼도 많이 나고, 또 다시 모험을 할 엄두도 나지 않고, 그래서 트루게이스에서만 머물면서 자숙하고 있었어요. 가끔씩 티케와 리리모 아주머니를 만나서 수다를 떨기도 하고요."

"마법은 계속 연마하십니까?"

이탄이 이런 질문을 던졌다.

굳이 대답을 바라고 물어본 것은 아니었다. 이탄의 정보창에 찍힌 헤스티아의 실력은 3년 전보다 오히려 퇴보한 상태였다.

헤스티아가 씁쓸히 고개를 가로저었다.

"아뇨. 마법 연습은 금지당했어요. 3년 전 그 사건 때문에 아버님께서 정말 많이 놀라셨나 봐요. 머천트 길드의 외할아버지께도 호되게 혼났고요. 어쨌거나 제 욕심 때문에 바이칼 할아범 등이 죽은 셈이니까요."

"자책하지 마십시오. 그건 영애님의 잘못이 아닙니다."

"아니에요. 제 과욕 때문이었어요. 신관님, 우리 과거의
이야기는 그만하죠."

보아하니 헤스티아는 아직도 3년 전의 악몽으로부터 완
전히 벗어나지 못한 모양이었다. 이탄이 헤스티아를 배려
해서 화제를 돌렸다.

"그나저나 고맙습니다. 제가 자리를 비운 동안 영애님께
서 모레툼 지부를 위해 신경을 많이 써주셨다고 들었습니
다."

"아, 그거요. 헤헤헤. 뭐, 별거 아닌걸요."

헤스티아가 뒤통수를 긁적였다.

이탄이 다시 한 번 정중하게 고개를 숙였다.

"별거 아니라니요? 모레툼 지부의 입장에서는 정말 큰
도움이 되었답니다."

"헤헤헤. 그런가요? 그럼 다행이고요."

헤스티아가 장난스럽게 혀를 쏙 내밀었다.

'참으로 어여쁜 아가씨구나.'

이탄이 속으로 이런 생각을 할 때였다. 시녀 한 명이 가
까이 다가와 헤스티아의 귓가에 뭐라고 속삭였다.

이탄은 시녀의 입 모양을 읽었다.

헤스티아가 난감한 듯 이탄을 돌아보았다.

"신관님, 이거 어쩌죠? 지금 외부에서 손님이 찾아왔다고 하네요."

"저는 신경 쓰지 마십시오. 트루게이스를 방문한 김에 영애님께 감사 인사를 드리러 왔을 뿐, 시간을 많이 빼앗을 생각은 없습니다."

이탄이 자리에서 먼저 일어섰다.

헤스티아가 쫓아 일어서며 아쉬움을 토로했다.

"죄송해요. 신관님과 좀 더 이야기를 나누고 싶었는데요."

"저도 영애님과 마찬가지입니다. 다음에 또 기회를 만드시지요."

이탄의 말에 헤스티아가 손뼉을 쳤다.

"아, 참. 이렇게 하면 어떨까요? 오늘 저녁에 제가 지부를 방문해도 될까요? 그럼 신관님과 티케, 리리모 아주머니와 함께 식사를 할 수 있잖아요."

"저는 좋습니다. 오늘 저녁에 시간을 비워두겠습니다."

"꼭이에요. 꼭."

헤스티아가 이탄에게 윙크를 보냈다.

Chapter 7

시녀가 헤스티아를 재촉했다.

"아가씨, 공자님께서 기다리고 계십니다. 서두르셔요. 그렇지 않으면 영주님께 불호령이 떨어지십니다."

"어우. 알았어. 알았다고. 재촉 좀 하지 마."

헤스티아는 시녀에게 끌려가면서도 이탄을 향해 손을 흔드는 것을 잊지 않았다.

이탄도 마주 손을 흔들었다.

그때 아나테마의 악령이 불쑥 튀어나왔다.

[저주를 걸어버려.]

아나테마의 악령은 이런 말로 이탄을 꾀었다.

'뭐요?'

[그 공자라는 놈팡이에게 저주마법을 걸어버리라고. 그 녀석이 마음에 들지 않잖아. 저 여자에게 마음이 있잖아.]

'풋. 마음은 무슨.'

이탄이 코웃음을 쳤다.

아나테마의 악령이 이탄을 놀렸다.

[아닌데? 저 여자를 꽤나 마음에 두는 것 같은데? 너 같은 능력자가 힘을 두었다가 뭐하게? 그 공자라는 놈팡이에게 저주를 걸어버리고 저 여자를 가져. 당장 가지라니까.]

'아 씨, 이 노망난 영감탱이나 뭔 소리를 하는 거야?'

이탄이 짜증을 부렸다.

'영감, 내게 이상한 소리 하지 마쇼.'

이탄의 경고에도 불구하고 아나테마의 악령은 의견을 굽히지 않았다.

[뭔 소리긴? 숙맥 같은 네게 충고를 해주는 게지. 어서 저주를 걸어버리라니까. 이럴 때 써먹으려고 내 밑천을 탈탈 털어간 거잖아. 일수도장인가 뭔가를 찍어가면서 배운 저주마법을 이럴 때 써먹어야지. 아님 언제 써 먹냐?]

'아우. 정신 사나우니까 영감은 좀 꺼지쇼. 내가 왜 남색 하는 영감탱이의 충고를 들어야 하는데?'

이탄이 적나라하게 지적했다.

아나테마의 악령이 발끈했다.

[끄요오오옵! 남색이라니. 이런 멍텅구리 같은 녀석. 모든 부정한 것들의 집합체가 바로 너와 같은 언데드니라. 게다가 네놈은 음차원을 통째로 속에 품은 놈이 아니더냐? 그런 네놈이 부정함을 따르지 않고 오히려 폄하하다니. 이런 정신 나간 놈. 너는 언데드의 최고봉인 듀라한인 동시에 이 아나테마 님으로부터 저주마법을 배운 몸이니라. 너는 장차 부정 세계의 주인이 될 몸이니라. 그러므로 마땅히 세계의 규칙을 거스르고 부정한 일에 앞장서야 할 터, 너 또

한 이 불멸악마종 아나테마 님을 본받아 여성이 아닌 남성을 애인으로 두는 것이 어떠하……. 끄압!]

이탄의 영혼 속에서 붉은 금속이 몽둥이 형태로 일어나 아나테마의 악령을 두들겨 팼다. 이탄이 새끼손가락으로 귀를 후볐다.

'더러운 영감탱이 같으니. 어디서 감히 그딴 개수작이야. 귀가 썩는다, 썩어.'

이탄은 머리를 흔들어 아나테마의 마지막 말을 뇌리에서 지워버렸다. 하지만 '헤스티아를 찾아온 그 공자라는 사내에게 저주를 걸어버릴까?'는 고민은 살짝 머릿속에서 맴돌았다. 이탄의 손끝에서 아조브가 꿈틀거렸다.

해가 지고 밤이 깊었다.

은촛대 위에서 촛불이 흐느적흐느적 타올랐다. 식탁 위에는 온갖 음식들이 저마다의 향을 내뿜으며 대기 중이었다.

"배가 고파요."

티케가 투정을 부렸다.

리리모가 티케의 손등을 찰싹 때렸다.

"조금만 기다려. 헤스티아 영애님께서 오실 때까지 참아야지."

"그러게 말이다. 배가 고프더라도 조금만 더 참아보아라."

이탄이 리리모를 거들었다.

티케는 침을 꿀꺽 삼킨 다음 20분을 더 기다렸다. 그 사이 티케의 뱃속에서 꼬르륵 소리가 대여섯 번은 더 울렸다.

"히잉. 배고픈데. 영애님께서 언제 오실까요?"

티케의 투정에 이탄이 반문했다.

"네 능력으로 확인할 수 있잖아? 영애님이 언제쯤 오는지 한 번 체크해보렴."

티케가 손바닥으로 자신의 이마를 탁 때렸다.

"그렇죠. 제가 확인하면 되죠?"

눈을 지그시 감은 상태에서 티케가 눈알을 빙글빙글 돌렸다.

잠시 후 티케가 눈을 다시 떴다. 이탄이 기대감 어린 눈빛으로 물었다.

"영애님께서 어디쯤 오고 계시더냐?"

티케가 어깨를 축 늘어뜨렸다.

"히이잉. 못 오세요."

"뭐?"

"헤스티아 영애님께서 오늘 저녁에 우리와 함께 식사하지 못하신다고요. 잠시 후 헤스티아 영애님은 영주님과 마님에게 꽉 붙잡혀서 저녁식사를 하게 되실 거예요. 그 옆에 느끼하게 생긴 귀족 남자도 보이고요. 히이잉."

티케가 울상을 지었다.

이탄의 표정이 살짝 굳었다가 다시 풀렸다.

"괜찮으신가요?"

리리모가 이탄의 눈치를 살폈다.

이탄은 아무렇지도 않게 식사를 권했다.

"그럼 우리끼리라도 먹어야지. 자, 배고플 텐데 어서 먹자."

"네에."

티케가 우울하게 대답했다.

리리모가 은쟁반에 담긴 닭요리를 크게 썰어서 티케의 접시에 덜어주었다. 한 입 먹어본 티케가 엄지손가락을 치켜세웠다.

"완전 맛있어요. 역시 리리모 아주머니의 요리솜씨는 최고예요."

말은 이렇게 했지만 티케의 얼굴은 약간 기운이 없어 보였다. 헤스티아가 오지 않아 맥이 빠진 모양이었다.

"후우우."

리리모도 나직하게 한숨을 흘렸다.

이탄은 깨작깨작 먹는 시늉만 할 뿐이었다. 실제로 이탄은 음식을 입에 넣었다 뺄 뿐 목구멍으로 넘기지는 않았다.

식사를 하는 내내 식탁에는 대화가 없었다. 포크와 나이프가 접시와 부딪치는 소리만이 딸그락 딸그락 울렸다.

Chapter 8

식사를 마친 뒤, 이탄은 방으로 올라왔다. 3년간의 공백에도 불구하고 이탄의 방은 깨끗하게 유지되었는데, 그것은 티케가 매일 같이 이 방을 청소하고 돌본 덕분이었다.

"참으로 기특한 일이지."

이탄이 조용히 뇌까렸다.

"그 기특한 티케 녀석이 오늘 저녁 영애님과 식사를 할 거라고 무척 좋아했는데, 결국 그 공자라는 녀석 때문에 실망을 했잖아. 이건 참을 수가 없는걸."

이탄은 되도 않는 티케의 핑계를 대며 고스트 핸드를 펼쳤다.

솔직히 오늘 저녁 식사에 헤스티아가 오지 않아 실망한 것은 티케보다 이탄이 더 심했다. 하지만 이탄은 애써 자신의 속마음을 감추었다.

"자. 나오너라."

이탄이 고스트 핸드로 무언가를 잡아당기는 시늉을 했다.

빈 허공에 커다란 낫이 불쑥 나타나 이탄의 손에 잡혔다. 이탄은 낫을 손에 든 상태에서 음차원의 마나, 즉 꽈배기 문자 형태로 배배 꼬인 마나를 아주 조금 끌어올렸다. 이탄이 대형 낫, 즉 아조브로 허공에 도형을 그렸다.

스윽, 삽! 스윽, 삽! 스윽, 삽삽삽!

허공으로부터 괴상한 소리가 울렸다. 극미량의 마나만으로도 저주마법이 발동하기 시작한 것이다.

이탄이 구현한 이 마법은 인체의 하복부에 화를 불어넣어 장을 뒤틀고 전립선과 요도를 망가뜨리는 극악무도한 저주였다. 게다가 '극미량'이라는 것도 음차원 전체와 비교해서 극미량이라는 것이지, 사실 저주마법 구현에 투입된 마나의 총량은 상당히 많았다. 당연히 저주의 효과도 강력할 수밖에 없었다.

모레툼 지부로부터 멀리 떨어진 영주의 성.

4명의 귀족이 긴 테이블에 앉아서 식사 중이었다.

영주와 영주부인이 테이블의 북쪽 끝에 나란히 앉았다. 헤스티아와 느끼하게 생긴 남자가 테이블의 남쪽 끝에 나란히 앉았다. 귀족들의 뒤에는 다수의 시녀들이 쟁반과 식기, 물을 들고 시립했다.

"도시우스 공자는 정말 박식하군요."

영주부인이 테이블 반대편을 향해 함박웃음을 보냈다.

"과찬이십니다."

도시우스가 느끼하게 웃었다.

기름으로 떡칠을 한 듯한 외모에 금빛 콧수염을 기른 도시우스는 전형적인 귀족 젊은이였다. 도시우스의 머리카락은 금색이고, 속눈썹은 길었으며, 입술 왼쪽에 박힌 점이 인상적이었다.

도시우스는 트루게이스보다 더 남쪽에 위치한 산악도시의 후계자였다.

영주와 영주부인은 헤스티아를 도시우스에게 시집보내겠다고 결정하였고, 얼마 전에는 두 사람 사이에 약혼식까지 치렀다.

헤스티아가 약혼자를 힐끗 보았다.

마침 도시우스도 헤스티아를 곁눈질하던 중이었다. 그러다 헤스티아와 눈이 마주치자 잇몸을 드러내고 히죽 웃었다.

'윽. 역시 내 취향이 아니야.'

헤스티아가 고개를 홱 돌렸다.

약혼녀가 그러거나 말거나 도시우스는 느물거리는 눈빛으로 헤스티아의 몸매를 훔쳐보기에 바빴다.

"험험."

영주가 헛기침을 했다.

도시우스는 비로소 헤스티아의 가슴에서 눈을 떼고 영주를 돌아보았다.

솔직히 말해서 영주는 도시우스가 사윗감으로 마뜩지 않았다. 다만 과년한 딸이 밖으로 도는 꼴을 더 이상 봐줄 수가 없어 결혼을 서둘렀다.

"백작께서는 뭐라고 하시던가? 혼인 날짜에 대한 언질을 주시던가?"

영주가 도시우스에게 물었다.

도시우스가 기다렸다는 듯이 결혼을 재촉했다.

"아버님께서는 혼인을 서두르기를 원하십니다. 헤스티아 영애와 제가 서로를 마음에 두고 있고, 조건도 서로 맞으니 질질 끌어서 무엇 하겠습니까? 날짜를 확 잡으시지요. 가능한 빨리 말입니다."

"뭐, 그렇게까지 서두를 필요는……."

영주가 머뭇거리자 영주부인이 나서서 남편의 말허리를 잘랐다.

"어쩜. 박력이 넘쳐서 보기 좋네요. 백작님께서 그리 말씀하셨다니 저희도 환영이에요. 올해가 가기 전에 식을 올리면 좋겠네요."

"어머니."

헤스티아가 깜짝 놀라 외쳤다.

영주부인이 손을 휘휘 저었다.

"얘는. 뭘 그렇게 부끄러워하고 그러니? 혼인식 날짜는 이 엄마에게 맡기고, 너는 가만히 있어."

영주부인이 헤스티아의 혼사를 서두르는 이유는 하나였다.

'우리 귀한 딸이 아직도 마법에 대한 미련을 버리지 못한 것이 분명해. 3년 전에도 시시퍼 마탑에 들어가겠다며 그 난리를 피웠는데, 그 때문에 하마터면 귀하디귀한 우리 외동딸을 잃을 뻔했는데, 나더러 그 꼴을 또 보라고? 그렇게는 못 해. 안전한 곳으로 시집을 보내버리면 마법을 포기하겠지.'

영주부인이 딱 잘라 말하자 헤스티아가 한숨을 쉬었다.

영주부인은 딸의 속내를 익히 알고 있었으나, 마음을 꽉 다잡고 혼사를 밀어붙였다.

"그럼 우리 트루게이스의 주술사에게 요청하여 길일을 잡아볼까요? 도시우스 공자의 생각은 어때요?"

"저야 좋습니다. 빨리만 잡아주시죠. 하루 빨리 아름다운 신부를 맞이하고 싶으니까요. 하하하하."

도시우스가 짐짓 호탕하게 웃었다. 이어서 헤스티아를

향해 눈웃음을 쳤다.

'아아악!'

자신을 위아래로 훑어보면서 기다란 혀로 입술을 싹 핥는 도시우스의 모습에 헤스티아가 진저리를 쳤다.

그때였다.

부왁!

도시우스의 의자에서 요란한 소리가 울렸다. 이어서 계란 썩는 듯한 악취가 스멀스멀 올라왔다.

'우우욱.'

도시우스의 의자 뒤에서 시립 중이던 시녀의 얼굴이 푸르죽죽하게 죽었다. 코를 움찔거리며 숨을 꾹 참는 시녀의 얼굴 표정만 보아도 조금 전 무슨 일이 벌어졌는지 빤히 보였다.

"허허험."

영주가 헛기침을 했다.

영주부인도 잠시 딴청을 피웠다.

귀족의 체면에 이런 일은 모르는 척 넘어가 주는 것이 예의였다. 영주와 영주부인은 화제를 다른 곳으로 돌리려고 했다.

Chapter 9

그러나 사건은 이제 시작일 뿐이었다.

부왁, 부왁, 부와악, 뿌우우웅~.

도시우스의 엉덩이 부근에서 연달아 팡파레가 터졌다. 도시우스의 얼굴이 울긋불긋 단풍잎 색깔로 물들었다.

"어험. 어허허허험."

영주가 좀 더 크게 헛기침을 했다.

'아악, 안 돼.'

도시우스의 뒤에 시립해 있던 시녀는 숨을 참다못해 얼굴이 누렇게 떴다.

그 시녀뿐이 아니었다. 주변 시녀들도 사색이 되었다. 헤스티아도 본능적으로 몸을 옆으로 기울여 도시우스로부터 최대한 멀어지려고 노력했다.

"아이고. 덥다. 오늘따라 좀 덥네."

영주부인이 손으로 파닥파닥 부채질을 했다.

하지만 도시우스의 수난은 아직 끝나지 않았다.

부와악, 부와악, 뿌우웅, 뿌우웅, 뿌와아아앙, 푸드덕.

'응? 푸드덕?'

그러려니 넘어가려던 영주가 눈을 동그랗게 떴다. 이건 그냥 넘어갈 수 있는 소리가 아니었기 때문이다.

'설마?'

'이 소리는 기체가 아니라 고체가 튀어나올 때 나오는 소린데?'

'아아악. 이게 뭔 일이래?'

주변 사람들의 얼굴이 파랗게 질렸다. 도시우스의 바로 뒤쪽에 시립해 있던 시녀가 결국 숨을 참지 못했다.

"우읍, 우우욱. 영주님, 송구합니다아."

시녀는 손으로 입을 막고 뛰쳐나갔다. '이제 난 잘렸구나.'라는 생각에 시녀의 눈에서 눈물이 펑펑 쏟아졌다.

하지만 이건 올바른 선택이었다. 서빙 중에 무례하게 자리를 이탈했다는 잘못으로 잘리는 편이 낫지, 그 자리에서 구토라도 해서 최고급 양탄자를 더럽혔다가는 더 큰 처벌을 받게 될 것이다. 시녀는 차라리 직장을 포기하는 게 최선이라고 생각했다.

'크악.'

시뻘건 단풍잎과 같던 도시우스의 얼굴은 이제 누렇게 뜬 은행잎 색깔이 되었다. 제아무리 도시우스가 엉덩이에 힘을 주고 버티려고 해도 이제는 한계점에 도달했다.

가스만 새어 나올 때는 그래도 버틸 만했다. 한번 건더기가 나오기 시작하자 괄약근이 쫙 풀려버렸다.

'에헤라 디야~.'

어차피 이제 만사가 다 틀어졌다. 도시우스의 홍시 같은 얼굴에 얼핏 체념의 빛이 스쳐 지나갔다. 도시우스의 눈은 이제 초점을 잃었다.

한번 마음을 비우니 괄약근은 더욱 노곤하게 풀렸다.

푸득, 푸득, 푸드덕, 푸드덕, 푸드더더더덕.

엎질러진 물은 다시 담지 못하는 법이었고, 터진 둑은 다시 막히지 않는 법이었다. 도시우스의 귓가에서 연신 팡파르가 울려댔다.

요란한 소리와 함께 쏟아지기 시작한 반고체, 반액체 덩어리들이 도시우스의 바지 뒷부분을 묵직하게 만든 것으로 모자라서 바지를 타고 허벅지와 종아리 아래로 줄줄줄 흘러내렸다. 뜨끈하고 물컹한 것이 허벅지를 쓸고 지나가는 느낌이 더러우면서도 새로웠다. 세상 그 누구도 겪어보지 못한 끔찍한 냄새가 영주의 다이닝룸을 완벽하게 장악했다.

안타깝게도 영주는 그리 비위가 강한 편이 아니었다.

"우우욱, 우욱. 으허허허험."

자리에서 벌떡 일어난 영주가 서둘러서 밖으로 뛰쳐나갔다.

마음씨가 고운 헤스티아도 더는 버틸 수가 없었다.

"푸하아, 저는 손 좀 씻고 올게요."

헤스티아는 참았던 숨을 한 번에 내쉰 다음, 손을 씻는다
는 핑계로 자리를 떴다.

"영애님, 세수하실 때 옆에서 시중을 들어드리겠습니
다."

영악한 시녀 한 명이 헤스티아의 세수 시중을 핑계 삼아
탈출했다.

'헉!'

'묘수다.'

시녀들의 머릿속에 동시에 느낌표가 떴다.

"영애님께서 손을 씻으시다 고운 옷이 젖기라도 하면 안
되니 양쪽에서 시중이 필요하시겠네요. 저도 돕겠습니다."

시녀들 가운데 두 번째로 영악한 시녀가 참았던 숨을 한
꺼번에 내쉬면서 말도 안 되는 이야기를 지껄였다.

영주와 헤스티아, 시녀 2명은 이런저런 핑계로 자리를
피했다.

반면 남은 시녀들은 적당한 핑곗거리를 찾지 못해 안달
이 났다. 악취 때문에 머리가 흐려져 그럴 듯한 핑곗거리는
더더욱 떠오르지 않았다. 다들 죽을 맛이었다.

영주부인도 체면 때문에 자리를 뜨지 못했다. 대신 영주
부인은 손수건으로 교양 있게 입을 닦는 척하면서 콧구멍
을 비틀어 막았다. 이렇게라도 하지 않으면 구린내 때문에

코가 썩을 것 같았다.

"하악, 하악, 하악."

영주부인의 입에서 답답한 숨소리가 새어 나왔다. 후각
은 어떻게든 차단하였으나 청각은 여전히 멀쩡했다. 귓가
에 상상력을 마구마구 자극하는 소리가 들려왔다.

푸드더덕, 푸드덕, 푸우우.

'으허허허허.'

자포자기 상태가 된 도시우스는 두 다리를 쩌억 벌리고
의자에서 반쯤 미끄러지는 자세로 히프를 들었다.

그 해괴한 자세 덕분에 건더기들이 엉덩이 사이에서 뭉
개지지 않고 바지 아래로 질질질 흘러내렸다.

도시우스의 의자 다리를 중심으로 노란색 덩어리들이 둥
글게 퍼져나갔다.

'으아악, 안 돼. 저게 얼마짜리 양탄자인데. 내가 저걸
얼마나 아끼는데. 으허어어엉.'

멀리서 공수해온 고급 양탄자가 썩어들어 가는 모습을
보면서 영주부인은 피눈물을 흘렸다.

파닥파닥, 파닥파닥파닥.

영주부인이 손으로 부채질하는 속도가 한층 올라갔다.

'으헤헤헤헤. 이건 꿈이야. 반드시 꿈이어야만 해.'

그 시각 도시우스는 현실도피에 빠졌다. 그의 눈 밑에 다

크서클이 짙게 내려앉았다. 몽롱하게 풀린 그의 눈은 정상
으로 돌아올 줄 몰랐다.

영주성의 저녁 만찬은 그렇게 사상 최악의 형태로 종료
되었다.

인사도 없이 자리를 뜬 도시우스는 두 다리를 엉거주춤
하게 벌린 다음, 숙소까지 철벅 철벅 걸었다.

Chapter 10

도시우스가 발을 떼어서 한 걸음 앞으로 옮길 때마다 바
지 밑으로 누런 덩어리들이 후두둑 떨어졌다.

'우아아악. 우리가 저걸 다 치워야 하잖아?'

'흐어억. 맑은 공기. 청량한 공기가 필요해.'

카펫에 똥을 뿌리며 걸어가는 똥쟁이 도시우스의 뒷모습
을 바라보면서 시녀들은 머리카락을 쥐어뜯었다.

영주부인도 한계에 도달했다. 그녀는 도시우스가 자리를
뜨자마자 곧바로 다이닝룸을 이탈했다.

'저 망할 다이닝룸을 다 때려 부수고 완전히 새로 지어
야 해. 여기서는 앞으로 도저히 식사를 할 수가 없다고. 우
우욱. 생각하는 것만도 구역질이 나. 우우에에에엑.'

영주부인은 내일 아침이 밝자마자 이곳을 다 때려 부수 겠노라고 결심했다.

영주와 영주부인도 마음이 편치 않았고, 시녀들도 죽을 맛이었지만, 무엇보다 힘든 사람은 바로 도시우스였다. 도 시우스는 지금 혼백이 반쯤 육체를 이탈해버렸다.

'여긴 어디? 난 누구?'

도시우스의 눈에는 도저히 초점이 잡히지 않았다. 지금 도시우스는 안개가 잔뜩 낀 악몽의 숲을 거니는 기분이었 다. 혹은 늪에 빠진 느낌이 들기도 했다.

'이건 꿈이야. 꿈이 분명해.'

도시우스는 어떻게든 현실을 도피하고자 하였으나 엉덩 이 뒤쪽이 묵직하고 바지가 축축하다는 끔찍한 현실이 도 시우스의 현실 도피를 막았다. 도시우스는 참을 수 없는 모 멸감과 자괴감에 빠졌다.

그렇게 모멸감에 사로잡힌 탓에 도시우스는 아주 중요한 점을 놓쳤다. 장에 탈이 나서 개망신을 당한 것은 한순간의 악몽에 지나지 않지만, 지금 도시우스의 몸속에서는 그것 보다 더 무서운 저주가 무럭무럭 자라났다.

'이상하다? 여기 아래가 조금 따끔한 느낌이 드는걸.'

도시우스는 얼핏 이런 생각을 했다.

하지만 지금 사태가 사태인지라 따끔거리는 부분을 주의

깊게 살펴볼 수는 없었다. 도시우스가 방치하는 사이 전립선과 요도를 차례로 망가뜨리는 남성 최악의 저주가 숙주의 몸에 뿌리를 내리고 싹을 틔우기 시작했다.

한 달의 휴가가 꿈처럼 빠르게 지났다.

이 한 달 동안 이탄은 밀린 업무를 처리하고 트루게이스 시 구석구석을 산책했다. 예전에는 미처 몰랐는데, 트루게이스는 참으로 아름다운 도시였다. 이탄은 그 사실을 새삼스럽게 깨달았다.

가끔씩 헤스티아가 찾아와 이탄과 담소를 나눴다. 저녁만찬에서 끔찍한 사고를 저지른 이후, 도시우스는 도망치듯이 트루게이스를 떠났다. 그 뒤로 도시우스로부터의 연락은 완전히 두절되었다.

덕분에 헤스티아는 얼굴이 활짝 폈다.

비록 영주부인은 발을 동동 굴렀지만 말이다.

게다가 영주가 대놓고 헤스티아의 편을 들어주었다.

"이제 와서 하는 말이지만, 아비는 도시우스라는 녀석이 마음에 내키지 않았단다. 그딴 녀석에게 주기에는 우리 딸이 아깝지."

영주는 이런 말로 딸을 응원했다.

"아버지, 고마워요."

헤스티아가 영주를 꼭 끌어안았다.

영주는 "허허허." 웃으며 딸의 등을 두드렸다.

"아주 부녀 사이에 쿵짝이 잘 맞네요."

영주부인이 남편과 딸을 향해 눈을 흘겼다. 하지만 솔직히 영주부인도 도시우스를 다시 보고 싶은 마음은 없었다.

혼담이 무산되면서 헤스티아는 자유를 되찾았다.

헤스티아의 외할아버지이자 머천트 길드의 길드장도 헤스티아의 자유를 지지해 주었다. 대신 그는 이탄에 대한 뒷조사에 돌입했다.

"아무래도 헤스티아가 이 신관 녀석에게 관심이 있는 것 같단 말이지?"

길드장의 육감이 이탄을 정조준했다.

물론 이탄의 뒤를 캐는 일은 쉽지 않았다. 모레툼 교단은 언노운 월드의 흑과 백, 중립 진영을 통틀어서 30위권 안에 충분히 들어가는 대세력인 반면, 트루게이스 시의 머천트 길드는 이 도시 안에서나 힘을 발휘하는 조합에 불과했다. 따라서 머천트 길드에서는 아주 조심스럽게 이탄의 주변을 탐문할 수밖에 없었다.

물론 이탄이 그 사실을 눈치채지 못할 리 없었다.

"이것들이 왜 내 뒤를 캐지?"

머천트 길드가 이탄을 조사하는 동안, 이탄도 머천트 길드를 역으로 파고들었다. 그 과정에서 이탄은 충격적인 사실을 알게 되었다.

"뭐? 헤스티아가 영주의 친딸이 아니라고?"

수십 년 넘게 머천트 길드장을 모셔온 늙은 유모가 이탄의 저주마법에 걸려서 헤스티아의 출생의 비밀을 털어놓았다. 두 눈이 흐리멍덩하게 풀린 유모는 이탄 앞에서 있는 비밀 없는 비밀을 다 폭로했다.

유모의 말에 따르면, 헤스티아는 영주의 친딸이 아니라 조카란다.

머천트 길드장에게는 원래 딸이 2명 있었다. 이 가운데 둘째 딸이 마법에 뛰어난 재능을 보여서 어린 나이에 시시퍼 마탑의 제자, 즉 도제생이 되었다.

시시퍼 마탑은 백 진영 최고의 마탑이었다. 언노운 월드 전체를 다 뒤져도 시시퍼 마탑에 비견할 만한 마법세력은 찾기 힘들었다. 그렇게 대단한 곳에 딸이 들어갔으니 머천트 길드장의 입이 귀에 걸릴 수밖에 없었다.

하지만 길드장은 이 사실을 널리 소문내지는 못했다. 시시퍼 마탑의 엄격한 규칙 때문이었다.

덕분에 머천트 길드장에게 둘째 딸이 있고, 그녀가 시시퍼 마탑의 제자가 되었다는 사실은 거의 아는 사람이 없는 비밀로 묻혔다.

그러던 어느 날이었다. 실로 끔찍한 일이 발생했다.

머천트 길드장의 둘째 딸이 시시퍼 마탑을 떠나 갑자기 부친을 찾아온 것이다. 그것도 홀몸이 아니라 갓난아이 한 명을 품에 안고서, 온몸이 피투성이가 되어서 트루게이스 시로 돌아왔다.

"이게 어찌 된 일이냐? 누가 널 이렇게 만들었어?"

깜짝 놀란 길드장이 둘째 딸을 끌어안았다.

"아버지……, 죄송……해요."

둘째 딸은 부친에게 갓난아이를 맡기고는 그만 숨이 멎었다.

"우아아아아악."

머천트 길드장은 둘째 딸의 죽음에 피눈물을 쏟았다.

뒤늦게 소식을 듣고 찾아온 첫째 딸도 동생의 시체를 끌어안고 펑펑 울었다. 머천트 길드장의 첫째 딸은 트루게이스의 영주와 결혼하여 풍족하게 살고 있던 처지였다.

그 후 머천트 길드장이 가족회의를 열었다.

그 회의에서 길드장의 큰 사위와 딸, 즉 영주부부가 여동생의 아이를 입양하여 키우겠노라고 선포했다. 영주부부는 금슬이 좋았으나 아이가 생기지 않아 고민하던 참이었다. 머천트 길드장도 외손녀를 첫째 딸의 손에 맡기는 것이 더

낫다고 판단했다.

그때의 갓난아이가 어여쁘게 자라서 지금의 헤스티아가 되었다.

영주와 영주부인은 이 사실을 헤스티아에게 말해주지 않았다. 영주성의 사람들도 헤스티아가 입양되었다는 사실을 알지 못했다. 영주부인이 임신을 한 척하고 친정에서 아홉 달 동안 요양을 하다가 품에 헤스티아를 안고 나타났기 때문이었다.

그 후로 헤스티아의 출생의 비밀은 오로지 영주와 영주부인, 머천트 길드장, 그리고 영주부인의 유모만이 공유하는 극비사항이 되었다.

물론 이제는 이탄도 이 사실을 알게 되었지만 말이다.

Chapter 11

"어쩐지."

이탄이 무릎을 쳤다.

"영주와 영주부인은 마법에 젬병인데 헤스티아가 화로의 뎇 스킬을 발현했다는 점이 이상했어. 제대로 마법 교육을 받지도 않은 헤스티아가 스스로 마법 스킬을 얻었다는 게 좀 이상하잖아?"

이탄은 헤스티아의 비밀에 대해서 잠시 고민했다.

"이 사실을 헤스티아 영애에게 알려야 할까? 아니면 숨기는 것이 좋을까?"

결론은 후자였다. 이탄은 헤스티아 영애가 충격에 빠지는 것을 원치 않았다.

숨겨진 사실을 알게 된 이후, 이탄은 머천트 길드에 대한 조사를 중단했다. 머천트 길드는 여전히 이탄의 뒤를 캤으나, 딱히 나오는 것이 없었다.

시간이 흘러 10월 9일이 되었다.

"이제 내일이면 휴가가 끝나는구나."

이탄이 씁쓸하게 고개를 가로저었다.

그날 저녁, 헤스티아는 모레툼 지부를 직접 방문하여 이탄의 환송회에 참석했다. 이탄, 헤스티아, 리리모, 티케는 함께 저녁 시간을 보내며 작별의 정을 나누었다.

저녁식사 후 헤스티아가 울먹거렸다.

"신관님."

이탄이 헤스티아를 달랬다.

"영애님, 뭘 그렇게 슬퍼하십니까? 그러지 마세요. 앞으로 영원히 못 볼 사이도 아니고, 총단에서 휴가를 받을 때마다 트루게이스에 꼬박꼬박 올 건데요. 그리고 총단 파견 업무가 종료되면 다시 지부로 내려올 겁니다."

이탄은 이런 말로 헤스티아를 위로해주었다.

"신관님의 말씀이 진짜니?"

헤스티아가 티케에게 물었다.

티케가 눈을 감고 눈알을 요리조리 굴렸다.

"하아."

티케의 한숨에 헤스티아와 리리모가 눈을 동그랗게 떴다.

"왜? 거짓말이야?"

"신관님께서 복귀 못 하셔?"

헤스티아는 가슴이 철렁했다.

티케가 귀엽게 도리질을 했다.

"잘 모르겠어요. 신관님의 미래가 잘 보이지 않고 뿌연 안개 속에 있어요. 아마도 근시일 내에는 총단 파견 업무가 끝나지 않을 것 같아요. 하아아."

"이런. 히이잉."

헤스티아가 울상을 지었다.

티케가 바로 뒷말을 덧붙였다.

"하지만 신관님이 중간 중간 휴가를 나오신다는 것은 사실이에요. 신관님께서 트루게이스 지부를 방문하는 장면이 얼핏얼핏 보이네요."

"그래?"

"하아, 다행이다."

헤스티아와 리리모의 얼굴이 동시에 밝아졌다.

이탄이 거보란 듯이 입을 열었다.

"그것 보십시오. 제가 휴가 때마다 반드시 내려오겠습니다."

"신관님, 약속하신 거예요. 약속."

헤스티아가 손가락으로 도장을 찍는 시늉을 했다. 이탄이 헤스티아와 손가락을 걸고 맹세했다.

그러다 다들 깔깔대고 웃었다.

밤 9시쯤 헤스티아가 자리를 뜨자 저녁 만찬도 자동으로 마무리되었다. 리리모와 티케가 설거지 거리를 챙길 동안, 이탄은 홀로 방에 올라왔다.

부스럭, 부스럭.

이탄은 가방을 침대 위에 올려놓고 짐을 꾸렸다. 쿠퍼 가문으로 복귀할 준비를 하는 것이다.

챙겨야 할 짐은 그리 많지 않았다.

대신 마음에서 내려놓을 것들이 많았다. 이탄은 달콤한 휴가를 끝내고 업무로 복귀하기 위하여 풀어놓았던 마음을 다시 날카롭게 벼렸다. 웃음기가 가득하던 이탄의 얼굴이 다시 무표정한 49호의 얼굴로 바뀌었다.

다음 날 새벽.

은화 반 닢 기사단 소속 점퍼들이 이탄을 데리러 왔다.

"갑시다."

이탄은 군소리 없이 점퍼들을 따라나섰다.

점퍼들이 땅바닥에 마법진을 그려서 공간을 뛰어넘을 준비를 했다. 그동안 이탄은 트루게이스 시의 풍경을 차분하게 둘러보았다. 마법진이 완성되어 찬란한 빛을 뿜어낼 때까지도 이탄의 눈은 트루게이스를 열심히 담고 있었다.

번쩍!

마침내 이탄이 트루게이스에서 사라졌다.

휴식은 종료되었다.

퀘스트4: 과이올라의 변고

Chapter 1

으스스한 밤.

대륙 중부에 위치한 과이올라 시에서 괴변이 발생하였
다. 도시를 지키는 외성벽 너머 평야지대에서 시작된 다크
니스(Darkness: 어둠)는 송곳처럼 날카로운 촉수를 뻗어서
꾸물꾸물 팽창하기 시작하더니, 이내 거대한 군집체를 이
루었다.

츄릿, 츄릿, 츄릿, 츄릿.

그렇게 거대하게 덩치를 부풀린 다크니스가 과이올라 시
를 향해 밀어닥쳤다.

야간 경계 중인 수비병이 다크니스를 발견했다.

"저, 저게 뭐야?"

"뭐 말이야?"

동료 수비병이 이마 위에 손을 얹고 어두운 평야지대를 훑어보았다.

"저기, 저거 말이야."

"뭐? 나는 안 보이는데?"

두 수비병이 대화를 주고받는 사이, 캄캄한 밤보다 더 시커먼 다크니스가 눈 깜짝할 사이에 8미터 높이의 성벽을 타넘어 수비병들을 덮쳤다.

츄리리리릿!

"크악, 안 돼. 아아아악."

"끄아악."

성벽 위에서 수비병들의 비명이 잇따랐다.

송곳처럼 뾰족한 촉수를 날름거리며 무정형의 형태로 밀어닥친 다크니스는, 수비병들의 생기를 빼앗으며 빠르게 증식하더니, 마침내 외성벽을 넘어 인구 삼백만 명이 거주하는 도심 지역으로 이동했다.

다크니스의 움직임에 휘말려 성문 경첩이 두두둑 뜯겨나갔다. 뻥 뚫린 성문을 통해 회귀병(Returned Soldier)들이 밀어닥쳤다.

회귀병이란, 전쟁터에서 원한을 품고 죽은 베테랑 병사

들이 언데드화 되어 되살아난 마물의 일종이었다. 이들 회귀병들은 언데드 무리 중에서도 맞상대하기 까다로운 축에 속했다. 과거에 이탄의 일행도 회귀병들과 싸우면서 한바탕 곤욕을 치렀었다.

그 무서운 회귀병들이 촉수형 악마종인 다크니스와 함께 도시를 덮쳤다.

다크니스가 온 사방으로 촉수를 뻗쳤다.

츄릿, 츄릿, 츄릿, 츄릿, 츄릿, 츄릿.

도시의 밤거리가, 저택이, 성채가, 파도처럼 밀려든 촉수에 휘감겼다. 끝이 뾰족하면서도 끈적끈적한 촉수는 사람들의 생기를 갈취하면서 더욱 힘이 세졌다. 그 촉수 다발에 휘감겨 무수히 많은 생명체들이 미이라처럼 말라비틀어졌다.

"아아악."

"살려 줘."

도시의 사람들이 꽥꽥 비명을 지르며 도망쳤다.

그러나 이미 그들이 도망칠 곳은 사라지고 없었다. 온 거리가 시커먼 촉수로 넘실거리는 탓이었다. 검은 촉수는 해안도시를 범람한 바닷물처럼 온 도심을 장악했다.

"오오오, 신이시여, 제발 저희를 구원하소서."

절망에 빠진 사람들이 신을 찾았다.

신은 답이 없었다.

다크니스와 회귀병들에게 쫓긴 백성들이 영주성으로 몰려갔다.

영주성도 이미 시커먼 촉수로 뒤덮인 상태였다. 성탑 꼭대기까지 모두 검은 촉수에 휘감겨 으스러지고, 또 무너졌다.

도시 하나가 전멸하기까지는 그리 오랜 시간이 걸리지 않았다. 그 끔찍한 폐허의 현장에서 한 줄기 강렬한 빛이 하늘로 솟구쳤다.

번쩍!

과이올라 시 한복판에서 솟구친 빛은 눈 깜짝할 사이에 상공 60미터 높이까지 돌파했다.

츄리리리릿—.

시커먼 촉수가 꽈배기처럼 배배 꼬여서 빛을 추격했다.

빛은 어둠보다 더 빨리 상승하여 60미터 높이에 도달하더니, 그곳에서 잠시 행동을 멈췄다.

이 빛의 정체는 다름 아닌 사람이었다. 하얀색과 남색이 교차하는 법복을 입고, 온몸에서 하얀 광채를 줄기줄기 내뿜는 노인이 60미터 높이에서 도시를 굽어보았다.

"이럴 수가."

과이올라 도심 전체가 시커먼 촉수들에게 휘감긴 모습이

었다. 하늘에서 내려다보자 다크니스의 끔찍한 크기가 한 눈에 들어왔다. 노인의 심장이 벌렁벌렁 뛰고 두 손이 바르르 떨렸다.

노인의 이름은 마우테.

그는 과이올라 시의 모레툼 지부를 진두지휘하는 주교였다.

원래 과이올라 지부는 마우테 주교뿐 아니라 다수의 신관들이 파견되어 만들어진 직영 지부였다. 그런 만큼 지부의 전력도 상당한 수준이었다.

한데 그 우수한 신관들이 회귀병들의 검에 전멸했다. 능력이 출중한 마우테만이 간신히 회귀병들의 손을 피해 도망쳐 나왔을 뿐이다.

Chapter 2

마우테가 회귀병을 피해 도주하자 기다렸다는 듯이 다크니스가 나타나 덮쳤다.

츄릿, 츄릿, 츄릿.

마우테 주교를 바짝 추격한 촉수들이 끝을 뾰족하게 세워서 공격을 개시했다.

"물러나거라. 이 사악한 악마종이여."

마우테 주교가 촉수를 향해 손을 뻗었다.

슈와앙—.

마우테의 손끝에서 빛의 창이 방출되었다. 그 창이 일직선으로 뻗어 어둠의 촉수와 맞부딪쳤다.

창날을 크게 뻥튀기시켜 놓은 듯한 모양의 이 빛은 모레툼 교단의 공격형 가호들 가운데 가장 유명한 스킬이었다. 모레툼의 신관들은 이것을 '성창의 가호' 즉 성스러운 창의 가호라 일컬었다.

신의 힘이 어둠을 물리쳤다. 꽈배기처럼 꼬인 촉수들이 허공에서 퍼엉 터지며 가닥가닥 흩어졌다.

하지만 지상에서는 새로운 촉수들이 끊임없이 솟구치는 중이었다.

츄리리릿, 츄릿—.

다크니스는 생명체의 생기를 빨아들여 무섭게 증식하는 악마종으로, 완전히 다 성장하면 그 크기가 대도시에 버금갈 정도였다. 당연히 촉수 몇 가닥을 터뜨렸다고 해서 다크니스를 물리친 것은 아니었다.

마우테의 공격에 다크니스는 오히려 더 사납게 날뛰었다.

"크으윽, 이 빌어먹을 악마종아."

슈와앙, 슈와앙, 슈와앙.

마우테 주교는 성창의 가호를 연달아 쏘아서 촉수들을 물리쳤다. 그 다음 60미터 상공에서 수평으로 몸을 날려 도망쳤다.

'이미 과이올라 시를 구하기는 늦었다. 차라리 이곳을 빠져나가 총단에 이 사실을 알려야 한다.'

이것이 마우테의 판단이었다.

마우테 주교가 제아무리 강하다고 해도 도시 하나를 통째로 집어삼킨 악마종과 맞서 싸울 엄두는 나지 않았다. 결국 마우테는 과이올라 시를 포기했다.

마우테가 사라지자 촉수들이 츄릿 츄릿 소리를 내면서 다시 과이올라 도심으로 내려갔다. 시커먼 촉수들은 과이올라 백성들을 칭칭 휘감아 생기를 쪽쪽 빨아먹었다.

"끄아아악."

"살려줘. 아악."

도심 곳곳에서 백성들의 비명이 그치지 않았다.

10월 19일 자정 무렵에 벌어진 참사였다.

며칠 뒤.

마우테 주교가 과이올라 시에서 발생한 변고를 모레툼 총단에 알렸다.

도시 하나가 통째로 파괴된 것은 보통 일이 아니었다. 추기경들이 긴급회의를 소집했다. 그 자리에서 비크 교황은 과이올라 시의 참변에 대한 철저한 조사를 명했다.

결국 이번 사태도 은화 반 닢 기사단에 배정되었다.

은화 반 닢 기사단의 원로기사들은 과이올라 시에 파견할 요원들을 선별했다. 이탄도 그 명단에 이름이 올라갔다.

"또?"

레몬차에 명령서를 담갔다가 건져낸 이탄은, 어르신들의 명령서를 박박 찢어서 벽난로 속에 던져 넣었다.

오늘 당장 과이올라 시로 출동하라는 명령서가 벽난로 속에서 활활 타올랐다. 이탄이 신경질적으로 자리를 박차고 일어났다.

"나더러 또 출동하라고? 엉? 추이타 대초원에서 새끼독수리 구출 작전을 수행한 지 얼마나 되었다고 또다시 나를 작전에 투입해? 어르신들은 도리라는 것도 모르나? 아니면 배려라는 말을 배우지 못했어? 엉?"

이탄이 대놓고 씩씩거렸다. 이번 퀘스트는 진짜로 반갑지 않았다. 퀘스트 숫자를 빨리 채우는 것은 좋지만, 그것보다는 '은화 반 닢 기사단에서 너무 부려먹는구나.' 라는 생각이 먼저 들었다.

그래도 어쩔 수 없었다. 까라면 까는 것이 은화 반 닢 기사단의 전통이었다.

이탄은 불평을 늘어놓으면서도 하얀 무복을 배낭에 담았다. 팔에 착용하는 토시 한 쌍, 정강이를 보호하는 각반 한 쌍, 그리고 마스크도 준비했다. 물론 목에 두르는 목도리는 이탄의 필수품이었다.

이탄이 짐을 꾸리는 동안, 세실은 이탄의 대행을 맡아줄 가짜를 준비해 놓았다. 은화 반 닢 기사단의 점퍼 요원들이 이탄을 위해 점프 마법진을 그렸다. 점퍼들은 아예 쿠퍼 가문의 시종으로 위장하여 이탄 곁에 자리를 잡은 상태였다.

피융!

이탄은 점퍼 요원들이 설치한 마법진을 타고 문제의 과이올라 시로 날아갔다.

물론 퀘스트에 투입되기 전, 이탄은 파시노교의 네트워크에 질문을 남겼다.

'혹시라도 과이올라 시에서 피사노교의 혈족과 부딪칠지 몰라. 나중에 그 화살이 내게 돌아오면 곤란하지. 그 전에 확실하게 매듭을 짓는 편이 좋아. 과이올라 시의 괴변이 피사노교에서 저지른 짓인지 아닌지 확인부터 해보자.'

이탄은 돌다리도 두드려보고 건너는 성격이었다.

마침 소리샤가 네트워크에 접속 중이었다.

⊗ [소리샤] 과이올라 시? 그런 곳에서 작전을 펼친 적이 없는데? 막내가 갑자기 그건 왜 묻지?

⊗ [쿠퍼] 그곳에서 괴변이 발생했다고 합니다. 모레툼 교단에서 저를 그곳에 파견 보낼 것 같습니다. 하여, 혹시라도 형님이나 누님과 부딪치게 될까 봐 미리 신고한 것입니다.

⊗ [소리샤] 크크크. 막내, 착하네. 걱정 말고 다녀와. 우린 관계없어.

⊗ [쿠퍼] 넵. 큰형님.

이탄은 소리샤와의 대화를 분위기 좋게 마무리 지었다. 그리곤 편한 마음으로 점프했다.

엄밀하게 말해서 이탄이 도착한 곳은 과이올라 시가 아니었다. 도시 인근의 언덕배기였다.

"어서 오십시오. 49호 님."

단발머리 미녀 333호가 이탄을 맞았다. 특이하게도 333호는 모레툼 교단의 신관 복장을 입고 있었다.

"이것들은 다 뭔가?"

이탄이 고개를 갸웃했다. 눈앞에 널린 신관복과 도구들이 이해가 되지 않아서였다.

333호가 상황을 설명했다.

"작전구역에 변동사항이 발생했습니다."

"변동?"

이탄이 눈을 찌푸렸다.

Chapter 3

333호가 재빨리 설명했다.

"49호 님께서는 과이올라 시가 악마종에게 점령을 당했으니 그에 대한 처리를 하라고 퀘스트를 받으셨을 겁니다."

"맞아. 그랬지."

이탄이 순순히 시인했다. 실제로 이탄이 받은 퀘스트는 333호가 읊은 바와 같았다.

333호가 머리를 가로저었다.

"한데 그 악마종이 저절로 사라졌다고 합니다. 아니, 과이올라 시에 악마종이 나타났다는 것 자체가 거짓인 것 같습니다."

"뭐야?"

이탄이 어이없다는 표정을 지었다.

333호의 설명이 이어졌다.

"어제까지만 해도 과이올라 시는 강력한 악마종에 의해 멸망을 당했고, 그곳의 사람들은 모두 죽었다고 보고되었습니다. 그런데 선발대가 조사한 바에 따르면, 과이올라 시는 평소와 똑같이 멀쩡하고, 백성들도 그대로입니다. 말 그대로 이번 작전을 취소해야 할 상황이 되었습니다."

"뭐야? 그럼 나를 왜 이곳까지 불렀는데? 힘들게 점프를 하기 전에 알려줬어야 하는 것 아니야?"

이탄이 언짢은 기색을 숨기지 않았다.

짜증이 날 만도 한 것이, 이탄은 추이타 대초원 퀘스트를 완료한 지 불과 한 달밖에 지나지 않았다.

그런 이탄이 새로운 퀘스트에 투입된 것도 예외적인 일이었다. 보통 요원들은 퀘스트를 하나 끝마치면 최소한 석 달간은 휴식을 보장받았다.

한데 은화 반 닢 기사단에서는 이탄에게 충분한 휴식시간을 주지 않았다. 그것만으로도 기분이 별로인데, 이제 와서 정보 부실에 따른 작전취소란다. 그러니 이탄의 기분이 언짢을 수밖에.

"저도 작전취소 사실을 49호 님께 곧바로 알려드리려고 했습니다. 그런데 뭔가 이상한 점이 발견되었습니다."

"응?"

"과이올라 시의 사람들이 어딘지 모르게 괴이했습니다.

뭐랄까? 죽은 자들의 도시 같다고나 해야 할까요? 하여 어르신들께서 퀘스트의 목표를 바꾸셨습니다. 원래 49호 님께 부과된 퀘스트는 과이올라 시를 멸망시킨 악마종을 섬멸하고 과이올라 시를 구해내는 것이었습니다. 그런데 지금은 과이올라 시에 대한 상세조사 및 악마종 추적으로 목표가 바뀌었습니다."

이상이 333호의 설명이었다.

"흐음."

이탄이 심드렁하게 팔짱을 꼈다.

은화 반 닢 기사단에서는 성기사 요원들을 각자의 특성에 맞게 훈련시켰다. 이를 위해서 기사단의 어르신들은 우선 요원들에 대한 세밀한 분류부터 선행했다.

파괴 전문 요원.

암살 전문 요원.

침투 전문 요원.

사건 후처리 전문 요원.

조사 전문 요원.

추적 전문 요원 등등등.

이 가운데 이탄의 전문 분야는 '파괴 전문 요원'이었다. 동시에 이탄은 피사노교에 침투한 '침투 전문 요원'의 역할도 병행하여 수행 중이었다.

이탄은 바로 그 점을 지적했다.

"이봐. 너도 잘 알겠지만 조사와 추적은 내 전문 분야가 아니라고. 그러니까 내게 이상한 일을 시키지 마."

333호가 재빨리 손사래를 쳤다.

"물론 저도 49호 님의 전문 분야를 잘 알고 있습니다. 사실 조사와 추적은 49호 님이 아니라 저희와 같은 전담 보조팀에서 수행하는 것이 맞습니다. 그런데 솔직히 말씀드려서 과이올라 시는 평범한 도시 같지가 않습니다. 만약 저 도시가 특이한 악마종에 의해서 점령되어서 무서운 함정으로 탈바꿈했다면, 저희 보조팀의 능력으로는 그것을 감당하기 어렵지 않겠습니까?"

여기까지 설명한 뒤, 333호는 조심스럽게 이탄의 눈치를 살폈다.

이탄은 좀 더 완강하게 팔짱을 꼈다.

"그래서?"

"그래서 49호 님의 투입이 절실하게 필요합니다. 사실 어르신들께서는 급하게 퀘스트를 변경하시면서 49호 님을 이번 퀘스트에서 빼는 것도 검토하셨습니다. 그런데 저희 전담 보조팀에서 어르신들께 반대의견을 올렸습니다."

"보조팀에서 나를 이번 작전에 포함시켜 달라고 했다고?"

"네, 그렇습니다. 송구합니다."

333호가 무척 죄송하다는 표정을 지었다.

이탄이 팔짱을 풀고 한숨을 내쉬었다.

"하아아."

"송구합니다."

333호가 다시 한 번 정중하게 머리를 숙였다.

이탄이 손가락을 까딱였다.

"상황은 이제 알겠어. 그래서 내가 뭘 어떻게 하면 되는데?"

"아! 도와주실 겁니까?"

333호의 안색이 확 밝아졌다.

이탄이 눈 밑을 찌푸렸다.

"어차피 보조팀에서 어르신들께 건의했다며? 나를 작전에서 빼지 말아 달라고 건의했고, 어르신들도 그 건의를 받아들인 것 아냐."

"그렇습니다."

"쳇. 그럼 결국 빼도 박도 못하잖아. 어떻게든 이 망할 퀘스트를 끝낼 수밖에."

이탄은 투덜거리면서도 기꺼이 퀘스트에 참여하겠다는 의사를 밝혔다. 사실 이탄의 입장에서도 퀘스트에 뛰어드는 편이 더 나았다.

333호가 거듭 허리를 굽실거렸다.

"감사합니다. 정말 감사합니다."

이탄이 손을 휘휘 저었다.

"인사치레는 그만하면 되었고, 그래서 내가 뭘 어떻게 하면 되냐니까?"

333호가 이탄 앞에 놓인 물건들을 가리켰다.

"오늘 아침 총단에서는 거짓 보고를 올린 죄를 물어 마우테 주교님의 보직을 해임했습니다. 대신 그분의 신분을 일반 신관으로 강등하여 다시 과이올라 시로 파견했습니다. 또한 총단에서는 마우테 신관님에게 젊은 신관 세 분을 붙여주었는데, 바로 이 지점부터 은화 반 닢 기사단이 개입했습니다."

Chapter 4

마우테의 보좌 신관 역할.

333호가 준비한 신관복.

이탄의 머릿속에서 이 두 가지가 하나로 연결되었다.

"그러니까 마우테의 보좌 신관으로 위장하여 과이올라 시로 들어가라? 그 다음 과이올라 시의 수상한 이면을 파헤치고, 필요하면 악마종의 흔적을 찾아내라?"

이탄이 333호의 의도를 정확하게 유추해내었다.

333호가 냉큼 대답했다.

"정확한 추측이십니다. 다만, 과이올라 시의 수상한 이면을 파헤치는 일은 저희 전담 보조팀의 정보요원들이 맡을 것입니다. 49호 님께서는 혹시 모를 악마종의 발호만 막아주십시오."

결론적으로 말해서 이번 퀘스트는 이탄이 아니라 전담 보조팀 소속 정보요원들의 퀘스트였다. 이탄의 퀘스트는 그 보조팀 요원들을 보호하는 것이고.

"쳇."

이탄이 다시 한 번 혀를 찼다.

333호가 고개를 푹 숙였다.

"죄송합니다."

"아, 사과는 그만하라니까. 그나저나 마우테의 보좌 역할이 총 3명이라며? 내가 그 가운데 한 자리를 꿰차면, 나머지 두 자리는 누구야? 이번에도 비밀인가?"

이탄이 시니컬하게 쏘아붙였다.

추이타 대초원에서 새끼 독수리 구출 작전을 펼칠 때 은화 반 닢 기사단의 원로기사들은 요원들끼리 경쟁을 붙였다. 그 탓에 37호가 실종되었고―사실은 이탄의 손에 사망했지만— 40호도 심각한 부상을 입었다.

이탄은 바로 그 점을 꼬집었다.

333호가 고개를 가로저었다.

"아닙니다. 이번엔 경쟁이 아니라 협력 퀘스트로 명령서
가 내려왔습니다. 마우테 신관님을 보좌할 나머지 두 자리
는 55호 님과 56호 님이 맡게 되었습니다."

"응? 55호?"

55호는 새끼 독수리 구출 작전 당시 이탄에게 호되게 당
했던 여자 요원이었다. 그녀는 40호와 사랑하는 사이인데,
당시 55호뿐 아니라 40호도 이탄에게 크게 혼이 났었다.

"55호는 알겠고, 56호는 또 누구지?"

질문에 대한 대답은 333호가 아닌 다른 사람이 했다.

"내가 56호요."

붉은 머리카락의 사내가 언덕을 걸어 올라오며 말했다.
사내는 30대 후반에서 40대 초반 정도의 나이로 보였으
며, 왼쪽 눈 밑에 자리한 하트 모양의 붉은 점이 인상적이
었다.

이탄이 사내를 물끄러미 훑어보았다.

'333호와 대화하는 소리가 그리 크지는 않았는데, 저 먼
거리에서 그걸 들었다고?'

이탄은 붉은 머리 사내의 민감한 청력에 우선 놀랐다. 또

한 사내에게서 풍기는 냄새가 만만치 않아서 거듭 눈길이 갔다.

붉은 머리카락의 사내, 즉 56호는 건들건들한 한량처럼 행동했으되 그 속에 한 마리의 짐승을 품고 있었다.

최소한 이탄의 눈에는 그렇게 읽혔다.

'28호보다 이자가 더 강하구나. 비록 번호는 28호보다 아래지만, 둘 사이에 실제로 싸움이 붙으면 이자가 28호를 죽일 거야.'

이탄이 아무런 근거도 없이 이렇게 생각한 것은 아니었다. 이탄은 왼쪽 망막에 맺힌 정보를 토대로 이런 판단을 했다.

— 종족: 비치 일족

— 주무기: 클러(Claw: 발톱형 무기), 독침

— 특성 스킬: 악화의 가호, 분신의 가호, 맹독의 가호

— 성향: 중립 흑

— 레벨: A0

— 주 출몰지역: 언노운 월드 평야

— 출몰빈도: 희박

56호의 정보는 지금까지 이탄이 보아온 그 누구보다도 더 특이했다.

우선 A0라는 레벨부터가 심상치 않았다.

28호의 레벨이 A—.

싸마니야 혈족들의 레벨도 A—.

그런데 56호의 레벨은 그보다 한 단계가 높은 A0였다.

이어서 56호의 성향이 중립 흑이라는 점도 희한했다. 모레툼 교단의 신관들은 100퍼센트 백 성향이었다. 심지어 구린내가 진동을 하는 비크 교황도 백 성향으로 판별되었다.

'그런데 56호는 중립 흑이라고? 흑 성향인데 어떻게 모레툼의 성기사가 되었지? 뭔가 이상한데?'

이탄이 마음속으로 의문을 품었다.

게다가 56호의 가호도 심상치 않았다.

'분신의 가호'는 분명 주교급 가호였다. 이탄이 보유한 '은신의 가호'가 한 단계 업그레이드되면 분신의 가호로 발전하곤 했다.

또한 맹독의 가호도 주교급 가호였다.

'악화의 가호? 이건 또 뭐지? 적의 상처를 악화시키는 가호인가? 분신과 악화, 맹독. 56호가 지닌 가호들은 모두다 어째신을 연상시키는구나.'

이탄이 이런 생각을 할 때였다. 56호가 이탄 앞까지 다가와 손을 내밀었다.

"그쪽이 49호? 난 56호요."

이탄은 56호가 내민 손을 묵묵히 맞잡았다.

보통 이럴 때는 손아귀에 힘을 꽉 주어 악력 대결을 펼치는 경우도 있지만, 이탄과 56호는 불필요한 신경전을 펼치지 않았다. 둘 다 손에 힘을 빼고 가볍게 악수만 나눴다.

56호가 악수를 마치고 한 발 물러날 때, 그의 눈은 이탄의 볼록 튀어나온 배를 훑고 있었다. 56호의 눈빛은 마치 '저렇게 배가 나온 자가 어떻게 은화 반 닢 기사단의 요원이 될 수 있었지?'라고 묻는 듯했다.

'쳇.'

이탄은 은근히 기분이 나빴다.

그때 새로운 인물이 등장했다. 56호의 등 뒤에서 귀엽게 생긴 아가씨 한 명이 고개를 삐쭉 내민 것이다. 그녀는 머리카락을 양 갈래로 따고, 눈 밑에 주근깨가 송송 박힌 모습이었다.

"안녕하세요? 저는 56호 님을 모시는 412호입니다."

412호가 이탄을 향해 고개를 꾸벅 숙였다. 56호도 그렇지만, 412호도 모레툼 교단의 신관복을 차려입은 상태였다.

Chapter 5

333호가 아는 체를 했다.

"어? 412호!"

333호는 412호에게 후다닥 달려가더니 두 손을 꼬옥 맞잡았다.

"너 언제부터 56호 님을 모시게 된 거야?"

"언니, 정말 반가워요. 히히히. 지난번 협력 작전 이후로 56호 님께 배속되었지 뭐예요. 이히히히히."

412호도 333호와 깍지를 끼고는 강아지처럼 폴짝폴짝 뛰었다. 두 요원들의 얼굴에는 어느새 웃음꽃이 피었다.

'둘이 꽤 친한가 보구나.'

이탄이 이런 생각을 할 즈음, 55호가 나타났다. 55호를 돕는 보조팀 요원 408호도 함께 모습을 드러내었다.

이들 두 사람도 신관복을 갖춰 입은 모습이었다.

"엇? 49호."

55호가 흠칫했다.

이탄을 바라보는 55호의 눈빛은 복잡했다. 그 눈빛 속에는 두려움과 적의, 그리고 안도가 뒤범벅이 되어 있었다.

'두려움'은 55호가 이탄의 무지막지한 무력을 겪어보았기 때문에 생긴 감정이었다. '적의'는 추이타 대초원에서 이탄에게 맞은 부위가 아직까지 욱신거리기 때문에 발생한 감정이었다. 마지막으로 '안도'는 55호도 알 수가 없었다.

'제기랄. 내가 왜 안심이 되지? 49호와 같은 편이라는 점이 왜 든든하게 느껴지는 거야?'

55호가 입술을 꼭 깨물었다. 55호는 자신의 감정이 당혹스러웠다.

이탄은 55호를 힐끗 쳐다보았을 뿐 딱히 아는 체를 하지 않았다. 둘 사이는 아직까지 서먹서먹했다.

이제 올 만한 사람은 거의 다 모였다.

이탄이 나무 뒤로 돌아가 의복을 갈아입었다. 흰색과 남색이 교차하는 복장에 유척까지 허리에 꽂자 영락없는 모레툼 신관의 모습이었다. 55호와 56호는 이미 신관복을 갖춰 입은 상태였다.

"이제 마우테 신관님만 오시면 되네요."

333호가 마우테를 입에 담을 때였다.

후오오옹!

언덕 위에 빛의 기둥이 작렬했다. 그 빛 속에서 몇 명의 사람들이 툭 튀어나왔다. 마우테 신관과 점퍼들이었다.

"어어어?"

마우테는 등장과 동시에 저 멀리 보이는 과이올라 시를 바라보았다. 주름이 자글자글한 마우테의 눈가에 당혹스럽다는 감정이 가득했다.

당연한 일이었다. 불과 며칠 전 마우테는 과이올라 시가 강력한 악마종의 침범을 받아 멸망했다고 보고했다.

그런데 과이올라 시가 멀쩡하단다. 백성들도 아무런 이상이 없단다. 마우테는 한순간에 노망난 늙은이가 되어버렸다.

"마우테 주교, 아니 마우테 신관이 직접 과이올라로 가서 이유를 밝히시오. 명예를 회복할 기회를 줄 터이니 헛되이 흘려보내지 마시구려."

마우테를 과이올라로 돌려보내면서 추기경은 이렇게 경고했다.

마우테는 당장 그 명령에 따랐다. 마우테가 과이올라 시로 돌아온 것은 단순히 명예회복만을 위해서가 아니었다. 마우테는 악마종에 의해 멸망한 과이올라 시가 어떻게 아무런 이상이 없을 수 있는지, 그 이유가 진짜로 궁금했다.

"어서 가봅시다."

마우테가 앞장섰다.

그 뒤를 6명의 신관이 뒤따랐다.

이들 6명의 복장은 신관이되, 사실은 평범한 신관이 아니라 은화 반 닢 기사단 소속 성기사들이었다. 왼쪽부터 시작하여 333호, 408호, 412호가 마우테의 뒤를 바짝 쫓았다. 이탄, 55호, 56호는 맨 뒷줄을 차지했다.

길을 걸으면서 이탄은 55호를 힐끗 돌아보았다.

　— 종족: 필드 일족

　— 주무기: 유척, 각반

　— 특성 스킬: 치유의 가호, 신속의 가호

　— 성향: 백

　— 레벨: B+

　— 주 출몰지역: 언노운 월드 평야

　— 출몰빈도: 희박

이상이 이탄의 망막에 맺힌 55호의 정보였다.

55호는 28호나 40호, 56호에 비해서 무력이 많이 뒤쳐졌다. 대신 신속의 가호 덕분에 몸이 빠른 것이 장점이었다.

'그래도 연속해서 위험한 퀘스트에 투입될 정도는 아닌데? 저 정도 실력으로 위험한 일에 뛰어들다가는 비명횡사하기 딱 좋아. 쯧쯧쯧. 아무래도 55호는 교단의 높으신 분에게 찍힌 모양이구나.'

이런 생각을 하고 보니 55호도 나름 불쌍했다. 여자의 몸으로 은화 반 닢 기사단의 요원이 되었다는 것 자체가 불행한 일이었다. 보조 전담팀도 아니고, 현장에서 직접 치고

받는 역할을 맡기에는 55호의 실력이 자못 부족했다.

이탄이 55호를 불쌍히 여기는 사이, 마우테 일행은 과이올라 시의 성문을 무사히 통과하였다.

성문을 지키는 병사들은 평범한 사람들이었다. 그들은 마우테와 여섯 신관들의 신분을 간단하게 확인하고는 곧장 통과시켜주었다.

만약 이 병사들이 악마종이라면 모레튬 교단의 신관들을 이토록 쉽게 통과시켜줄 리 없었다.

"허어어, 괴이하다. 악마종 때문에 과이올라 시가 전멸하는 모습을 분명히 내 눈으로 똑똑히 보았거늘, 이게 어찌된 일이지?"

마우테가 당황하여 어쩔 줄 몰랐다. 성문을 통과하기 전 마우테는 여섯 신관들에게 "성문을 지키는 병사들이 모두 어둠의 무리들일 것이니 이제부터 한바탕 싸움이 벌어질 것을 각오하시게."고 속삭였다.

한데 그 말이 헛소리가 된 셈이었다.

마우테의 등 뒤에서 56호가 혓바닥을 낼름 내밀었다.

물론 마우테는 그 불손한 모습을 보지 못했다. 그저 도심으로 발걸음을 옮기느라 바쁠 뿐이었다.

Chapter 6

길을 걸으면서 6명의 성기사, 즉 요원들은 날카로운 눈으로 주변을 살폈다.

과이올라 시의 도심은 활기가 넘쳤다. 거리를 지나다니는 행인들의 수도 제법 많았다. 사람들의 얼굴 표정도 비교적 밝은 편이었다.

가판대에서는 상인들이 목청을 높여 과일과 야채를 팔았다. 도시의 치안병들이 척척 발걸음을 맞춰 거리를 순찰했다. 외진 골목에서는 길고양이들이 몸을 웅크리고서 지나다니는 사람들을 구경했다.

평온하고 평범한 도시.

요원들의 눈에 비친 과이올라 시는 그 이상도, 이하도 아니었다.

"쳇. 너무나 평온하잖아?"

56호가 눈 밑의 붉은 점을 손가락으로 긁었다.

"허허험."

그 말을 들은 마우테가 얼굴을 시뻘겋게 붉혔다.

이탄이 333호의 어깨를 툭 쳤다.

"이봐."

"네?"

"과이올라 시가 어딘지 모르게 수상쩍다며? 그런데 지금 모습은 멀쩡해 보이는데?"

주변의 요원들이 이탄과 333호의 대화에 귀를 쫑긋 세웠다. 특히 마우테 신관의 눈이 333호의 입술에 딱 고정되었다.

333호가 난감한 듯 아랫입술을 깨물었다.

이탄은 어서 대답하라는 표정으로 333호를 응시했다.

결국 333호의 입에서 몇 가지 정보가 흘러나왔다.

"지금부터 드리는 이야기는 사실 관계가 확인된 것은 아닙니다. 그래서 조심스러우니 일단 한 귀로만 듣고 흘려주십시오."

"그건 내가 알아서 판단할 테니까 일단 말해봐."

이탄이 손가락을 까딱였다.

333호가 신중한 표정으로 속삭였다.

"과이올라 시에 미리 침투한 동료들이 있습니다. 그들의 말에 따르면, 낮에는 과이올라 시가 정말 정상적이라고 합니다. 문제는 밤입니다."

"밤?"

이탄이 눈매를 가늘게 좁혔다.

333호가 짧게 고개를 끄덕였다.

"네. 밤이 되면 몇 가지 특이한 점들이 목격된다는 첩보입니다."

"어떤 특이한 점?"

"예를 들어서 밤하늘에 달이 3개 뜨는 것이 정상 아닙니까?"

333호의 말이 떨어지기 무섭게 55호가 끼어들었다.

"당연하지. 세상에 달은 3개지."

"그런데 과이올라 시에는 달이 한 개만 뜬답니다."

"허걱!"

"말도 안 돼."

사람들이 놀라서 헛바람을 집어삼켰다.

이탄은 이 상황이 조금 어이가 없었다. 원래 이탄이 살던 세계에서는 달이 하나였다. 그런데 언노운 월드 사람들의 머릿속에는 '달은 반드시 3개여야 한다.'는 것이 진리처럼 박혀 있었다.

"구름에 가리거나, 안개 때문에 나머지 2개가 잠시 보이지 않았거나. 뭐 그런 이유 아닐까? 어떻게 달이 한 개일 수 있지?"

55호가 연신 의문을 제기했다.

56호도 55호의 의견에 동의했다.

"맞아. 착각이 분명해. 아니면 네 동료라는 자들이 술을 잔뜩 처먹었거나."

'읔.'

비아냥거리는 듯한 56호의 태도가 333호를 자극했다. 하지만 333호는 감히 56호에게 대들지는 못하고 마음속으로만 투덜거렸다.

이탄이 대화에 개입했다.

"착각인지 아닌지는 오늘 밤에 확인해 보면 알 수 있겠지. 그건 그렇고, 또 다른 특이점은 뭐지?"

333호가 냉큼 대답했다.

"두 번째 이상한 점은, 과이올라 시의 백성들 가운데 상당수가 몽유병을 앓는다는 겁니다."

"몽유병?"

"그렇습니다. 밤만 되면 수많은 사람들이 잠옷 차림으로 거리에 나와서 정처 없이 떠돌아다닌다고 합니다."

333호의 표정은 진지했다.

56호가 이번에도 삐딱하게 말을 받았다.

"내 말이 그 말이라니까. 술 처먹은 눈으로 보면 지나가는 행인들이 모두 다 몽유병 환자처럼 느껴지는 게지. 키키킥."

333호를 비웃으면서 56호는 습관처럼 눈 밑의 하트 점을 긁었다.

'크윽.'

333호가 또다시 발끈했다. 이번에는 333호의 표정이 눈에 띄게 굳었다.

이탄이 냉랭해지려는 분위기를 미리 차단했다.

"그것도 오늘 밤에 확인해 보면 되겠네. 그런데 또 없나? 우리가 알아두어야 할 특이한 현상 말이야."

"하아아. 사실은 한 가지가 더 있습니다."

333호가 한숨과 함께 대답했다.

이탄이 말해보라는 손짓을 보냈다.

333호는 56호를 힐끗 흘겨본 다음, 말문을 열었다.

"새벽 2시경에 몽유병 환자들의 수가 가장 많아지는데, 딱 그 타이밍에 맞춰서 밤하늘이 대낮처럼 하얗게 물든다는 첩보입니다."

"술 처먹었네. 술."

56호가 기다렸다는 듯이 툭 쏘았다.

'크으윽.'

56호의 비난에 333호가 눈썹 사이를 잔뜩 찌푸렸다.

56호를 모시는 412호가 발을 동동 굴렀다.

'이걸 어째? 56호 님께서 왜 저렇게 언니를 몰아붙이시지? 히이잉.'

412호는 333호에게 미안해서 어쩔 줄 몰랐다.

56호는 412호가 발을 동동 구르거나 말거나 신경 쓰지 않았다. 그저 삐딱한 입매로 333호의 오류를 지적할 뿐이었다.

"이봐. 먹구름 때문에 달이 한 개로 보일 수는 있어. 경우에 따라서는 사람이 서 있는 위치에 따라서 달의 개수가 달라 보일 수도 있고, 착각할 수도 있지. 밤거리에 돌아다니는 행인들도 몽유병 환자처럼 보일 수 있을 거야. 고된 업무 때문에 피곤해서 눈빛이 멍한 것을 몽유병 환자로 착각할 수도 있잖아? 여기까지는 나도 이해해."

여기서 말을 잠시 끊은 뒤, 56호는 분홍빛 혀로 입술을 한 번 축였다. 그 다음 333호에 대한 공격을 계속했다.

Chapter 7

"하지만 새벽 2시에 밤하늘이 온통 하얗게 바뀐다고? 밤이 낮으로 바뀌는 백야 현상이 나타난다고? 홍. 그건 아니야. 내가 어제 이곳에 미리 도착하여 과이올라 시의 외성벽 바깥쪽을 한 바퀴 빙 둘러보았거든. 새벽 2시 무렵에도 나는 이 근처에 있었단 말이지. 그런데 그 시각에 백야 현상이 찾아오지는 않았어. 만약 백야가 나타났다면 성벽 바로 밖에 있던 나도 그 현상을 발견했겠지. 그런데 그런 일은 없었거든. 내 말이 틀렸나?"

56호가 412호를 돌아보았다.

412호가 333호의 눈치를 보며 우물쭈물했다.

56호가 412호를 채근했다.

"이봐. 새벽에 너도 같이 있었잖아. 네 입으로 한번 말해 봐라. 그때 밤하늘이 하얀 대낮처럼 변했나?"

"아니요. 히이잉."

412호가 힘없이 고개를 가로저었다.

"윽."

333호는 말문이 턱 막혔다.

56호가 333호를 놀렸다.

"거 봐라. 네 동료가 누구인지 모르겠다만, 새벽까지 술을 퍼먹은 것이 분명해. 키키키킥."

333호는 꿀 먹은 벙어리가 될 수밖에 없었다.

지금까지 묵묵히 듣고 있던 마우테가 불쑥 끼어들었다.

"그나저나 자네들은 소속이 어디인가? 자네들 가운데 몇 명은 서로 아는 사이인 것 같은데, 내 말이 맞나?"

마우테는 여섯 요원들에 대해서 자세히 알지 못했다. 심지어 마우테는 은화 반 닢 기사단에 대해서도 아는 바가 없었다. 그저 모레툼 총단에서 콰이올라 시의 정밀조사를 위해 젊은 신관 6명을 파견했다고만 전해 들었을 뿐이다.

여섯 요원들 가운데 그 누구도 마우테의 질문에 답하지 않았다.

마우테는 살짝 기분이 나빴다.

"왜 대답이 없나? 자네들끼리 서로 아는 사이가 맞나? 그리고 과이올라 시에 미리 침투했다는 동료는 또 누구지?"

마우테가 333호를 정조준했다.

333호가 곤란한 표정으로 이탄을 힐끗거렸다. 그러자 이번에는 이탄이 마우테의 표적이 되었다.

"자네는 무척 어려 보이는데, 자네가 선임인가? 그렇다면 한번 대답해 보게. 자네들의 소속은 어디이며, 무엇을 조사하기 위해서 이곳에 왔는가?"

마우테가 꼬장꼬장한 성격을 드러내었다.

이탄이 어깨를 으쓱했다.

"저는 모레툼 총단의 명을 받아서 이곳에 파견되었습니다. 그리고 여기 있는 여신관은 저와 같은 지부에서 일하는 동료입니다."

이탄이 333호를 동료 여신관으로 소개했다.

마우테가 집요하게 캐물었다.

"어디 지부?"

"피요르드 지부입니다."

이탄은 쿠퍼 본가가 위치한 지역명을 밝혔다.

"어어, 피요르드 지부? 거기라면 나도 들어본 적이 있네. 그럼 나머지 네 사람은?"

마우테의 집요함에 56호가 폭발했다. 원래 56호는 반항아적 기질이 강했다.

"거 참, 우리 노신관님께서 끈질기게도 물어보시네. 모레툼 교단의 신관들은 모두 다 평등한 관계 아닙니까? 노신관님께서는 알아서 맡은 바 소임을 다하시면 되지, 무엇 하러 젊은 신관들의 소속까지 캐물으십니까? 따지고 보면 우리 모두가 모레툼 총단의 명을 받아 과이올라 시에 파견된 것 아닙니까? 그러니까 지금부터는 각자 알아서 일을 합시다."

56호는 대놓고 마우테를 들이받았다.

"뭣이?"

마우테의 표정이 딱딱하게 굳었다.

56호가 412호에게 턱짓을 했다.

"가자."

"네?"

412호가 눈을 동그랗게 떴다.

56호가 눈썹을 슬쩍 찌푸렸다.

"어서 가자니까. 저 사람들과 헤어져서 우리는 따로 움직이자고. 나는 땍땍거리는 노친네도 싫고, 술주정뱅이와 한 팀이 될 생각도 없어."

56호는 이런 말로 마우테와 333호를 싸잡아 비난했다.

"뭐랏? 네 이노옴."

마우테가 두 눈에 쌍심지를 돋웠다.

56호는 마우테의 반응에는 신경도 쓰지 않고 등부터 돌렸다.

412호가 56호의 뒷모습과 333호의 얼굴을 왕복해서 쳐다보았다. 지금 그녀는 무척 곤혹스러운 입장이었다.

"안 올 거야?"

56호가 412호를 차갑게 노려보았다.

결국 412호는 56호를 선택했다.

"언니, 다음에 또 봐요. 미안하지만 나는 저분을 따라가야 해요."

"알아. 당연한 거니까 미안해할 필요 없어."

333호는 412호의 결정을 이해해주었다.

반면 마우테는 버럭 역정을 내었다.

"커허억. 어디서 저런 막돼먹은 연놈들이 모레툼 님의 가호를 받아서 신관이 되었단 말인고? 크허허허험."

마우테가 화를 내는 사이, 이탄이 333호에게 눈짓을 보냈다.

"네?"

333호가 이탄의 눈짓을 알아듣지 못하고 되물었다.

이탄이 한숨과 함께 직설적으로 말했다.

"하아아. 왜 이렇게 눈치가 없어? 우리도 따로 움직이자고. 우리는 우리대로 명을 받았잖아. 피요르드 지부로부터 말이야."

"아! 그거야 그렇죠."

333호가 마우테의 눈치를 힐끗 보다가 결국 이탄을 따라 나섰다.

분위기가 이렇게 흘러가자 55호도 마우테에게 작별을 고했다.

"어쩔 수가 없네요. 마우테 신관님이라고 하셨죠? 저희 두 사람도 따로 움직이겠습니다. 부디 저희의 입장을 헤아려주십시오."

55호는 손가락으로 본인과 408호를 번갈아 가며 가리켰다.

"뭐뭣? 케헤헤헴. 이거 참."

마우테는 기가 막혀 입이 다물어지지 않았다.

그 사이 젊은 신관들은 모두 사라지고 마우테 신관만 홀로 남았다. 결국 마우테는 씨부렁씨부렁 욕을 하면서 혼자 행동해야 했다.

Chapter 8

이탄과 333호는 도시 변두리에 숙소를 잡았다. 각자의 방으로 들어가기 전, 이탄이 333호를 불렀다.

"이봐."

"네, 49호 님."

333호가 빠릿빠릿하게 이탄을 돌아보았다.

"역할분담을 확실히 하자. 이번 사건은 어디까지나 전담 보조팀의 퀘스트다. 나는 혹시 모를 사태가 발생하면 너희들 보조팀을 보호하는 역할만 할 거고. 알지?"

이탄이 333호에게 다짐을 받았다.

333호가 이탄의 말에 수긍했다.

"알고 있습니다."

"좋아. 그럼 조사를 시작할 때 내 방문을 두드려라."

이탄은 이 말만 남기고 방으로 들어갔다.

이탄의 등 뒤에서 333호가 냉큼 대답했다.

"알겠습니다. 해가 지는 대로 49호 님께 연락을 드리겠습니다."

방에 들어온 이탄은 짐부터 풀었다. 그 다음 침대에 앉아 모레툼의 가호와 간철호의 마법에 집중했다. (진)마력순환로는 이탄이 신경 쓰지 않아도 알아서 잘 돌아갔다. 이탄은 저녁 식사도 거르고 몸과 마음을 가다듬었다.

어느새 창문 너머로 땅거미가 졌다.

"이제 올 때가 되었는데?"

이탄의 말이 떨어지기 무섭게 똑똑똑, 방문을 노크하는 소리가 들렸다.

이탄이 문을 열자 새하얀 무복을 입은 333호의 모습이 보였다. 이탄도 333호와 동일한 복장을 착용한 상태였다.

"이제 시작인가?"

"네. 잘 부탁드립니다."

333호가 이탄에게 정중하게 고개를 숙였다.

"가자."

이탄이 엄지로 밖을 가리켰다.

두 사람은 여관 창문으로 빠져나와 지붕에 올라갔다.

밤이 되자 과이올라 시 전체가 기괴한 기운에 휩싸였다. 동쪽 하늘에서는 3개가 아닌 한 개의 달만 떠올랐다. 도심 상공에는 소용돌이 모양의 먹장구름이 자리를 잡았다. 먹장구름이 반시계 방향으로 회전할 때마다 콰르르르 콰르르르 소리가 들리는 듯했다.

"진짜로 달이 하나뿐이군."

이탄이 스쳐 지나가는 말투로 뇌까렸다.

333호가 하늘을 힐끗 곁눈질했다. 밤하늘에 뜬 달이 유독 붉게 느껴졌다.

"으으윽."

333호가 긴장한 듯 가늘게 몸을 떨었다.

언노운 월드에서 평생을 살아온 333호는 3개의 달 가운데 2개가 사라졌다는 사실이 큰 충격으로 다가왔다.

반면 이탄은 아무렇지도 않았다. 이탄이 333호의 긴장을 풀어주기 위해서 일부러 밝은 어투로 말했다.

"이봐. 어디부터 조사를 시작할 거야?"

333호가 도심 방향을 지목했다.

"저쪽 번화가에 동료들이 포진해 있습니다. 일단 팀원들과 합류부터 하겠습니다."

"그럼 앞장서서 출발해. 나는 뒤에서 어슬렁어슬렁 쫓아갈 테니까."

"넵."

333호가 길고양이처럼 사뿐하게 점프했다. 333호는 단한 번의 도약만으로도 무려 수십 미터를 날아가 옆 건물 지붕에 내려섰다. 그 다음 뒤를 힐끗 돌아보았다.

"히익?"

333호가 화들짝 놀랐다. 어느새 이탄이 바로 뒤까지 따라붙었기 때문이었다. 이탄의 움직임은 소리도 없고 기척도 없어서 마치 유령 같았다.

"뭘 그리 놀래?"

"죄, 죄송합니다."

후다닥 고개를 돌린 333호는 좀 더 빠른 속력으로 지붕과 지붕 사이를 타넘었다.

이탄은 뒷짐을 지고 여유롭게 333호를 쫓아갔다. 이탄은 지난바 무력에 비해 달리기 속도가 느린 편이었지만, 이것은 이탄의 무력이 워낙 높아서 그런 것이고, 어지간한 보조 요원들보다는 훨씬 더 빨랐다.

과이올라 시 번화가로 접근할수록 333호의 표정은 심각하게 변했다.

"으아아. 이럴 수가."

333호가 기겁할 수밖에 없었다.

번화가 거리거리마다 눈이 몽롱하게 풀린 사람들이 돌아다녔다. 한눈에 보기에도 그들의 모습은 정상이 아니었다. 진짜 몽유병 환자거나, 혹은 좀비를 보는 듯했다. 몽유병 환자들 사이로 끈적끈적한 안개가 흘렀는데, 그 안개에서 풍기는 기운 또한 여간 기분 나쁜 것이 아니었다.

이탄이 낮게 중얼거렸다.

"보고서가 정확하군. 과이올라 시에 심각한 변고가 생긴 것이 맞아."

333호가 이탄의 의견에 동의했다.

"49호 님, 아무래도 일이 커질 것 같습니다. 만약 과이올라의 수백만 백성들이 모두 다 이런 상태라면 이건 보통 일이 아닙니다."

바짝 긴장한 333호에 비해 이탄은 흥미진진했다.

'화이트니스가 나타났단 말이지? 후후후.'

이탄이 속으로 미소를 삼켰다.

화이트니스(Whiteness: 순백).

도시 하나를 통째로 먹어치우는 고위급 악마종 다크니스의 진화형 버전.

다크니스만 해도 보기 드문 전설급 악마종인데, 화이트니스는 그보다 훨씬 더 귀했다. 이 희귀한 악마종의 등장에 이탄은 살짝 흥분했다. 이탄의 영혼 속에서 아나테마의 악령이 아우성을 쳐댔다.

[끼요옵! 이건 반드시 붙잡아야 해. 화이트니스는 정말 귀하면서도 쓸모가 많은 악마종이라고. 녀석을 꼭 붙잡아서 길들여어어~.]

'시끄러우니까 그만 좀 징징대쇼. 영감이 그렇게 안달복달하지 않아도 내가 알아서 포획해 볼 거요.'

[꼭 잡아야 해. 꼭 잡아아아~.]

'어우, 알았다니까. 나도 영감만큼이나 녀석을 붙잡고 싶소. 그러니까 그만 좀 채근하쇼.'

이 말은 진심이었다. 아나테마를 통해 화이트니스의 능력을 전해 들은 이후, 이탄은 화이트니스를 꼭 잡아야겠다고 결심했다.

'넌 내 거다. 반드시 손에 넣고야 만다.'

이탄이 혀로 입술을 싸악 핥았다.

Chapter 9

그로부터 두 시간 뒤.

쾅! 쾅! 쾅! 쾅!

새까만 벼락 네 방이 과이올라 시 번화가 한복판에 떨어졌다. 이탄은 전면에 방패의 가호를 둘러서 검은 벼락을 막았다.

쾅! 쾅! 쾅! 쾅!

또 다시 벼락이 작렬했다. 이탄이 만들어낸 빛의 방패 표면에서 불똥이 튀었다.

검은 벼락을 떨궈서 이탄을 공격한 자들은 다름 아닌 회귀병들이었다. 최소한 500명 이상의 적군을 죽여서 살업을 잔뜩 쌓은 베테랑 병사들. 그 병사들이 언데드로 되살아나야 비로소 회귀병이 된다. 회귀병이 되기 위한 조건이 까다로운 만큼, 회귀병의 무력은 상당히 강한 편이었다.

공격력 6배로 강화.

방어력도 6배로 강화.

공격속도는 무려 66배로 증가.

이 무지막지한 특성스킬 덕분에 회귀병들의 칼을 막아내는 것은 보통 일이 아니었다. 회귀병이 녹슨 칼을 한 번 휘두르면 실제로 벼락이 떨어지는 것과 다를 바 없었다. 그래서 붙은 이름이 '벼락 떨구기'였다.

지금 이탄을 향해 녹슨 칼을 휘두르는 회귀병들도 66배의 공격속도 증가와 6배의 공격력 증가 효과를 누렸다. 회귀병 4명이 칼을 휘두를 때마다 검은 벼락이 쾅쾅 떨어져 이탄의 온몸을 두드렸다.

이탄은 방패의 가호로 적들의 공격을 막아내면서 뒤로 조금씩 후퇴했다.

이탄의 등 뒤에서 7명의 요원들이 초조한 표정을 지었다. 333호를 포함한 이 요원들이 바로 이탄을 돕는 전담 보조팀원들이었다.

'으으으.'

팀원들은 지금 반쯤은 넋이 나간 상태였다. 눈앞에서 번쩍 번쩍 불똥이 튈 때마다 그들의 몸이 움찔움찔 떨렸다. 회귀병들의 벼락 떨구기는 그만큼 위협적이었다. 이탄이 방패의 가호로 잘 막고는 있으나, 요원들은 불안함에 떨 수밖에 없었다.

그도 그럴 것이, 요원들의 눈에는 회귀병들의 공격이 제대로 보이지도 않았다. 그저 눈앞에서 불똥이 튀고 고막에 쾅쾅 소리가 때려 박힐 뿐이었다.

쾅! 쾅! 쾅!

또다시 검은 벼락이 낙하했다.

이탄은 빛의 방패로 벼락 3개를 다 받아내었다.

그 사이 번쩍 점프를 한 회귀병 하나가 이탄의 방패를 무릎으로 찍으면서 수평으로 칼을 휘둘렀다.

이번엔 검은 벼락이 수평으로 날아들었다.

"아악."

보조팀 요원들이 머리를 손을 감싸 쥐었다.

쾅!

그 전에 이탄이 방패의 가호를 일으켜서 적의 공격을 방어했다. 빛의 방패를 무릎으로 찍었던 회귀병이 뒤로 풀쩍 물러섰다.

이탄이 사냥을 나온 물뱀처럼 S자로 전진했다.

슈왁―.

눈 깜짝할 사이에 회귀병을 따라잡은 이탄은, 상대의 머리통을 그대로 붙잡았다.

퍼석!

언데드 특유의 단단한 머리통이 이탄의 손아귀 안에서 어이없이 박살 났다. 회귀병은 살아생전보다 방어력이 6배나 강해진 상태였건만 아무런 소용이 없었다.

3명의 회귀병이 이탄을 향해 동시에 뛰어들었다. 검은 벼락 세 줄기가 눈 깜짝할 사이에 이탄의 얼굴과 가슴, 복부를 때렸다.

이탄은 이번에도 방패의 가호로 적의 공격을 막았다. 그리곤 한 치의 망설임도 없이 회귀병들 사이로 뛰어들었다.

회귀병의 칼이 이탄의 정수리를 쪼갠 것과, 이탄의 손이 그 회귀병의 안면을 붙잡은 것이 거의 동시였다.

깡! 콰득.

두 가지 소음이 동시에 터졌다.

첫 번째 소음은 회귀병의 칼이 빛의 방패에 가로막히는 소리였다. 두 번째 소음은 이탄의 손이 회귀병의 안면을 잡아 뜯는 소리였다. 귀의 앞쪽이 통째로 뜯겨나간 회귀병은 목에서 꾸르륵 소리를 내면서 고꾸라졌다.

회귀병 넷 가운데 둘이 힘 한 번 제대로 써보지 못하고 쓰러졌다. 나머지 2명의 회귀병이 얼굴을 마주 보았다.

이탄이 성큼 다가갔다.

회귀병들이 움찔 놀라 뒷걸음질 쳤다. 하지만 불과 두어 걸음 후퇴하다가 장애물에 턱 막혔다. 이탄이 어느새 회귀병들의 퇴로에 방패를 소환해 놓은 것.

회귀병들이 흠칫하는 찰나, 이탄의 몸이 S자를 그리며 바닥에 낮게 깔렸다. 그렇게 잠수하듯 낮은 자세로 적에게 접근한 이탄이 회귀병들 앞에서 불쑥 솟구치며 두 회귀병의 팔목을 동시에 잡아당겼다.

회귀병 2명이 지푸라기 허수아비처럼 이탄에게 휙 딸려왔다.

놀란 회귀병들이 반사적으로 칼을 휘둘렀다.

까가강!

이탄은 회귀병들의 공격을 팔뚝으로 막았다. 이탄의 팔과 회귀병들의 녹슨 칼 사이에서 빛이 번쩍했다. 이어서 이탄이 오른쪽 회귀병의 목을 잡아 목줄기의 절반을 와득 뜯어버렸다.

오른쪽 회귀병이 비틀거리는 찰나, 이탄은 왼쪽 회귀병의 머리를 잡아 비틀어 뽑았다.

털썩, 털썩.

두 회귀병이 동시에 고꾸라졌다.

회귀병들은 모두 언데드인지라 몸속에 피가 거의 없었다. 따라서 목을 뜯고 머리를 부숴도 이탄의 몸에는 피가 거의 튀지 않았다. 대신 회귀병들의 살점이 이탄의 몸에 덕지덕지 붙었을 뿐이다.

이탄의 무지막지함에 놀라 보조팀 요원들이 입을 쩍 벌렸다. 그들은 그동안 이탄이 투입된 작전에서 뒤처리를 맡아 온 터라 이런 장면들을 간접적으로 예상하기는 했다. 하지만 눈앞에서 직접적으로 목격한 것은 이번이 처음이었다.

검으로 깔끔하게 적의 목을 베는 것도 아니고, 마법으로 불태우거나 얼려버리는 것도 아니며, 오로지 두 손으로 상대의 머리를 으깨고, 눈알을 뽑고, 목줄기를 뜯어내는 이탄의 전투 방식은 죽음이 익숙한 요원들에게도 큰 충격이었다.

"으으윽."

"흐윽."

이탄이 다가오자 요원들이 진저리를 쳤다. 333호도 예외는 아니었다.

그 모습을 보면서 이탄은 속으로 쓴웃음을 삼켰다.

Chapter 10

그때였다. 이탄의 등 뒤에서 커다란 괴물이 솟구쳤다. 몸뚱어리가 절반쯤 썩어서 하얀 뼈가 흉측하게 드러났고, 눈이 3개나 되는 괴물의 정체는 바로 데스 울프(Death Wolf: 죽음의 늑대)였다.

몸무게가 400킬로그램이 넘는 이 흉악한 데스 울프는 언데드 일족 중 무리사냥에 가장 능하다고 알려진 마물이었다. 이들은 사자나 곰 같은 맹수들을 한 입에 물어 죽이고, 갑옷도 발톱으로 거침없이 찢어버릴 만큼 강력했다.

게다가 이들은 사냥을 위해 무리를 지을 때마다 공격력과 방어력이 급증하는 것으로 유명했다. 예를 들어서 열 마리의 데스 울프가 뭉치면 공격력과 방어력이 두 배로 증가하고, 스무 마리가 모이면 세 배 증가하며, 백 마리를 돌파하면 열한 배나 강력해지는 것이 특징이었다.

따라서 데스 울프가 떼를 지어 뭉쳐 있으면 고위급 악마종들도 함부로 달려들지 못하고 몸을 피한다고 알려졌다.

이탄도 데스 울프들의 특성을 잘 알았다. 과거에 이들을 경험해본 적이 있는 까닭이었다. 당시 이탄은 데스 울프 때문에 제법 곤란을 겪었다.

하지만 지금은 그때와 달라졌다. 이탄은 더 이상 데스 울프를 어렵게 여기지 않았다. 게다가 지금 이탄을 공격한 데스 울프는 무리가 아니라 단독 행동을 했다.

"뭐야? 고작 한 마리야?"

이탄이 실망스럽다는 표정을 지었다.

크헝!

황소 크기의 데스 울프가 몸통을 비틀어 날리면서 아가

리를 쩍 벌렸다. 녀석은 이탄의 목줄기를 단숨에 물어뜯을 요량이었다.

그 전에 이탄의 두 손이 데스 울프의 아가리 위쪽과 아래쪽을 동시에 붙잡았다. 데스 울프의 날카로운 이빨이 이탄의 손바닥과 부딪치면서 파바박 불똥이 튀었다.

이탄은 데스 울프의 아가리 부위를 붙잡아 녀석을 하늘 위로 들었다. 몸무게가 400킬로그램이 넘는 육중한 데스 울프가 종잇장처럼 가볍게 허공으로 들렸다.

그 상태에서 이탄은 녀석의 아가리를 좌우로 쭉 찢어버렸다.

부와악—!

끔직한 소리와 함께 데스 울프의 몸이 반으로 찢어졌다. 몸이 두 조각이 나면서 데스 울프의 내장이 이탄을 향해 후두둑 쏟아졌다.

데스 울프도 언데드이기에 피가 많지 않았다.

그래도 썩은 장기들은 꽤 무게가 나갔는데, 그것들이 한꺼번에 쏟아져 이탄의 몸을 흠뻑 적시며 바닥에 나뒹굴었다.

터엉, 터엉.

둘로 쪼개진 데스 울프의 몸통도 아무렇게나 땅바닥에 버려졌다. 이탄은 손으로 어깨를 툭툭 털었다.

"에이. 괜히 옷만 버렸네. 욕실에 벗어둘 테니 더러워진 무복은 회수하고, 내일 아침 새 무복으로 바꿔 줘."

이탄이 333호에게 새 옷을 요구했다.

333호가 쩍 벌어진 입으로 고개를 끄덕였다.

이탄이 주변을 둘러보았다.

"그나저나 오늘 밤 안에 정리가 다 될까 몰라?"

이탄이 이렇게 중얼거리는 와중에도 몽유병 환자들이 이탄 일행을 향해 꾸역꾸역 다가왔다. 두 눈이 몽롱하게 풀리고, 좀비처럼 삐꺽삐꺽 움직이는 이들의 정체는 과이올라시의 백성들이었다.

"키악."

가까이 접근한 몽유병 환자들이 갑자기 괴성을 지르며 이탄에게 달려들었다.

물론 이들의 힘은 평범한 사람과 별다를 바가 없었다. 당연히 이탄의 상대가 되지 못했다.

퍼버버벅!

수박 터지는 소리와 함께 이탄에게 달려든 환자 5명의 머리통이 피보라로 변했다. 바닥에 피비가 후두둑 뿌려졌다. 머리를 잃은 몸통은 휘청거리다가 픽픽 쓰러졌다.

그 와중에도 몽유병 환자들은 끝없이 밀려들었다. 환자들 사이사이에 회귀병들도 섞여 있었다. 몽유병 환자들은 요원들에게 큰 위협이 되지 않지만, 회귀병들은 달랐다. 이탄은 몰라도 다른 요원들은 회귀병에 맞서 싸우기에는 능력이 부족했다.

퍽, 퍽, 퍽!

이탄의 손이 또다시 피의 비를 뿌렸다.

이탄은 몽유병 환자와 회귀병을 구별하지 않고 공평하게 머리통을 터뜨렸다. 새하얗던 이탄의 무복이 어느새 빨간 옷으로 변했다. 쉴 새 없이 밀려드는 적들을 하나하나 해치우면서도 이탄은 결코 지치거나 매너리즘에 빠지지 않았다. 이탄은 한 방에 다수의 적을 쓸어버리는 광역기술도 선호하지 않았다.

'그렇게 하면 한 놈 한 놈 분해하는 맛이 없잖아.'

이것이 이탄의 생각이었다.

듀라한이 된 이후로 이탄의 정신세계는 어딘지 모르게 뒤틀렸다. 이탄은 살육에 희열을 느끼는 미치광이 변태는 아니었으나, 살육을 회피하지도 않았다. 이탄은 망설임 없이 피와 내장을 뒤집어썼다. 뜨거운 핏물과 내장으로부터 김이 모락모락 올라왔다.

시간이 흐르자 이탄 주변에는 수천 구의 시체가 널브러졌다.

이 시체들 가운데 99퍼센트는 몽유병 환자였고, 나머지 1퍼센트가 회귀병들이었다. 간혹 가다 데스 울프의 시체도 보였다.

땅바닥에 깔린 내장 때문에 발밑이 미끄러웠다. 쏟아지는 핏물이 수채구로 밀려들어 도로 옆으로 피의 개울이 형성되었다.

선혈이 콸콸콸 소리를 내면서 흘러갔다.

콰앙!

지금도 이탄은 회귀병 하나를 붙잡아 벽에다 머리를 꽂아버렸다. 이탄의 손바닥이 회귀병의 안면을 뭉개고 벽 속까지 깊숙하게 파고들었다. 팍 터진 뇌수가 건물 벽을 더럽혔다.

덜그럭, 덜그럭.

머리통을 잃은 회귀병의 몸뚱어리가 벽에 달라붙어 좌우로 버둥거리다가 바닥에 툭 떨어졌다.

이탄이 뇌수로 범벅이 된 손을 뻗어 몽유병 환자의 쇄골을 붙잡았다. 그 다음 쇄골부터 시작하여 갈비뼈를 우두둑 부러뜨리며 아래로 내려왔다.

환자의 복부까지 손이 내려올 즈음, 이탄의 손아귀 안에는 뼈 부스러기와 내장이 한가득 쥐어져 있었다. 이탄은 그것들을 쭉 뽑아 채찍처럼 바닥에 패대기쳤다.

철퍽 소리와 함께 사방으로 핏물이 튀었다.

절망과 비탄과 통곡의
악마종 화이트니스

Chapter 1

이탄이 손을 한 번 휘저을 때마다 피가 튀었다. 이탄의
발밑에는 수천 구의 시체가 쌓였다.

"으어어어."

"히익."

건물 지붕 위로 피신한 요원들이 잇새로 비명소리를 내
었다. 그들의 턱이 덜덜덜 떨렸다.

첫째, 요원들은 우선 꾸역꾸역 밀려드는 몽유병 환자들
때문에 질겁했다.

둘째, 요원들은 그 몽유병 환자들을 무자비하게 때려죽
이는 이탄 때문에 더욱 식겁했다. 요원들의 눈에는 몽유병

환자와 회귀병보다 이탄이 더 악마 같았다.

밤 9시부터 시작된 이탄의 살육 행위는 자정을 넘어 새벽 2시까지 계속되었다.

시간이 갈수록 이탄의 살육은 더 기승을 부렸다. 이탄은 과이올라 시 번화가 서부지구에 몰려든 몽유병 환자들을 모조리 뜯어버릴 요량인 듯 단 1분 1초도 쉬지 않았다. 이탄 주변에 쌓인 시체가 이제 1.5 미터 높이의 벙커를 이루었다. 이탄은 시체의 벙커를 군데군데 만들면서 서부지구의 거리 구석구석을 돌아다녔다.

333호를 비롯한 요원들이 바들바들 몸서리를 쳤다.

그렇게 이탄이 한창 살육을 자행할 때였다.

데엥, 데엥.

도심의 시계탑이 새벽 두 시를 알렸다.

화악!

새로운 태양이 뜬 것처럼, 혹은 밤이 물러가고 아침이 찾아온 것처럼, 컴컴하던 하늘이 환한 대낮으로 변했다. 온 세상이 백색의 광휘에 물들었다.

그 무렵 거리로 쏟아져 나온 몽유병 환자들의 숫자도 극에 달했다.

"우워어어어."

"우오오오."

환자들은 번화가를 향해 광대한 흐름을 만들었다.

그 흐름들이 모여서 거센 해일이 되었다.

이탄은 밀려드는 해일에 정면으로 맞섰다. 이탄은 결코 인파의 흐름에 밀리지 않았다. 혼자서 단단한 버팀목이 되어서 밀려드는 인파를 쓰러뜨리고 또 쓰러뜨렸다. 시체가 쌓여 방벽을 이루면, 나머지 몽유병 환자들이 그 시체의 벽을 기어올라 이탄을 덮쳤다.

이탄은 그런 환자들을 붙잡아서 하나씩 분해한 다음, 시체 부스러기로 새로운 방벽을 쌓았다.

이탄이 뒤로 물러서지 않으니 시체의 벽은 점점 더 높게만 쌓여갔다. 이탄은 시체 더미를 밟고 올라서더니, 그 위에서 새로운 시체들을 계속 만들어 갔다.

몽유병 환자들도 두려움 없이 계속 덤볐다.

간간이 회귀병들이 나타나면 이탄은 회귀병부터 먼저 부쉈다. 이탄에게는 몽유병 환자 한 명을 때려잡는 시간과 회귀병 한 명을 부수는 시간에 차이가 나지 않았다.

주변이 대낮처럼 환해진 덕분에 이탄의 살육 행위가 더욱 부각되었다. 이탄이 사람의 목을 강제로 뽑을 때마다 피가 분수처럼 높이 튀었다.

깜깜한 밤이면 피가 튀는 모습이 덜 충격적으로 보일 텐데, 주변이 환하다 보니 그 끔찍한 장면이 요원들의 뇌리에 그대로 각인되었다.

"아으으."

"우우욱, 우웨엑."

요원들이 진저리를 쳤다. 일부 요원들은 구토도 했다.

이탄은 요원들의 감정을 헤아리지 않았다. 자신의 평판에 대해서도 신경 쓰지 않았다. 그저 적이 달려드니 기계적으로 머리통을 뜯어낼 뿐이었다.

그러는 사이, 과이올라 시 전체가 백색 광휘에 물들었다.

쿠르릉, 쿠릉, 쿠릉, 쿠릉, 쿠릉, 쿠르릉.

도시 외성벽 바깥 지역으로부터 악마의 손가락을 수만 배 뻥튀기시켜 놓은 듯한 돌조각 6개가 솟구쳤다.

6개의 돌손가락은 과이올라 시 전체를 움켜잡을 듯 에워싸더니 손톱 끝에서 보라색 광채를 내뿜었다.

그 모습이 마치 거대한 악마가 인구 삼백만 명의 과이올라 시를 보라색 손바닥 위에 올려놓은 것처럼 보였다. 그 상태에서 악마는 손가락을 구부려 도시 전체를 꽈악 움켜쥐려는 것 같았다.

손가락 하나하나의 크기가 어찌나 거대했던지 과이올라 시 전역에서 6개의 손가락이 모두 다 관찰되었다. 이탄이 위치한 서부지구는 물론이고, 동부지구, 북부지구, 남부지구에서도 6개의 손가락이 전부 눈에 들어왔다.

거대한 악마의 손가락이 대지를 뚫고 나와 하늘로 솟구치는 바람에 과이올라 시의 지반이 뒤틀렸다.

쿠르르릉.

땅에 금이 가고 2차 지진이 발생했다. 건물 벽에도 금이 쩍쩍 가다가 결국 허물어졌다. 부엌찬장이 쓰러지면서 접시들이 와장창 깨졌다.

컹컹컹컹컹.

온 동네 개들이 마당에 몰려나와 보라색 손가락을 향해 미친 듯이 짖었다.

그렇게 사납게 짖으면서도 개의 꼬리는 사타구니 사이에 말려 있었다. 개들이 겁을 집어먹었다는 반증이었다.

"우어어어어?"

서부지구의 몽유병 환자들이 행동을 우뚝 멈췄다. 그들은 더 이상 이탄에게 달려들지 않았다. 대신 도시를 감싼 거대한 손가락을 향해 시선을 고정했다.

"크르르르."

회귀병들도 이탄에 대한 맹목적인 공격을 삼갔다. 회귀병들의 눈동자도 오로지 보라색 손가락에만 고정되었다.

'저 거대한 손가락이 화이트니스요?'

이탄이 아나테마의 악령에게 물었다.

아나테마가 고개를 가로저었다.

[절대 아니다. 저건 화이트니스를 이 세상에 불러오기 위한 마법진에 불과해.]

그 말이 사실이었다.

쭈웅! 쭈웅! 쭈웅! 쭈웅! 쭈웅! 쭈웅!

도시 전체를 감싼 거대 손가락의 정점, 즉 손톱 끝에서 보라색 광채가 무지막지하게 뿜어졌다. 이 6개의 광채는 허공을 가로지르며 아래쪽으로 완만하게 휘는가 싶더니, 과이올라 시의 상공에서 정면으로 충돌했다.

푸화악!

눈부신 빛이 온 사방을 하얗게 물들였다.

아나테마의 악령이 쾌재를 불렀다.

[되었다. 전설의 악마종 다크니스가 수백 만 명의 생기와 희망을 빼앗은 끝에 드디어 화이트니스로 진화했어. 저 눈부신 빛이 바로 화이트니스다. 순백의 광채 속에 숨겨진 절망과 비탄, 통곡의 악마종 화이트니스라고옷~.]

이탄이 아나테마에게 물었다.

'그러니까, 저 빛이 바로 화이트니스라 이거요? 그리고 화이트니스의 권능 가운데 하나가 포장이라고 하지 않았소. 예를 들어서 음차원의 마나를 신성력으로 전환하여 그럴듯하게 포장하는 것. 이것이 바로 화이트니스의 특성스킬이라지?'

[맞다. 빛으로 위장한 가장 짙은 어둠. 선행으로 위장한 가장 악랄한 악행. 바름으로 위장한 가장 뒤틀린 부정. 화이트니스야말로 빛 속의 어둠이자, 희망 속의 절망이며, 환희 속에 감춰진 통곡이니라.]

아나테마의 악령이 잔뜩 흥분해서 날뛰었다.

Chapter 2

아나테마는 진짜로 기쁜 듯했다.

[끼요오오옵. 고대 문명 시대에도 보지 못했던 저 희귀한 악마종을 내 눈으로 직접 볼 수 있다니. 끼요오오올. 이건 축복이야. 끼요오오올.]

이탄은 덩달아 군침을 삼켰다.

이탄이 가장 아쉬워하는 바가 무엇이던가. 몸속 깊은 곳에 딴딴하게 뭉쳐 있는 음차원 그 자체. 차원 하나를 통째로 갈아 넣은 그 거대한 에너지원으로부터 풀려나오는 마나를 마음껏 휘두르지 못하고 숨겨야만 하는 현실이 바로 이탄의 고민이었다.

그런데 절망과 비탄, 통곡의 악마종이라 불리는 화이트니스는 음차원의 마나를 신성력으로 전환하여 그럴듯하게 포장해준다고 한다.

'저 힘만 내 손에 넣으면!'

그럼 고민 끝 행복 시작이다.

허공을 올려다보는 이탄의 눈이 진득한 탐욕으로 물들었다. 이탄의 입꼬리가 잔뜩 위로 올라갔다.

아나테마의 악령이 이탄을 다그쳤다.

[어서 잡아. 어서 저 희귀한 악마종을 네 손에 넣으라고. 끼요오옵. 내가 그 빌어먹을 일수도장을 찍으면서 네게 가르쳐준 속박마법으로 저 녀석을 포획할 수 있어.]

이탄은 아무런 대꾸도 하지 않았다. 지금 이탄의 눈에는 오로지 저 순백의 빛만 보였다.

그러는 와중에도 순백의 빛은 점점 더 커졌다. 처음에는 수박 크기였던 빛이 마구간 정도로 커졌다가, 기사단의 연무장에 버금갈 정도가 되었다가, 지금은 영주성의 두 배 크기로 늘어났다.

쭈쭈쭈쭈쭈쭈중!

과이올라 시를 감싼 6개의 손가락은 갈수록 더 강렬한 광선을 쏘았다. 화이트니스는 그 광선의 에너지를 모조리 흡수하여 점점 더 몸집을 불렸다.

슈슈슈슉.

마침내 화이트니스가 과이올라 시 전체 면적에 버금가는

크기로 성장했다. 순백의 빛이 쉭쉭 숨을 내쉬며 도시 전체를 뒤덮었다.

순백의 빛 하단부에는 뱀의 꼬리처럼 생긴 것 3개가 황홀한 빛무리를 이루며 꾸물꾸물 움직였다.

사람들은 강렬한 광채 때문에 화이트니스의 실체를 보지 못했다.

그러나 이탄은 빛 속에 감춰진 본체를 정확하게 꿰뚫어 보았다. 이탄의 왼쪽 망막에는 화이트니스에 대한 정보가 떠올랐다.

— 종족: 절망과 비탄, 통곡의 악마종 화이트니스

— 주무기: 정신계 공격

— 특성 스킬: 절망, 비탄, 통곡의 3단계를 통한 마물 지배

— 성향: 흑

— 레벨: S—에서 S+

— 주 출몰지역: 오염된 도시

— 출몰빈도: 극도로 희박

어느 순간, 순백의 빛이 약간의 노란색을 띠었다.

[끼요옵. 더 이상 늦으면 안 돼. 녀석이 성숙단계에 접어들었다고. 끼요옵.]

아나테마의 악령이 괴성을 토했다.

그 즉시 이탄이 행동에 나섰다.

"저 빛을 한번 살펴봐야 할 것 같다. 보조팀은 안전하게 이곳에서 대기하라."

이탄은 이 말만 남기고 유령처럼 사라졌다.

"앗. 49호 님?"

333호가 깜짝 놀랐다.

그때 이미 이탄은 은신의 가호로 온몸을 투명하게 만든 상태였다. 이탄의 몸이 몽유병 환자들 사이를 지나쳐 도시 외곽 방향으로 달려갔다. 333호가 뒤를 쫓으려고 해도 이탄이 보이지 않으니 쫓아갈 수가 없었다.

휘이익—.

이탄은 한 줄기 질풍이 되어 거리를 가로질렀다. 번화가를 벗어나자 몽유병 환자들의 수가 눈에 띄게 줄어들었다. 이탄은 아무도 없는 텅 빈 공터까지 몸을 빼낸 뒤, 고스트 핸드로 아조브를 꺼냈다.

빈 허공에서 툭 튀어나온 낫이 이탄의 손에 들어왔다.

이탄은 그 낫으로 공터 바닥에 둥그런 나선을 그렸다. 나선 중간중간에 고대의 문자도 써넣었다.

이것은 고대 악마사원의 종주급 마인들이 악마종을 사역할 때 사용하던 '속박마법진'이었다. 정식 명칭은 '사역마종속 법체대진법'.

하지만 악마사원의 종주들은 이 기다란 명칭을 줄여서 속박마법진이라 부르곤 했다.

[역대 악마사원의 종주들은 이 사역마 종속 법체대진법으로 최상위 악마종을 길들여 부리곤 하였다. 내가 속한 조직이 악마사원이라 불린 이유도 바로 이 속박마법진 덕분이지. 종주들이 최상위 악마를 소환하여 부려대는 모습을 보고 사람들이 기겁해서 악마사원이라고 부르기 시작한 게야. 켈켈켈켈켈. 너는 참 운이 좋은 줄 알아라. 이 귀한 저주마법을 배울 수 있으니까 말이다. 끼요올올올.]

과거 아나테마는 이탄에게 속박마법진을 가르쳐 주면서 무척이나 거들먹거렸다.

이제 와서 돌이켜 보면, 아나테마가 충분히 거들먹거릴 만했다. 실제로 이 속박마법진은 악마사원이 집대성한 저주마법 가운데 당당히 다섯 손가락 안에 들어갈 정도로 무시무시한 수법이었다. 고대 문명 시절 악마사원이 온 세상을 상대로 싸울 수 있었던 데에는 이 속박마법진이 톡톡한 역할을 했다.

마침내 이탄의 손에서 나선 형태의 속박마법진이 완성되었다.

고대 문명 시절 악마사원의 종주들은 사람의 피를 쥐어 짜서 속박마법진을 그렸다.

지금 이탄은 피 대신 아조브로 속박마법진을 만들었다. 당연히 효과는 아조브로 그린 속박마법진이 훨씬 더 좋았다.

마법진이 완성되었으니 이제 활성화를 시킬 차례였다.

과거 악마사원의 종주들은 수천 명의 사람들을 죽음 직전까지 몰아붙인 다음, 사람들의 공포와 절망, 비탄을 채집하여 마법진 활성화에 동원했다.

이탄은 그럴 필요가 없었다. (진)마력순환로에서 극미량의 마나를 뽑아내는 것만으로도 충분했다.

Chapter 3

음차원의 마나가 이탄의 몸 밖으로 빠져나와 손 끝에 맺혔다.

또르륵. 또륵. 또르륵.

이탄은 꽈배기 문자 모양의 마나를 속박마법진 위에 딱 세 방울만 떨어뜨렸다.

만자비문의 위력은 어마어마했다. 단지 세 방울을 떨어

뜨린 것만으로도 이탄의 속박마법진은 역대 악마사원의 종주들이 만들었던 그 어떤 속박마법진보다도 훨씬 더 강력한 마력을 드러내었다.

콰르르르르르—.

속박마법진이 세찬 회전을 시작했다. 속박마법진의 꼭짓점을 중심으로 땅이 빙글빙글 회전했다. 속박마법진 곳곳에 박힌 고대의 문자들이 노란 빛을 내뿜으며 1미터 높이로 떠올랐다. 그 문자들이 노란 광선으로 연결되어 촘촘한 그물을 만들었다.

빙글빙글 회전하는 대지와, 그 위에 둥실 떠있는 수백 개의 문자들, 그리고 그 문자들을 연결한 노란 광선.

이탄이 그 앞에서 커다란 낫을 들고 우뚝 섰다.

어마어마한 시간을 뛰어넘어 다시 재현되는 속박마법진을 보면서 아나테마의 악령은 벅찬 감동을 느꼈다.

[끼요오오올. 드디어!]

콰르르르르르—.

그 와중에도 대지는 정신없이 회전했다. 문자와 문자를 연결한 노란 광선들이 더욱 진한 광채를 뿌려댔다. 속박마법진에서 발휘된 흡입력은 점점 더 넓게 퍼져나가 과이올라 시 상공에 닿았다.

[쉬익? 쉬익?]

화이트니스가 속박마법진을 인식했다. 도시 전체를 뒤 덮을 만큼 거대해진 화이트니스의 동체가 꾸물꾸물 움직여 이탄의 머리 위로 중심을 옮겼다.

푸화학!

그 순간 속박마법진에서 노란 광선이 폭발했다. 지상에서 시작하여 하늘 꼭대기까지 일직선으로 광선이 뻗어나갔다.

쭈왕—.

[쏴쏴쏴?]

화이트니스가 깜짝 놀랐다.

화이트니스가 사념을 일으킨 순간, 과이올라 시의 모든 몽유병 환자들과 회귀병들의 눈이 노랗게 물들었다.

"우우워워어."

백만이 넘는 몽유병 환자들이 이탄을 향해 발걸음을 옮 겼다.

"끄웍."

수백 명의 회귀병들이 이탄을 향해 덤벼들었다.

크르르르르.

열 마리가 넘는 데스 울프들이 이탄을 노리고 득달했다.

이탄은 꿈쩍도 하지 않았다. 대형 낫을 한 손에 들고서, 빠르게 회전하는 속박마법진 앞에 우뚝 서서 상공만 올려 다볼 뿐이었다.

이미 속박마법진은 발동한 상태였다. 화이트니스를 강타한 노란 광선이 효과를 발휘하기 시작했다.

[쏴쏴쏴아?]

화이트니스가 거대한 동체를 비틀어 노란 광선으로부터 벗어나려 들었다.

찰떡처럼 찐득하게 달라붙은 광선은 화이트니스를 놓아주지 않았다. 오히려 속박마법진에 새겨져 있던 고대의 문자들이 노란 빛으로 변해 화이트니스의 몸뚱어리에 박혀들었다. 문신처럼 각인된 고대의 문자들이 화이트니스를 촘촘하게 옭아매었다.

[쏴쏴쏴쏴쏴쏴쏴—.]

화이트니스가 거친 숨결을 토했다.

뱀의 꼬리처럼 보이는 빛의 덩어리가 꿈틀거릴 때마다 하늘에서 절망이 폭우처럼 쏟아졌다.

"크아아악."

모든 생명체들이 그 절망에 짓눌려 몸부림쳤다. 이미 죽은 언데드들도 절망을 견디지 못하고 허우적거렸다.

화이트니스로부터 채찍질을 받은 몽유병 환자들과 회귀병들, 데스 울프들이 더욱 빠른 속도로 이탄에게 달려들었다.

그때였다.

화아악!

화이트니스에게 각인된 고대의 문자가 또 한 번 강렬한 빛을 뿜었다.

[쉬익? 쉬익? 스솨솨솨솨ー.]

화이트니스가 거칠게 몸부림쳤다.

이번엔 비탄이 쏟아졌다.

"끄어어어ー."

몽유병 환자들이 피눈물을 흘렸다. 회귀병들이 머리를 쥐어뜯으며 괴로워했다. 데스 울프들이 펄쩍펄쩍 날뛰었다. 이제 그들은 이탄에게 거의 다 도착했다.

크허헝!

공터에 막 도착한 데스 울프 한 마리가 이탄을 향해 무섭게 도약했다. 쩍 벌어진 데스 울프의 아가리가 이탄의 목줄기를 겨냥했다.

그때를 맞춰 속박마법진이 폭발했다. 대지가 미친 듯이 회전했다. 찬란한 광선이 폭죽처럼 온 사방을 밝혔다.

푸화아악!

고대의 문자들은 화이트니스의 몸 전체를 장악하며 샛노랗게 발광했다.

[쉬익? 쉬익? 쉬이익?]

절망과 비탄, 통곡의 악마종 화이트니스가 당황했다. 녀석은 구름 위 까마득한 상공으로 몸을 날려 이탄의 속박으로부터 도망치려고 들었다. 화이트니스의 괴력이 어찌나 강했던지 노란 광선이 투두둑 끊어지기 시작했다.

"그냥 가려고? 그건 곤란하지."

화이트니스가 속박마법진으로부터 탈출하기 직전에 이탄이 아조브를 길게 휘둘렀다.

사아악—.

낫이 허공을 베었다. 공간이 썽둥 잘려나갔다.

그렇게 갈라진 공간의 틈새에서 꽈배기 모양의 문자, 즉 세상 그 누구도 읽을 수 없는 만자비문이 우르르 쏟아져 나왔다.

문자들은 날갯짓을 하는 나비처럼 하늘로 날아오르더니 화이트니스의 몸체에 불도장처럼 퍽퍽 찍혔다.

이건 낙인이었다.

주인이 노예에게 찍는 낙인.

혹은 주인이 가축에게 찍는 낙인.

화이트니스에게도 이탄의 낙인이 찍혔다.

절망과 비탄과 통곡의 악마종 화이트니스는 고대 악마사원의 속박마법진으로도 사역하기 어려울 만큼 강력한 존재였으되, 그 강력한 악마종도 음차원의 마나와 결합한 만자비문을 거역하지는 못했다. 화이트니스의 의식이 순식간에 이탄에게 종속되었다.

Chapter 4

[쏴쏴쏴쏴쏴.]

화이트니스가 명령을 바꿨다.

깨개갱!

이탄에게 달려들던 데스 울프가 그 즉시 땅바닥에 대가리를 처박고 사타구니 사이에 꼬리를 말았다.

모퉁이를 돌아서 공터로 막 진입 중이던 회귀병들이 녹슨 칼을 슬그머니 내렸다.

몽유병 환자들은 아직까지 공터에 도착하지도 못했다. 그들은 이탄을 향해 달려가다 말고 주춤주춤 멈춰 섰다.

앞에서 달리던 몽유병 환자들이 달음박질을 멈추자 뒤에서 달려오던 자들이 앞선 자들의 등에 쿵쿵 몸을 부딪쳤다.

좁은 거리가 **빽빽**한 인파로 미어터졌다.

이탄이 발을 슥슥 놀려 땅바닥에 그린 속박마법진을 지웠다. 아조브도 다시 거둬서 아공간에 숨겼다.

과이올라 시를 뒤덮었던 거대한 화이트니스는 이탄의 의

지에 굴복하여 조그맣고 납작하게 몸집을 줄였다.

화이트니스는 물리적 실체가 불분명한 대신, 영체에 가까운 악마종이었다. 따라서 몸집을 확대하거나 축소하는 일에 구애받지 않았다.

얇은 피부처럼 형태를 바꾼 화이트니스가 이탄의 몸에 찰싹 달라붙었다. 투명하던 이탄의 신체가 샛노랗게 한 겹 물들었다. 이윽고 그 노란색이 순백의 빛으로 바뀌었다가, 다시 투명해졌다.

이탄이 은신의 가호를 해제했다.

스르륵.

평소 모습으로 돌아온 이탄의 신체 그 어디에도 화이트니스의 흔적은 보이지 않았다. 하지만 화이트니스의 효력은 분명히 느껴졌다.

"어디 한 번 시험해 볼까?"

이탄이 왼손에 흐르는 (진)마력순환로의 일부 개방했다.

콰르르르르—.

거세게 흐르던 음차원의 마나가 사납게 그 모습을 드러내었다.

그 즉시 주변이 부정한 기운으로 들끓고 빛이 사그라져야 정상이었다. 정상인이 악마로 변하고, 부드러운 양젖이 독극물로 화하며, 땅이 오염되어야 마땅했다.

한데 부정한 기운 대신 신성력이 폭발했다.

투화학!

이탄의 왼손에서 뿜어진 성스러운 빛은 거리 전체를 백색으로 물들인 다음, 더욱 크게 뻗어나가 과이올라 시 상공을 온통 신성력으로 가득 채웠다.

이탄이 계속해서 힘을 개방했다.

투화학! 투화학! 투화화학!

온 도시에 신성력의 은총이 유성우처럼 쏟아졌다.

과이올라 시 도심 북부구역.

몽유병 환자들 틈에서 고군분투하던 마우테 신관이 그 자리에서 무릎을 꿇고 오른 주먹 위에 왼손을 덮었다.

"오오오오오! 모레툼 님이시여."

지금 마우테의 눈에는 아무것도 보이지 않았다. 그저 도심 상공에 가득한 신성력에 감격하여 눈물을 펑펑 흘릴 뿐이었다.

"오오오. 신께서 오염된 도시에 강림하셨도다. 으흐흐흑. 모레툼 님께서 직접 이 과이올라 시를 정화하기 위해서 내려오신 게야. 그렇지 않고서는 저 어마어마한 신성력의 폭발을 설명할 길이 없어. 오오오. 복되도다. 나 마우테가 살아생전에 이토록 감격스러운 순간을 맛보게 될 줄이야. 으허허허헝."

놀란 사람은 마우테만이 아니었다.

"으헉? 엄청난 신성력이다앗!"

건물 지붕에 피신해 있던 333호가 벌떡 일어나 양팔을 벌리고 하늘을 우러렀다. 동료 요원들이 모두 다 "모레툼 님 만세."를 외쳤다.

이만큼의 신성력이 유성우처럼 쏟아지려면 모레툼 님이 직접 이 세상에 강림하지 않고서는 불가능했다.

혹은 모레툼의 화신체라도 이 땅에 내려온 것이 분명했다. 요원들의 눈꼬리로부터 눈물이 주르륵 흘렀다.

도심 남부구역에서도 이와 비슷한 일들이 벌어졌다.

"어어엇?"

미친 듯이 몸을 가속하여 회귀병과 싸우던 55호가 신성력의 대폭발을 목격하고는 입을 쩍 벌렸다.

"모레툼 님이시여."

55호를 돕던 408호는 그 자리에 엎어져 절을 했다.

"오오오오."

55호도 땅바닥에 털썩 무릎을 꿇었다.

한편 도심 서남부구역에서 3개의 분신을 만들어 회귀병 6명을 동시에 상대하던 56호도 느닷없는 신성력의 폭발에 놀라 행동을 멈췄다.

그 자리에 엎드려서 절을 하는 마우테나 55호와 달리,

56호는 멀뚱멀뚱 하늘만 올려다볼 뿐이었다.

이러한 이적은 일부 지역에만 국한되지 않았다. 과이올라 시 전체가 강렬한 신성력으로 뒤덮였다.

한데 신성력의 효과가 영 이상했다. 신성력이 유성우처럼 뿌려졌으니 몽유병 환자들이 치유되어 제정신을 차려야 마땅했다. 회귀병이나 데스 울프와 같은 언데드 무리는 신성력에 노출되는 즉시 한 줄기 검은 연기로 변해 사라지는 것이 정상이었다.

그런데 결과는 정반대.

"크우월."

회귀병들이 더욱 무섭게 날뛰었다. 꽈릉! 꽈릉! 벼락이 떨어져 땅바닥에 엎드린 55호를 공격했다.

55호가 신속의 가호로 재빨리 몸을 피하지 않았다면 단칼에 목이 떨어질 뻔했다.

"뭐, 뭐야?"

의외의 사태에 55호가 깜짝 놀랐다.

56호를 공격하던 6명의 회귀병들도 입에 거품을 물고 미친 듯이 칼을 휘둘렀다.

"크웃. 이것들이 미쳤나? 왜 광분을 하고 지랄들이야."

56호가 곤혹스럽게 아랫입술을 깨물었다. 3개의 분신으로 6명의 회귀병을 상대하는 것도 슬슬 한계에 도달하여

56호는 분신을 하나 더 만들었다.

"4개의 분신이면 내 능력의 최대치인데. 제기랄, 오늘 사나운 꼴을 당할지 모르겠군."

56호의 얼굴에서 비지땀이 흘렀다.

Chapter 6

한편 마우테 신관도 기겁하기는 마찬가지였다. 마우테는 빛의 창을 연달아 날리면서 몽유병 환자들을 떨궈내었다. 그럴수록 마우테의 주변에는 광기에 물든 환자들의 수가 점점 더 늘어났다.

"이게 대체 어찌된 일이야? 이 사악한 것들이 폭발하는 신성력 속에서 어떻게 이렇게 멀쩡할 수 있지? 크으으읏."

마우테의 얼굴에 주름이 깊게 팼다.

이탄도 당황했다.

"이런 쌰."

황당해하는 이탄을 향해 아나테마가 지적질을 해댔다.

[끼요올. 내가 말했잖아. 화이트니스는 음차원의 힘을 신성력으로 포장해줄 뿐이라고. 그 포장지를 벗기면 속에서 튀어나오는 것은 어둠의 힘이지. 쯧쯧쯧. 설마 화이트니스

가 어둠의 힘을 진짜 신성력으로 바꿔주는 줄 안 게냐? 만약 그런 일이 가능했다면 화이트니스가 신수라 불리지 악마종이라고 일컬어지겠어?]

딴에는 옳은 말이었다. 반박을 할 수 없기에 더욱 짜증이 났다. 이탄은 대놓고 아나테마를 윽박질렀다.

'닥쳐.'

[뭣?]

'영감탱이는 닥치고 있으라고.'

이탄의 영혼 속에서 붉은 금속이 날카로운 창처럼 일어나 아나테마의 악령을 겨눴다.

[히끅!]

깜짝 놀란 아나테마가 입을 꾹 다물었다. 물론 아나테마의 성질에 곱게 지나가지는 않았다.

[쳇. 내가 더러워서 참는다.]

이 말을 들은 이탄이 아나테마를 노려보았다. 붉은 금속, 즉 적양갑주가 아나테마를 바짝 조였다.

[히익. 아니야. 아니야. 내가 노망이 나서 헛말이 나왔어.]

아나테마가 즉시 꼬랑지를 내렸다.

이탄은 음차원의 기운을 다시 몸속으로 회수했다. 이어서 화이트니스에게 새로운 의지를 전달했다.

화이트니스가 이탄의 명령에 고분고분 따랐다.

스르르르륵.

과이올라 시 전역을 뒤덮었던 화이트니스의 권능이 커튼을 여는 것처럼 차례로 회수되었다.

그 효과는 즉각 나타났다.

"어라?"

"응? 내가 왜 여기에 있지?"

"이곳이 대체 어디야?"

이성을 잃고 거리를 돌아다니던 몽유병 환자들이 다시 정상으로 돌아왔다. 녹슨 칼을 들고 삐그덕 삐그덕 돌아다니던 수백 명의 회귀병들이 검은 연기로 변해 사라졌다. 침을 뚝뚝 흘리며 이빨을 드러내었던 데스 울프들도 감쪽같이 자취를 감추었다.

변화는 도시 바깥쪽에서도 일어났다. 과이올라 시를 감쌌던 6개의 악마 손가락도 어느새 사라지고 없었다. 백야 현상도 제거되어 세상은 다시 깜깜한 밤으로 돌아왔다. 중천을 지나 서쪽으로 약간 기운 달은 하나가 아니라 3개로 늘었다.

몽유병 환자의 정상화.

언데드의 제거.

달의 복귀 등등.

화이트니스가 권능을 거두자 과이올라 시를 뒤덮었던 해

괴한 현상들이 모두 사라졌다.

하지만 현상만 사라졌을 뿐 전쟁의 흔적마저 지워지지는 않았다. 과이올라 시 도심 곳곳에는 붕괴한 건물들이 그대로 남아 있었다. 다리가 무너지고 도로가 뒤틀렸다. 영주성도 반쯤 허물어져 흉측한 뼈대를 드러내었다.

번화가에는 죽은 시체가 산을 이루었다. 시체로부터 흘러나온 핏물이 하수구로 모여서 콸콸콸 강을 이루었다.

사람들은 그제야 현실을 깨달았다.

"꺄아아아아악."

"시체다. 으아악. 시체야."

과이올라 백성들이 꽥꽥 비명을 질렀다. 시체에 놀라 엉덩방아를 찧었다가 물컹한 내장을 손으로 잡은 여자가 괴성을 질렀다. 수많은 인파가 한꺼번에 도망을 치다 보니 넘어져서 다치는 사람들이 수두룩했다. 그렇게 넘어진 이들은 다른 사람들의 발에 밟혀서 큰 부상을 당했다. 특히 노약자들의 부상이 심했다.

그래도 어쨌거나 도시는 악몽에서 깨어났다.

이탄이 인파를 거꾸로 거슬러 올라왔다. 놀란 사람들이 도심을 벗어나서 외곽으로 도망을 치는 동안, 이탄은 외곽 지역에서 출발하여 다시 도심으로 복귀한 것이다. 이탄이 역류한 이유는 333호 등과 합류하기 위함이었다.

이탄과 어깨를 부딪친 사람들이 퍽퍽 나동그라졌다. 사
람들은 놀란 눈으로 이탄을 올려다보다가 다시 벌떡 일어
나 도망쳤다.

그렇게 이탄이 군중을 헤치며 흐름을 거스를 때였다.

[누구냐?]

어마어마한 사념이 도심 전체를 뒤흔들었다.

[어떤 놈이 감히 나의 역작을 망쳐놓았어?]

이 사념은 귀를 통해 들리는 것이 아니라 사람들의 뇌에
직접 꽂히듯이 전달되었다.

'마치 아나테마 영감과 대화하는 느낌이군.'

이탄이 속으로 중얼거렸다.

[나 아니야. 내가 지른 소리가 아니라고.]

아나테마의 악령이 결백을 주장했다.

물론 이탄은 그 말을 믿었다.

'알아. 나도 알고 있소. 영감과 목소리 자체가 다른데 왜
모르겠소? 그나저나 이 목소리의 주인공은 또 누구지?'

이탄이 호기심을 품었다.

[크아아아아. 누가 감히 나의 역작을 망쳐놓았느냐? 당
장 나타나라.]

거센 포효가 또다시 터져서 사람들의 뇌를 뒤흔들었다.

"으아악."

황급히 도망치던 백성들이 그 자리에 주저앉아 머리를 움켜잡았다. 뇌가 쩌렁쩌렁 울리는 통에 사람들은 제대로 서 있기도 힘들었다. 사념은 한꺼번에 수만 명의 뇌리를 강타할 만큼 강렬하고 광범위했다.

이탄이 지켜보는 가운데 사념의 주인공이 밤하늘에 모습을 드러내었다. 검보라빛 로브를 머리부터 발끝까지 뒤집어쓰고, 꾸불꾸불한 떡갈나무 지팡이를 오른손에 움켜쥔 노인이 과이올라 시 상공에 유령처럼 떠오른 것이다.

로브 그늘에 가려 노인의 얼굴은 보이지 않았다. 하나 턱 밑부터 시작된 회색빛 수염이 치렁치렁하게 늘어져서 노인의 가슴팍까지 드리운 모습은 보였다.

[나와라. 당장 나와.]

검보라빛 로브의 노인이 연달아 뇌파를 터뜨렸다. 떡갈나무 지팡이로부터 방출된 검보라빛 뇌전이 노인의 몸 주변을 번쩍 번쩍 뛰놀았다. 노인의 머리 위에는 검보라빛 원반이 수백 미터 크기로 자라났다.

'색깔 맞춤이라도 하려는 건가? 뭐 저렇게 다 검보라색이야?'

이탄은 문득 이런 생각을 품었다.

Chapter 7

마침내 노인이 최후의 통첩을 날렸다.

[크흐흐흐. 좋다. 벌을 받을 자가 스스로 자수하지 않는 다면 너희들 전체를 벌 줄 수밖에.]

칠흑처럼 캄캄한 로브 속에서 무시무시한 안광이 폭발했다. 노인의 머리 위에 떠오른 검보라빛 원반이 위이이잉 소리를 내면서 회전하기 시작했다.

'그나저나 저 늙은이의 정체는 뭘까?'

이탄은 상대의 정체를 가늠하기 위해 왼쪽 눈에 신경을 집중했다.

— 종족: 필드 일족 (법사 계열로 추정)

— 주무기: 떡갈나무 지팡이, ?

— 특성 스킬: ?

— 성향: 흑

— 레벨: 추정 불가

— 주 출몰지역: 언노운 월드 산속

— 출몰빈도: 희박

'쳇, 쓸 만한 정보가 거의 없군.'

이탄이 실망한 표정을 지었다. 그나마 얻은 정보라고는, 허공에 둥실 떠 있는 저 노인의 레벨이 '추정 불가'라는 정도였다.

그 와중에도 검보라빛 원반은 점점 더 확장되었다. 원반의 지름만 어림잡아 1킬로미터에 육박했다.

파츠츠츠츠츳―.

회전하는 원반으로부터 숨 막히는 기세가 뿜어져 나왔다.

노인이 떡갈나무 지팡이를 번쩍 들자 대형 원반이 위아래로 출렁거렸다. 그 모습이 과이올라 시 전역에서 다 보였다.

도심 남부구역.

"으으윽. 위험해."

55호가 신음을 토했다. '검보라빛 원반이 낙하하는 순간 아주 끔찍한 일이 벌어질 것'이라는 예감이 55호의 뇌리를 강타했다.

"피해야 해. 다들 어서 피햇."

55호는 재빨리 몸을 날려 408호의 손목을 낚아챘다. 노인이 공격하기 전에 신속의 가호로 도망치려는 속셈이었다.

도심 남서부 구역.

56호도 55호만큼이나 판단이 빨랐다.

"젠장맞을. 자칫하다가 여기서 죽게 생겼구나."

56호는 4개의 분신을 모두 본체로 거둬들인 다음, 전력을 다해 하수구 속으로 뛰어들었다.

"뭐해? 죽기 싫으면 당장 따라와."

56호가 머뭇거리는 보조 요원을 향해 호통을 쳤다. 56호가 화를 내자 그의 눈 밑에 돋아난 하트 모양의 점이 새빨갛게 달아올랐다.

"네넵!"

412호가 양 갈래로 딴 머리카락을 촐랑거리며 하수구로 뛰어들었다.

솔직히 말해서 하수구 속에는 피가 철철 흐르고 시체가 처박혀 있어 들어가기 꺼림칙했다. 그러나 지금 그걸 따질 때가 아니었다.

한편 도심 북부구역.

검보랏빛 원반은 이곳에서도 잘 보였다.

하지만 마우테 신관이 선택한 길은 55호나 56호와는 사뭇 달랐다.

"나 마우테는 사악한 힘에 겁먹어 뒤로 물러나는 겁쟁이가 아니다. 모레툼 님이 지켜보고 계시는데 내가 어찌 등을 보이겠는가?"

이렇게 선포한 마우테는 양손 가득히 성창의 가호를 끌어올렸다. 마우테의 손끝에서 빛의 창이 찬란하게 드러났다.

검보랏빛 로브를 입은 노인이 떡갈나무 지팡이를 높이 들었다가 지상을 확 지목했다.

[가랏.]

노인이 뿜어낸 뇌파가 과이올라 시에 넓게 퍼졌다.

파츠츠츠츳—.

검보랏빛 원반이 강렬한 기운을 한 번 뿜어내는가 싶더니, 어느새 지상으로 하강해 과이올라 도심을 덮쳤다.

콰아아아앙!

어마어마한 충격이 도심을 강타했다. 직경 1킬로미터가 넘는 거대한 원반은 지상에 존재하는 모든 건축물과 생명체를 단숨에 쓸어버렸다. 과이올라의 도심에 1킬로미터가 훌쩍 넘는 균열이 발생하였고, 그 균열부로부터 솟구친 검보랏빛 아지랑이가 온 하늘을 뒤덮었다.

원반에 직접 강타당한 지역은 완전 소멸.

직접 강타당하지 않은 지역도 검보랏빛 아지랑이가 퍼지면서 급속히 오염되었다.

이 검보랏빛 아지랑이는 생명체의 생명력을 깎고 호흡기를 망가뜨리는 위력을 지녔다.

"커허헉. 숨이 안 쉬어져."

"크흡."

사람들이 손으로 코와 입을 감싸 쥐었다. 거칠게 숨을 헐떡이던 자들이 몇 분 지나지 않아 픽픽 쓰러졌다. 그들의 폐는 이미 기능을 멈추고 잔뜩 오그라들었다.

"이이이익."

55호는 전력을 다해 검보랏빛 아지랑이의 권역을 빠져나갔다. 번쩍, 빛이 지나간다 싶더니 어느새 55호가 408호를 옆구리에 끼고 수 킬로미터 밖으로 도망쳤다.

56호와 412호는 하수구 깊숙한 곳으로 피신했다. 검보랏빛 원반이 강타한 순간, 대지가 뒤틀리고 건물들이 붕괴했다. 56호는 무너지는 돌더미를 헤치며 안전한 틈새를 찾았다. 412호는 56호의 몸에 바짝 따라붙어 목숨을 부지했다.

55호와 56호는 몸을 피했지만, 마우테는 도망치지 않았다. 그는 고집스레 입을 다문 다음, 양손에 빛의 창을 휘감아 허공에 뿌렸다.

파츠츠츠, 파츠츳, 파츠츠츠츳.

검보랏빛 아지랑이와 빛의 창이 부딪치면서 사방으로 스파크가 튀었다.

"우우욱. 후욱, 후욱, 후욱."

마우테는 연달아 여덟 방의 공격을 퍼부은 뒤, 신성력이 고갈되어 거칠게 숨을 헐떡였다. 마우테의 두 다리가 후들후들 떨렸다.

반면 검보랏빛 아지랑이는 멀쩡했다. 불길한 기운이 쉴 새 없이 뿜어져나와 마우테를 압박했다.

"크윽."

결국 마우테가 뒷걸음질을 쳤다. 검보랏빛 아지랑이에 노출되면서 마우테의 의복 곳곳에 구멍이 숭숭 뚫렸다. 의복만 상한 것이 아니라 마우테의 피부가 헐고 피가 줄줄 흘렀다. 이 수상한 아지랑이에 살짝 스치기만 해도 옷감이 헤지고 피부가 괴사된다는 사실을 마우테는 온몸으로 증명했다.

그나마 마우테의 폐는 신성력으로 보호되어 아직 기능이 망가지지 않았다.

"으으으. 진짜 지독하구나."

마우테가 진저리를 쳤다. 마우테의 이마에서 구슬땀이 줄줄 흘렀다.

제6화
피사노 싯다

Chapter 1

마우테가 객기를 부렸다가 쩔쩔매는 사이, 밤하늘에는 새로운 원반이 소환되었다.

파츠츠츠츳—.

이 두 번째 원반도 눈 깜짝할 사이에 직경 1킬로미터 크기로 늘어났다.

[이래도 나타나지 않을 테냐?]

로브 노인이 떡갈나무 지팡이를 높이 들었다. 검보랏빛 원반은 지팡이가 이끄는 대로 크게 출렁였다.

[내 손으로 과이올라 시를 전멸시켜야 비로소 모습을 드러낼 것이냐? 어서 나와라. 내 역작을 망쳐놓은 놈. 썩 나

타나지 못할까.]

'미쳤냐? 내가 나가게.'

이탄이 속으로 이렇게 중얼거렸다.

딱 보니까 견적이 나왔다. 저 노인의 정체가 무엇인지 모르겠지만, 지금 이탄의 실력으로는 저 미치광이 노친네와 대등하게 싸울 수 없었다.

물론 이탄이 음차원의 마나를 꺼내든다면 이야기가 달라질 것이다. 혹은 적양갑주의 능력을 발휘하기만 해도 상황이 바뀔 수 있었다.

하지만 신성력과 원소마법만으로는 곤란했다.

'지금은 때가 아니야.'

이탄이 슬금슬금 뒷걸음질 쳤다.

아나테마의 악령이 이탄을 비난했다.

[헤에? 도망치는 게냐? 이런 겁쟁이 놈. 듀라한의 신체에 리치의 마법 지식을 가진 놈이 저딴 늙은이 하나 감당하지 못하고 후퇴를 하다니. 쪽팔린다. 쪽팔려. 낄낄낄낄.]

'영감탱이는 좀 닥치쇼.'

이탄이 짜증을 부렸다.

솔직히 아나테마의 지적이 아주 틀리지는 않았다. 이탄이 마음만 먹으면 로브 노인과 상대 못 할 바는 아니었다.

신성력과 원소마법만 잘 섞어서 사용해도 최소한 한 방에 패퇴하지는 않을 것 같았다.

하지만 이탄은 모험을 즐기는 성격이 아니었다. 이탄은 극도의 실용주의자인 동시에 황금만능주의자였다. 따라서 확실하게 승산이 있거나 정체가 발각되지 않을 경우에만 나서는 편이었다. 혹은 합당한 보상이 주어지는 경우에만 적극적으로 나섰다.

'화이트니스와 같이 큰 이득을 얻는다면 모를까, 내가 뭐 하러 저 부담스러운 노친네와 싸우겠어?'

이것이 이탄의 생각이었다.

아나테마가 거듭 이탄을 비난했다.

[어우. 쪽팔려라. 나에게 일수도장을 찍으면서 강탈해간 저주마법들은 뒀다가 어디에 쓰게? 저 늙은이가 제법 실력은 있어 보인다만, 내 저주마법도 결코 뒤처지지 않는다니까. 그냥 맞서 싸워보라고. 어구구.]

이탄이 코웃음을 쳤다.

'흥! 말도 안 되는 소리. 과이올라 백성들이 두 눈 시퍼렇게 뜨고 지켜보는 가운데 저 흑마법사 늙은이와 싸우라는 거요? 대놓고 저주마법을 사용해서?'

아나테마가 되받아쳤다.

[목격자가 두렵다는 뜻이냐? 그럼 목격자까지 싹 다 제

거해버리면 되잖아.]

'허. 333호까지 말이오?'

이탄은 어이가 없었다.

최악의 경우 이탄은 무슨 짓이든 저지를 수 있는 존재였다. 333호가 아니라 그보다 더한 사람도 얼마든지 죽일 수 있는 이가 바로 이탄이라는 뜻이었다.

하지만 지금은 굳이 그런 파국을 만들 필요가 없었다. 이미 화이트니스도 얻었겠다, 이탄은 조용히 물러나는 편을 선택했다.

'저 미치광이 흑마법사가 과이올라 시를 폐허로 만들건 말건 내가 알 바는 아니지. 나는 할 만큼 했어. 이런 상황이라면 은화 반 닢 기사단의 원로기사들도 나를 나무랄 수 없다고.'

이탄이 막 발을 빼려고 할 때였다.

[가랏.]

하필이면 원반이 이탄을 향해 떨어졌다.

이건 순전히 우연이었다. 로브 노인은 이탄이 저지른 행위, 즉 이탄이 화이트니스를 가로채 간 사실을 알지 못했다. 그저 본때를 보이기 위해서 아무 곳이나 공격했을 뿐이다.

그런데 그 위치가 하필 이탄이 서 있는 자리였다.

슈와악!

노인의 떡갈나무 지팡이가 지상을 가리키자마자 검보랏빛의 거대한 원반이 무지막지한 속도로 낙하했다.

파츠츠츠츳—.

강렬한 스파크가 사방으로 튀었다.

"어우 썅. 왜 하필 여기야?"

이탄이 욕지거리를 내뱉었다.

아나테마의 악령이 키득거렸다.

[끼요오옷, 낄낄낄낄. 거 봐라. 능력도 충분한 놈이 그렇게 자꾸 몸을 사리니까 이런 날벼락이 떨어지는 게다. 지금 너의 힘이면 저딴 흑마법사쯤은 한번 겨뤄볼 만해. 낄낄낄낄낄.]

'어이구. 영감탱이는 불 난 집에 부채질하지 말고 주둥아리 좀 닥치쇼.'

촤라라락—.

이탄의 영혼 속에서 어느새 돋아난 붉은 금속이 한 가닥의 실처럼 변해서 아나테마의 악령을 칭칭 휘감았다.

[끼요요오옵! 끄악! 끄악! 잘못했어. 살려줘.]

아나테마의 악령이 펄쩍 펄쩍 뛰었다. 아나테마가 세상에서 가장 두려워하는 존재가 있다면 바로 이 붉은 금속, 즉 적양갑주였다. 이탄은 적양갑주를 움직여 아나테마의 주둥아리를 봉쇄한 다음, 하늘에서 뚝 떨어지는 검보랏빛 원반을 노려보았다.

"하아아. 이거 이러면 안 되는데 어쩔 수가 없네."

콰앙!

이탄이 발을 굴렀다. 간철호의 주특기인 중력마법이 펼쳐졌다.

그런데 이탄은 주변 중력을 높인 것이 아니었다. 거꾸로 확 낮춰버렸다. 그러자 주변의 건물 잔해물들이 무중력 상태에 머무는 것처럼 허공으로 둥실 떠올랐다.

이탄은 중력을 세밀하게 조절하여 그 잔해물들을 머리 위로 모이도록 만들었다. 이것이 1차 방어선이었다.

이어서 이탄은 지둔의 가호를 펼쳤다.

후오오옹!

둥둥 떠 있는 잔해물들 바로 밑에서 빛의 방패가 킬로미터 범위로 일어났다. 이것이 이탄이 구축한 2차 방어선이었다.

Chapter 3

이탄은 거기서 안심하지 못했다. 하여 3차 방어선도 준비했다. 흙의 방패, 즉 소일 쉴드가 이탄의 몸 주변을 감쌌다.

까마득한 상공에서 로브 노인이 그 모습을 굽어보았다. 노인의 눈에는 소일 쉴드까지는 보이지 않았으나, 지둔의 가호는 눈에 두드러졌다.

노인이 이탄을 비웃었다.

"크흐흐. 모레툼의 신성력이냐? 크크크. 그 정도 수준으로는 나의 광역마법을 감당할 수 없느니라."

검보랏빛 원반이 노인의 말을 증명하였다.

파츠츠츠츳!

원반으로부터 눈부신 스파이크가 튀었다. 건축물 부스러기들이 그 스파이크에 노출되자마자 솜사탕처럼 녹아버렸다. 이탄의 1차 방어선을 손쉽게 뚫고 들어온 원반은, 2차 방어선인 지둔의 가호와 맞부딪치면서 거센 폭발을 일으켰다.

푸화악!

사방으로 빛이 터졌다. 검보랏빛의 어두운 빛과 노란색에 가까운 밝은 빛이 한꺼번에 뒤섞이는가 싶더니, 마치 두 마리 거대한 뱀처럼 싸우는 것처럼 서로를 칭칭 휘감았다. 그 충돌의 여파가 도심 전역으로 퍼져나갔다.

쿠콰콰콰ー.

꿍음과 함께 건축물들이 방사형으로 쓰러졌다. 이탄을 중심으로, 건물들은 동심원을 그리면서 차례로 무너져 내렸다.

땅이 파도를 만들며 크게 융기했다가 다시 꺼졌다. 그 충격파가 여러 겹의 동심원을 그리며 멀리까지 전파했다.

온 사방이 폐허로 변했다.

"이이익."

그 폐허 속에서 이탄이 어금니를 악물었다. 로브 노인이 장담했던 것처럼, 지둔의 가호만으로는 로브 노인의 공격을 막아낼 수 없었다. 원반에서 방출된 강한 스파이크가 이탄의 몸을 지져버렸다.

이탄은 마음속으로 '결국엔 음차원의 마나를 사용할 수밖에 없겠구나.'라고 생각했다. 실제로 이탄은 사중첩의 (진)마력순환로 가운데 일부를 살짝 개방까지 했다.

하지만 이탄이 행동에 나서기도 전에 적양갑주가 스스로 일어났다.

화악!

이탄의 몸에서 붉은 노을이 뿜어졌다. 단숨에 이탄의 피부를 뚫고 나와 노을처럼 번진 적양갑주는 검보랏빛 스파이크를 그대로 튕겨내었다.

하나의 차원을 통째로 욱여넣어 수박 크기로 압축해 버

린 것이 바로 적양갑주였다. 검보랏빛 원반 따위가 감히 적양갑주에 대적할 수는 없었다. 적양갑주는 노인의 공격으로부터 이탄을 보호했을 뿐 아니라, 원반의 힘을 한 점에 모았다가 로브 노인을 향해 거꾸로 튕겨내었다.

부와와악!

로브 노인의 공격이 반사되면서 주변 공기가 반구 형태로 부풀었다.

파창!

강렬한 반사에너지가 빛살처럼 빠르게 솟구쳐서 로브 노인을 강타했다.

"크악!"

로브 노인이 갑자기 비명을 질렀다. 허공에 여유롭게 떠 있던 노인은 화살에 맞은 기러기처럼 뚝 떨어졌다.

그렇게 하염없이 추락하던 노인이 어느 순간 가까스로 정신을 차렸다. 그리곤 다시 위로 날아올랐다.

"크으으으윽. 끄응."

다시 날아오르는 노인의 잇새에서 신음이 흘렀다. 노인의 몸 주변에는 둥그런 구 형태의 묵빛 쉴드가 둘려져 있었다.

노인은 단순히 쉴드를 두르는 것에 그치지 않았다. 전투 경험이 풍부한 노마법사답게 쉴드 구축과 동시에 공격도 퍼부었다.

철퍼덕.

하늘에서 시뻘건 덩어리가 뚝 떨어진다 싶더니, 이탄이 서 있는 곳을 중심으로 반경 수십 미터가 붉은 핏물 같은 점액질로 찐득하게 뒤덮였다.

"이크."

이탄은 재빨리 지둔의 가호를 일으켜서 붉은색 점액질을 막아내었다. 다른 한편으로는 흙더미를 높이 일으킨 다음, 그 흙만 밟고 자리를 피했다. 정체불명의 점액질과는 절대로 직접 접촉하지 않았다.

이탄의 판단이 옳았다. 그가 몸을 빼낸 직후, 시뻘건 점액질은 대지를 녹이며 매캐한 연기를 내뿜었다.

주변 일대가 지독한 극독에 뒤덮였다.

'저 늙은이의 마지막 한 방은 공격이 아니라 추격을 끊기 위한 방어 수단이었구나.'

이탄은 노인의 노련함에 감탄했다.

그 사이 로브 노인은 온몸에 묵빛 쉴드를 두르고 서둘러 자리를 빠져나갔다.

원래 로브 노인은 이토록 쉽게 등을 보일 사람이 아니었다. 그는 단지 적양갑주의 반탄력을 예측하지 못하여 부상을 입었을 뿐이다.

또 한 가지 이유.

노인은 이탄을 다른 사람으로 착각했다. 그래서 앞뒤 정황도 자세히 살피지도 않고 몸부터 빼냈다. 과거에 아주 무서운 인물에게 당했던 기억이 로브 노인을 위축시킨 셈이었다.

한편 이탄도 노인에 대한 추격을 포기했다.

"헉! 저건 블러드 쉴드잖아."

이탄은 묵빛 쉴드의 정체를 알아보았다.

검게 번들거리는 저 쉴드의 정체는 다름 아닌 블러드 쉴드(Blood Shield: 피의 방패)였다. 피사노교만의 독특한 방어 스킬인 블러드 쉴드 말이다.

얼마 전 이탄은 싸마니야의 혈족들 가운데 코투와 술라드를 통해서 이 방어 마법을 목격했다. 덕분에 노인이 펼친 쉴드의 정체도 한 눈에 알아보게 되었다.

'그렇다면 저 노인이 피사노교 인물이란 말인가?'

이탄의 등에 소름이 쫙 끼쳤다.

짐작하건대, 저 로브 노인은 피사노교의 일반 사도는 아닌 듯했다. 노인의 강대한 무력으로 보았을 때 술라드나 코투와는 비교도 되지 않는 고위급 인사가 분명했다.

'혹시 싸마니야와 동급일까?'

이탄이 열심히 머리를 굴렸다.

'아무래도 그렇겠지? 최소한 그 정도는 되니까 화이트니스와 같은 희귀한 악마종을 키워낼 수 있었을 거야. 게다가 그 원반도 보통이 아니었다고. 지둔의 가호만으로는 도저히 상대할 수 없는 무서운 공격이었어.'

물론 그 무시무시한 공격도 적양갑주 앞에서는 통하지 않았지만 말이다.

Chapter 4

'상대가 피사노교도라면 몸을 사려야지. 잘못하다가 내 정체가 들통 날 수 있잖아.'

이탄은 추가 공격을 멈추고 노인의 뒤를 쫓지 않은 이유는 바로 이 때문이었다.

이탄이 방치한 사이, 로브 노인은 피를 뚝뚝 흘리며 북서쪽 방향으로 도망쳤다. 부엉이처럼 밤하늘을 가로지르는 로브 노인을 올려다보면서 이탄은 관자놀이를 긁적였다.

'쩌업. 어쨌거나 내가 피사노교의 작전을 훼방 놓은 셈이 되었구나. 게다가 나는 화이트니스까지 가로챘어. 앞으로 조심해야 해. 피사노교의 사도들을 만날 때 화이트니스를 들키면 안 되었다.'

이탄은 한층 경계심을 높였다.

다른 한편으로 이탄은 피사노교의 네트워크에 상황 보고를 올렸다. 어차피 이번 사태는 피사노교에 알려질 수밖에 없었다. 그렇다면 나중에 추궁을 받는 것보다 미리 선수를 쳐서 보고하는 편이 나았다.

이탄은 영악하게 판단했다.

이탄이 네트워크에 접속하자 '쿠퍼'라는 대화명이 떴다.

　　∞ [쿠퍼] 조금 전 과이올라 시에서 대단한 전투
　가 벌어졌습니다.
　　∞ [소리샤] 뭔 전투?

소리샤가 냉큼 이탄의 말을 받았다.

이탄은 마음을 둘로 나눴다. 네트워크에 속마음이 노출되지 않도록 하려면 마음을 둘로 나누는 수밖에 없었다.

그중 깊은 속마음으로는 다음과 같은 생각을 했다.

'허어. 이 소리샤라는 작자는 온종일 네트워크에만 붙어 있나? 왜 이렇게 응답이 빨라?'

하지만 또 다른 겉마음으로는 조금 전 과이올라 시에서 벌어진 사건들을 요약해서 떠올렸다. 피사노교의 네트워크에는 당연히 이탄의 겉마음만 올라갔다.

한참을 설명하던 이탄이 검보랏빛 원반을 입에 담을 때였다. 느닷없이 싸마니야가 대화에 끼어들었다.

    ∞ [피사노 싸마니야] 검은 드래곤의 아들아.
    ∞ [쿠퍼] 헉! 검은 드래곤의 아들 쿠퍼가 싸마니야 님을 뵙습니다.

이탄이 곧바로 싸마니야에게 인사를 올렸다.
혈족들도 후다닥 뛰어나와 싸마니야에게 인사했다.

    ∞ [소리샤] 검은 드래곤의 아들 소리샤가 싸마니야 님을 뵙습니다.
    ∞ [밍니야] 검은 드래곤의 딸 밍니야가 싸마니야 님을 뵙습니다.

피사노 싸마니야는 인사도 제대로 받지 않았다. 대뜸 이탄부터 추궁했다.

    ∞ [피사노 싸마니야] 네가 지금 무어라 했더냐? 검보랏빛 원반을 입에 담았더냐?
    ∞ [쿠퍼] 그렇습니다. 원반의 색깔은 검보랏빛이

었고, 크기는 얼추 1킬로미터는 넘어 보였습니다.

이탄이 사실대로 고했다.
피사노 싸마니야가 잠시 침묵했다.
이탄이 조심스레 말문을 열어 침묵을 깼다.

∞ [쿠퍼] 싸마니야 님.
∞ [피사노 싸마니야] 말하거라.
∞ [쿠퍼] 제가 과이올라에 파견되기 전에 형님들께 물어본 적이 있습니다. 혹시 과이올라 시에서 본교가 작전을 수행 중인지 말입니다. 그때 제가 질문을 드린 이유는, 혹시라도 이곳에서 교의 작전이 수행 중이라면 제가 적당히 보조를 맞추려고 물어본 것입니다. 그런데 혹시 그 검보랏빛 원반이 교와 관련이 있습니까?
∞ [피사노 싸마니야] .... 있다.

싸마니야가 한참 만에 대답했다.

∞ [소리샤] 헙!

소리샤가 화들짝 놀랐다. 얼마 전 소리샤는 이탄에게 "과이올라 시에서 수행 중인 작전은 없으니 신경 쓸 필요 없다."라고 장담했다. 그런데 그 말이 거짓이 되어버렸다.

이탄이 싸마니야에게 미리 죄를 빌었다.

∞ [쿠퍼] 조금 전에 제가 형님들과 누님께 설명한 바와 같이, 원반을 사용하신 분께서 제법 부상을 입으신 듯했습니다. 그분의 작전도 성공하지 못한 듯 보였습니다. 그런데 제가 능력이 부족하고 정보가 없어서 아무런 개입을 하지 못하였습니다. 죄송합니다.

∞ [피사노 싸마니야] 너에게 알리지 않은 것은 그분의 잘못이니 굳이 너를 탓할 일은 아니다. 또한 그분은 내게도 아무런 언질이 없으셨으니 더더욱 우려할 필요 없느니라. 너는 나의 혈족이지 그분의 직계는 아니지 않느냐.

싸마니야가 뚝 잘라 말했다.

그분이라는 표현하는 것을 보니 그 로브 노인이 싸마니야보다도 높은 위치인 것 같았다. 이탄이 조심스레 질문을 던졌다.

⊗ [쿠퍼] 싸마니야 님, 혹시 그분이 누구신지 여쭤도 되겠습니까?

⊗ [피사노 싸마니야] 피사노 싯다. 그는 나의 형이다.

싸마니야의 입을 통해 노인의 정체가 밝혀졌다. 검보랏빛 로브를 입은 그 괴노인이 싸마니야의 형이라는 말에 이탄은 가슴이 철렁했다.

'그 노인을 그냥 보내주기 잘했구나. 하마터면 일이 꼬일 뻔했어. 역시 아나테마 늙은이의 말을 귀담아들으면 안돼. 앞으로도 듣지 말아야지.'

이탄은 마음속으로 이렇게 다짐했다.

잠시 후, 피사노 싸마니야가 네트워크에서 나가버렸다. 이탄과 소리샤, 밍니야도 몇 마디 대화를 더 주고받다가 자연스럽게 네트워크를 종료했다.

홀로 남은 이탄이 가만히 팔짱을 끼었다.

"피사노 싯다라고? 그게 로브 노인의 이름이란 말이지?"

블러드 쉴드와 검보랏빛 원반, 그리고 붉은 점액질을 사용하던 싯다의 모습이 이탄의 머릿속을 가득 채웠다.

"싸마니야도 싯다와 비슷한 수준일까? 싯다? 싯다."

이탄은 싯다라는 이름을 혀 위에서 몇 번이고 반복해서 굴려보았다. 피사노교에 대해서 점점 더 많은 것을 알게 되는 이탄이었다.

Chapter 5

아침이 되자 어둠은 소리 없이 물러갔다. 3개의 달이 차례로 지고, 먼동이 터왔다. 333호를 포함한 보조팀 요원들은 해가 뜨자마자 과이올라 시 전체를 샅샅이 뒤졌다. 정보를 모으기 위함이었다.

얼마 지나지 않아 과이올라 시의 피해 현황이 집계되었다. 어젯밤부터 오늘 새벽까지 벌어졌던 괴상한 사건들도 일목요연하게 표로 만들어졌다.

문제는 범인의 정체였다.

"거대한 원반을 날려 과이올라 도심을 폐허로 만든 괴노인의 정체는?"

누군가 이렇게 묻는다면 정보요원들 입장에서는 명쾌하게 대답할 말이 없었다. 범인의 정체는 여전히 오리무중이었다.

"그렇다면 그 정체불명의 노인이 과이올라 시에서 도모했던 바는?"

이 질문에 대한 대답도 모호하기는 마찬가지였다.

몽유병 환자의 생성? 언데드의 출현? 손가락 모양의 거대조각상 소환? 달의 숫자를 3개에서 한 개로 줄이기?

과이올라에서 이와 같은 사건들이 벌어졌다는 점은 분명했다. 하지만 괴노인이 이런 괴변들을 일으킨 이유가 무엇인지는 불분명했다.

세 번째 질문도 곤혹스럽기는 마찬가지였다.

"지난밤 유성우처럼 쏟아졌던 신성력은 뭐지? 혹시 모레툼 님이나 그분의 화신이 이 땅에 강림하신 것인가?"

정보요원들 가운데 이 질문에 답을 할 수 있는 사람은 아무도 없었다. 오직 이탄만이 신성력—사실은 화이트니스의 권능에 의한 가짜 신성력이지만—의 근원을 알고 있었다. 하나 이탄은 입에 자물쇠를 꾹 채웠다.

결국 정보요원들은 뭐 하나 제대로 밝혀낸 바가 없었다. 냉정하게 따지자면 이번 퀘스트는 실패였다.

"어이구. 망했네. 망했어."

333호가 주먹으로 자신의 가슴을 쳤다.

"히잉. 이걸 어떻게 하면 좋아요?"

412호가 발을 동동 굴렀다.

"퀘스트를 실패했으니 페널티를 받겠죠? 하아아."

408호도 죽상이었다.

반면 이탄은 여유롭게 콧노래를 불렀다.

원로기사들이 정보요원들에게 내린 과제, 즉 "과이올라 시의 괴변에 대해 조사하고 그 원인을 밝혀라."라는 퀘스트는 실패였다.

하지만 이탄이 받은 퀘스트, 즉 "혹시 모를 사태에 대비하여 보조팀의 정보요원들을 보호하라."는 성공이었다.

지난밤 도심에서 엄청난 전투가 벌어졌건만 은화 반 닢 기사단의 정보요원들 가운데 사망자는 단 한 명도 나오지 않았다. 부상자도 거의 없었다. 그러니 이탄은 제 역할을 해낸 셈이었다.

이탄에 비하면 별로 공을 세우지는 못했지만, 어쨌거나 55호와 56호도 퀘스트를 성공적으로 마친 셈이었다. 그래서인지 2명 모두 표정이 느긋했다.

한편 마우테도 한결 편안해진 모습이었다.

어제까지만 해도 마우테는 뾰족한 가시밭 위를 맨발로 걷는 심정이었다. 그도 그럴 것이, 요 며칠 사이 마우테 신관은 모레툼교의 총단으로부터 노망난 늙은이 취급을 받았다. 멀쩡한 도시에 변고가 발생했다고 보고한 탓이었다.

그런데 알고 보니 마우테의 보고가 사실이었다. 과이올

라 시에서 흑 진영의 음모가 진행 중이었다는 점이 명명백백하게 밝혀진 것이다.

마우테는 이것만으로도 한시름 덜었다.

'어쩌면 다시 주교로 복귀할 수 있을지도 몰라.'

주교 복귀에 명예 회복까지.

이건 생각만 해도 가슴 벅찬 일이었다. 마우테의 입꼬리가 기분 좋게 실룩거렸다.

마우테가 행복한 상상의 나래를 펼치는 동안, 55호가 쭈뼛쭈뼛 이탄에게 다가와서 물었다.

"49호 님, 뭐 하나만 물어봐도 되나요?"

"물어보시오."

"지난밤에 그 무시무시했던 괴노인 말이에요. 49호 님께서 그 악마를 물리치셨나요?"

55호가 직설적으로 물었다.

"……."

순간 주변에 정적이 흘렀다.

56호가 딴청을 피우는 척하면서 귀를 쫑긋 세웠다. 주변의 정보요원들도 하던 일을 멈추고 이탄의 대답에 귀를 기울였다.

"아니. 나는 방어에만 급급했소. 거대한 원반이 하필 내가 머물던 곳으로 날아오는 바람에 황급히 지둔의 가호로 방어했을 뿐이오."

이탄이 거짓말을 했다.

"지둔의 가호라고 했나요? 역시 49호 님은 주교급의 가호를 가지고 있었군요. 그런데 49호 님이 단지 방어만 했는데 왜 그 악마가 도망쳤죠? 계속해서 49호 님을 공격하지 않고요."

55호의 질문은 송곳처럼 날카로웠다.

이탄이 능청을 떨었다.

"그야 나도 모르지. 아마도 그 마귀노인이 과이올라 시전 영역에서 괴변을 일으키느라 힘이 빠진 것 아니겠소? 아니면 거대한 원반을 연달아 날리느라 마나가 고갈된 것일 수도 있고. 어쨌거나 내 생각에는 그 노인이 기운이 딸려서 퇴각한 것으로 짐작되오."

이탄의 말은 그럴듯하게 들렸다.

"흐으음. 그럴 수도 있겠네요."

55호가 나름 수긍했다.

정보요원들도 이탄에게 깜빡 속았다.

"으응. 그랬었구나."

"어쩐지."

고개를 끄덕이는 408호, 412호와 달리, 56호는 무언가 미심쩍다는 눈빛으로 이탄을 쳐다보았다.

이탄이 어깨를 으쓱했다.

'어쩌라고? 그렇게 나를 노려보면 뭐가 나오나?'

이탄이 시치미를 뚝 떼자 56호도 별수 없었다. 신경질이
난 56호가 눈 밑에 돋아난 하트 모양의 붉은 점을 벅벅 긁
었다.

56호의 손톱 밑에 핏물이 살짝 끼었다.

Chapter 6

나흘이 다시 흘렀다. 지난 4일간 은화 반 닢 기사단의 정
보요원들은 과이올라 시를 샅샅이 훑었다.

그렇게 시간을 쓰고도 딱히 쓸 만한 정보를 얻지는 못하
였다.

"하아아. 안타깝지만 어쩔 수 없지. 더 이상 이곳에서 시
간 낭비를 할 수는 없어."

정보요원들 가운데 선임인 333호가 결국 철수를 결정했
다.

"언니. 그럼 우리 페널티를 받잖아요."

"어떻게 하면 좋아요."

408호와 412호가 안타까움에 발을 굴렀다.

"아하아암. 그럼 이제 돌아가는 거야?"

옆에서 이탄이 기지개를 켰다.

이대로 돌아가면 정보요원들은 퀘스트 실패에 대한 문책을 받을 수밖에 없었다. 하지만 이탄은 그런 작은 일에는 신경도 쓰지 않았다.

'쳇. 49호 님도 참 너무하시네.'

'본인 일이 아니라고 하품만 하는 것 좀 봐.'

408호와 412호가 남몰래 이탄을 향해 눈을 흘겼다.

333호가 축 늘어진 어깨로 대답했다.

"알겠습니다. 49호 님의 말씀처럼 오늘 중으로 철수 요청을 하겠습니다."

"그래. 잘 생각했어. 여기서 더 뭉개봤자 나오는 것도 없잖아."

이탄이 대놓고 이렇게 못을 박았다.

"예에에. 그렇겠죠."

333호의 어깨가 더욱 아래로 처졌다.

'어이구, 얄미워라.'

'어쩜 사람이 저래? 49호 님은 동료 의식도 없나 봐.'

408호와 412호는 두 주먹을 바르르 떨었다.

결국 333호는 은화 반 닢 기사단에 철수 요청을 올렸다. 기사단에서는 신속한 철수를 위해 점퍼들을 보내준다고 했다.

"점퍼 요원들이 도착하려면 3시간 정도 걸린다고 합니다. 그때까지만이라도 시내를 재탐색하고 싶은데, 괜찮으시겠습니까?"

333호가 이탄의 의사를 물었다.

이탄이 자리를 털고 일어났다.

"세 시간? 알았어. 내가 뒤에서 보호해줄 테니까, 가고 싶은 대로 가."

과이올라 시에서 더 이상 위험한 일이 발생할 것 같지는 않았다. 333호가 혼자서 돌아다녀도 별 문제는 없을 테지만, 이탄은 끝까지 임무에 충실했다.

"감사합니다."

333호는 이탄에게 가볍게 목례를 한 다음, 마지막 수색에 나섰다. 이탄에게 딸린 전담 보조팀이 333호와 함께 움직였다.

408호와 412호도 각자의 팀을 이끌고 사건 현장으로 출발했다. 냉큼 따라 나서는 55호와 달리 56호는 불쾌한 기색이 역력했다.

"체엣. 열심히 한다고 뭐가 달라져? 원흉은 이미 나흘 전에 도망치고 없는데 폐허가 된 도심만 뒤진다고 뭐가 얻어지냐고."

말은 이렇게 했으나 56호도 결국 412호를 보호하기 위해 움직였다. 혹시라도 412호에게 문제가 생기면 다 된 수프에 콧물을 빠트리는 격이었다. 56호도 그건 싫었다.

408호가 맡은 구역은 과이올라 도심의 북부와 동부 일대.

412호는 도심의 남부와 서부 일대.

333호는 과이올라 시의 외곽 전체를 담당했다.

면적으로 따지면 333호가 맡은 영역이 가장 넓었다. 333호는 그 넓은 지역을 꼼꼼하게 돌아다니며 혹시라도 건질 만한 단서가 있나 조사했다.

아무것도 나오는 바는 없었다.

"하아아."

333호가 깊은 한숨을 내쉬었다. 그리곤 고개를 들어 주변을 휙 둘러보았다.

반쯤 무너진 건물 잔해 사이로 오후 햇살이 창백하게 떨어졌다. 공기 중에 먼지가 잔뜩 끼어서 시야는 온통 뿌옇게 흐려져 있었다. 불과 100미터 밖의 성문도 제대로 보이지 않을 정도이니 말 다 했다.

거리는 적막감이 느껴질 만큼 한산했다. 나흘 전의 참변 이후로 사람들은 집 밖에 나오지 않았다. 텅 빈 거리에서 풍기는 한기가 뼛속을 에일 듯이 파고들었다.

"하아아아아."

333호가 한 번 더 한숨을 내뱉었다.

그때 이탄이 고개를 홱 돌렸다.

'응?'

이탄의 눈이 성문 너머 안개 속을 향했다.

잠시 후 성문 쪽에서 툭탁거리는 소음이 들렸다. 짧고 미세하게 들리던 소음이 어느 순간 뚝 끊겼다. 대신 발걸음 소리가 사박사박 이탄의 귀를 간질였다.

이탄이 한 발 앞으로 나섰다. 정보요원들을 등 뒤에 두고, 그들의 앞을 막아서 보호하는 동작이었다.

333호는 그제야 상황을 파악했다.

"49호 님, 무슨 일이십니까?"

"애들을 데리고 뒤로 빠져 있어."

이탄이 뒤도 돌아보지 않고 명령했다.

"넷."

333호도 길게 묻지 않았다. 그녀는 팀원들을 데리고 후방으로 빠졌다.

이탄이 지켜보는 가운데 외지인들이 점점 가까이 접근했다. 그들은 환한 백주대낮에 과이올라 시의 경비병들을 창으로 찔러 죽이고 도심으로 진격하던 중이었다.

어느 정도 거리가 가까워지자 이탄의 눈에 상대의 외모

가 들어왔다.

왼손엔 삼각방패.

오른손엔 수실이 달린 창.

몸에는 얇은 갑옷을 두르고, 머리엔 투구를 깊게 눌러 썼다.

상대의 복장이 이탄의 눈에 익었다. 지금으로부터 3년 전, 이탄은 트루게이스 시에서 저런 복장의 적들과 싸운 적이 있었다.

"어라? 야스퍼 전사탑이잖아?"

이탄이 아는 체를 했다.

야스퍼 전사탑은 흑 진영에서 열 손가락 안에 꼽히는 무사집단이었다. 그곳의 전사들은 삼각방패와 창을 주무기로 사용하며, 눈에서 노란 안광을 뿜어내는 것으로 유명했다.

"야스퍼 전사탑이 과이올라 시에는 무슨 일이지?"

이탄이 고개를 갸웃했다.

이탄이 야스퍼 전사들을 쳐다보는 동안, 야스퍼 전사들도 이탄의 존재를 인지했다.

"스톱."

선두에 선 우두머리가 손을 스윽 들었다. 그 즉시 전사들이 행군을 멈추고 경계 태세를 취했다.

'총 24명……'

이탄이 적의 규모를 가늠했다.

Chapter 7

3년 전 이탄은 10명의 야스퍼 전사들과 싸워서 전멸시킨 적이 있었다. 지금은 그때 보다 두 배 넘게 쪽수가 많았고, 전사 개개인도 3년 전의 적들보다 더 강해 보였다. 특히 적의 선두에 선 우두머리는 보기 드문 강자였다.

이탄의 정보창에 떠오른 적 우두머리의 레벨은 A0.

부하들의 레벨도 B0에서 B+ 사이.

A0면 정말 녹록지 않은 레벨이지만, 이탄의 무력도 3년 전과는 비교도 되지 않게 늘었다.

적 우두머리가 먼저 입을 열었다.

"모레툼의 신관인가?"

이탄이 대답 대신 질문으로 응수했다.

"야스퍼 전사탑에서 여긴 어쩐 일이지?"

"훗. 웃기는군. 우리가 어딜 가건 말건 그건 우리 마음이지. 양의 탈을 뒤집어쓴 고리대금업자 따위가 무슨 권리로 우리의 용건을 묻는 게냐?"

적 우두머리가 모레툼 교단을 싸잡아 비난했다.

이탄의 눈이 번쩍 불을 토했다.

"뭐? 고리대금업자라고?"

이탄은 모욕을 받자마자 응수에 나섰다. 강자에게는 이익이 생길 때만 강하게 대하지만, 약자에게는 365일 내내 강한 것이 모레툼 신관들이었다. 그리고 이탄은 모레툼 신관들 중에서도 타의 모범이 될 만큼 이 신조를 잘 따랐다.

'약해 빠진 것들이 뭘 믿고 우리 모레툼 교단을 모욕하는 거지? 한번 처맞아 봐야 정신을 차리려나?'

투우웅!

대지를 박차고 허공에 우아하게 떠올라서 멈춰선 뒤, 이탄은 주변 수십 미터 영역의 중력을 조종했다.

평상시 중력의 다섯 배 부과.

"큽."

"으윽."

야스퍼 전사들이 순간적으로 허리를 삐끗했다. 중력이 다섯 배로 늘어나자 몸무게 80킬로그램이던 전사가 400킬로그램의 무게를 감당해야만 했다. 거기에 음차원의 특유의 끈적끈적함이 더해지자 느낌상으로는 800킬로그램의 무게가 부과된 듯했다.

적들이 움찔하는 틈을 이탄은 놓치지 않았다.

이탄이 적진 한복판을 향해 쏜살같이 내리꽂혔다. 그 모습이 마치 날개를 접고 허공에서 지상으로 쏘아지는 사냥매와 같았다.

"크흡."

"피해라."

야스퍼 전사들이 황급히 몸을 띄워 이탄과 거리를 벌리려고 들었다. 그중 한 명이 미처 피하지 못하고 이탄의 손에 목을 붙잡혔다.

당황한 전사가 삼각방패를 짧게 휘둘렀다. 그는 날카로운 방패날로 이탄의 손목을 끊어버리려고 시도했다. 이른바 쉴드 스매쉬(Shield Smash: 방패치기)의 응용기술이었다.

하지만 이탄의 공격이 한 발 빨랐다. 이탄의 손에 붙잡힌 전사의 목이 엿가락처럼 길게 휘어지는가 싶더니, 목뼈가 우두둑 소리와 함께 분질러졌다. 목살도 한 움큼이나 뜯겨나갔다. 야스퍼 전사의 목에서 분수처럼 솟구친 피가 빈 허공을 향해 포물선의 궤적을 그렸다.

"끄악!"

전사의 입에서 날카로운 비명이 터졌다.

이탄은 첫 번째 상대의 목을 반쯤 뜯어버린 다음, 두 번째 희생양을 향해 몸을 날렸다.

후웅—.

낮은 자세로 S자를 그리면서 파고든 이탄은 바깥쪽에서 안쪽으로 주먹을 끊어 쳤다.

꽈앙!

폭음과 함께 야스퍼 전사의 방어가 무너졌다. 이탄이 휘두른 주먹은 적의 삼각방패를 뚫고 안으로 파고들어 적의 옆구리에 정확하게 꽂혔다. 그것도 그냥 꽂히기만 한 것이 아니라 옆구리 속으로 파고들어 팔뚝까지 깊숙하게 박혔다.

이탄이 손이 들어갔던 구멍으로 다시 빠져나올 때, 적의 내장을 한 꾸러미를 움켜쥐어 끌어내었다.

"끄어어."

강제로 탈장을 당한 야스퍼 전사가 땅바닥에 머리를 박고 몸을 기괴하게 비틀었다. 그는 뻥 뚫린 옆구리를 두 손으로 틀어막느라 허우적거렸다. 옆구리에서 콸콸콸 흐르는 피가 바닥을 시뻘겋게 적셨다.

이탄은 눈 깜짝할 사이에 둘을 해치우고 세 번째 희생양을 노렸다. 두 번째 희생양의 내장을 땅바닥에 아무렇게나 내팽개친 다음, 이탄은 갑자기 직각으로 몸을 틀어 세 번째 적의 머리통을 붙잡았다.

"이크."

적이 황급히 턱을 당겨 피하려고 들었다.

소용없는 짓이었다. 이탄의 순발력이 한 발 빨랐다.

와득!

수천 번 담금질을 한 강철도 치즈처럼 뭉개버리는 것이 이탄의 손가락이었다. 다소 가냘파 보이는 이탄의 손가락은 적의 투구와 두개골을 한꺼번에 싸잡아 뭉그러뜨렸다. 그렇게 안면을 짓뭉갠 다음, 그대로 뜯어내기까지 했다.

이탄의 검지와 중지에 적의 눈알 2개가 박혀서 함께 딸려 나왔다. 적의 뇌와 두개골 파편도 질질 흘러내렸다.

"에이, 더러워."

이탄이 피와 뇌수로 범벅이 된 손을 옷에 슥슥 닦았다.

그 사이 야스퍼 전사들은 황급히 20미터 밖으로 물러나 둥그런 원진을 구축했다. 이탄이 원진 한복판에 우뚝 서서 적들을 휘익 훑어보았다.

"으으으."

"이놈 뭐야?"

야스퍼 전사들이 침을 꿀꺽 삼켰다.

눈 깜짝할 사이에 동료 3명이 전투불능이 되었다. 그 가운데 목을 반쯤 뜯긴 동료는 결국 목구멍에서 그르렁 그르렁 소리를 내다가 죽었다. 옆구리에 구멍이 뚫리고 내장을 뜯긴 동료는 땅바닥에 머리를 처박고 비비적거리다가 숨이 멎었다. 안면을 뜯긴 동료는 그 즉시 즉사했다. 야스퍼 전사탑이 자랑하는 정예무사 3명이 종잇장처럼 무참하게 찢겨서 죽은 것이다.

전사들 가운데 우두머리가 악을 썼다.

"저놈은 일반 신관이 아니다. 주교급, 아니 추기경급 고위사제다. 다 함께 상대하지 않으면 우리 목숨이 위험해."

그 말이 떨어지기 무섭게 야스퍼 전사들이 무기 강화를 시작했다.

Chapter 8

지이이잉!

전사들의 눈에서 발산된 노란색 안광이 마치 빔처럼 일직선으로 뿜어져 나와 자신들의 창과 방패를 노랗게 물들였다.

얼마 지나지 않아 전사들의 무기가 노란 물감에 담갔다가 뺀 것처럼 변했다. 이제 전사들의 무기는 오러가 한 겹 둘러진 것처럼 강화되었다.

야스퍼 전사탑에서는 이 독특한 인챈트(Enchant: 마법 강화) 스킬로 전사들을 무력을 수십 배나 증폭시키곤 했다.

강화를 마친 우두머리가 공격 명령을 내렸다.

"사냥을 시작한다."

"옙."

20명의 야스퍼 전사들이 이탄을 향해 달려들었다.

우두머리도 직접 사냥에 나섰다.

야스퍼 전사들은 무식하게 멧돼지처럼 달려들지 않았다. 대신 진형을 갖춰서 조직적인 몰이사냥을 시작했다.

야스퍼 전사들 특유의 군진이 발동했다. 그들은 우선 3명씩 7개의 조를 만든 다음, 자신들의 삼각방패 3개를 나란히 붙여서 사다리꼴 모양을 구축했다. 그 다음 사다리꼴의 윗변 한 곳과 아랫변 두 곳에 창을 걸쳐 핑그르르 돌렸다.

콰르르르르.

3개의 창과 3개의 삼각방패가 맞물려 돌아갔다. 그 정교한 회전이 이내 격렬한 소용돌이로 변했다.

콰르르, 콰르르, 콰르르, 콰르르, 콰르르, 콰르르, 콰르르르르.

이탄을 겨냥한 7개의 소용돌이는 사방팔방을 샛노랗게 물들이며 차츰차츰 포위망을 좁혔다. 일곱 방위에서 시작된 공격이 오로지 이탄을 향했다.

이탄이 다시 한 번 발끝으로 땅을 박찼다. 높이 점프하여 허공 한복판에서 우뚝 멈춰 선 뒤, 이탄이 다시 바닥에 착지했다.

투우웅!

동심원을 그리며 파문이 퍼져나갔다. 이탄의 중력마법이 발휘되었다. 이탄을 중심으로 주변 수십 미터 반경이 무려 10배의 중력 압박을 받았다.

"크흡."

야스퍼 전사들이 어금니를 악물었다. 몇몇 전사들의 코에서는 코피가 터졌다.

덕분에 야스퍼 전사들이 만들어낸 소용돌이도 멈칫했다.

그 틈을 노려 이탄이 쏜살같이 달려들었다. 이탄의 두 주먹 앞에는 어느새 빛의 방패가 휘황찬란하게 소환되었다. 이탄은 7개의 소용돌이 가운데 하나를 골라 그 중심부에 빛의 방패를 때려 박았다.

꽈아아앙!

소용돌이와 방패가 맞부딪치면서 어마어마한 굉음이 울렸다. 거기에 방패 폭발의 여파까지 더해졌다.

충돌의 파괴력은 엄청났다. 3개의 삼각방패가 종잇장처럼 구겨졌다. 3개의 창은 심하게 구부러지고, 또 꺾였다.

"크아악."

"끄악."

피투성이가 된 야스퍼 전사들이 무려 10미터 밖으로 튕겨 나갔다.

이탄도 잠시 멈칫했다. 충돌의 여파 때문이었다. 하지만 이탄은 신체에 가해지는 충격을 애써 무시하고는 곧장 적들에게 달려들었다.

"아, 안 돼."

이탄의 손끝에 붙잡힌 전사 한 명이 그대로 딸려 와서 목이 뽑혔다. 우당탕 엉덩방아를 찧었던 전사는 채 일어서기도 전에 이탄에게 머리를 붙잡혀 두개골이 으깨졌다. 이탄이 세 번째 적을 향해 손을 뻗을 때였다.

"이 노오옴."

적의 우두머리가 고함과 함께 이탄에게 득달했다. 우두머리와 한 조를 이룬 2명도 함께 달려들어 이탄을 공격했다.

콰르르르르.

노란 소용돌이가 괴물처럼 아가리를 쩍 벌렸다. 마치 살아 있는 생명체처럼 꿈틀거리며 달려든 소용돌이는 대가리를 번쩍 치켜들어 꼿꼿이 세우더니, 단숨에 이탄을 집어삼켜 갈가리 찢으려고 들었다. 그 모습이 마치 샛노란 아나콘다가 아가리를 쩍 벌려 생쥐를 잡아먹으려는 모습 같았다.

이탄이 지둔의 가호로 적의 공격을 막았다.

후오웅!

이탄의 전면 수십 미터가 모두 빛의 방패로 뒤덮였다.

그가각, 그가가가각.

노란색 소용돌이는 지둔의 가호 표면을 미친 듯이 긁어 대다가 결국 소멸했다. 지둔의 가호도 함께 힘을 잃고 사라 졌다. 양측의 힘이 균형을 이루며 함께 소진된 셈이었다.

그 짧은 공백기를 뚫고 변화가 발생했다. 소멸해가는 소 용돌이 속에서 노란 창이 튀어나왔다.

"이 노오오옴. 죽어랏."

적 우두머리가 3인 1조의 연합공격을 깨고 단독 행동에 나섰다. 그는 오로지 이 순간만 노린 사람처럼 단숨에 뛰쳐 나와 이탄의 목젖을 노렸다.

"흥."

이탄이 소일 쉴드 2개를 내리 소환하여 두 겹의 방어막 을 쳤다.

슈와아아악—.

적 우두머리가 이탄을 향해 날아오는 도중에 창과 일체 를 이루었다. 적 우두머리의 온몸이 노랗게 변하는가 싶더 니, 하나의 거대한 창으로 변하여 이탄을 들이박았다.

퍼억! 퍽!

적의 강력한 돌파력에 소일 쉴드 두 장이 힘없이 찢겨나 갔다.

이탄이 백스텝을 밟아 후퇴했다.

'크헝. 감히 어딜 도망치려고?'

적 우두머리가 가속에 가속을 더했다. 마치 지상에 노란 번개가 후려치는 듯, 적 우두머리는 눈 깜짝할 사이에 날아와 온몸으로 이탄을 들이받았다.

일명 드래곤 러쉬(Dragon Rush: 드래곤의 진격)라 불리는 스킬이 작렬했다. 10미터 두께의 철벽도 단숨에 뚫어버리는 것이 바로 이 드래곤 러쉬였다. 이탄이 미처 반응할 새도 없이 노란색 창날이 이탄의 목젖을 찔렀다.

'되었다.'

적 우두머리가 쾌재를 불렀다.

한데 웬걸?

쫘앙!

종이 깨지는 듯한 소리와 함께 우두머리의 창이 뒤로 튕겨 나갔다. 이탄의 목젖으로부터 발생한 어마어마한 반탄력이 적 공격력의 99퍼센트 이상을 되돌려 보냈다.

"크왁!"

적 우두머리가 피를 토하며 뒤로 날아갔다.

피투성이가 된 우두머리는 우당탕탕 구르면서 무려 30여 미터를 날아가더니 건물 벽에 뒤통수를 쾅 처박았다.

Chapter 9

우두머리의 창날은 이미 가루가 되었다. 창대는 뱀처럼 구불구불 휘어서 형체를 알아보기 힘들었다.

단지 구부러진 것만이 아니었다. 우두머리의 창대는 강한 충격에 몇 가닥으로 쪼개진 상태였다. 삼각방패도 수십 조각으로 깨져서 파편만 남았다.

이건 시작일 뿐이었다. 이탄은 적양갑주의 권능으로 적을 튕겨내는 데 그치지 않았다. 데굴데굴 굴러가는 적에게 곧장 따라붙어 반격을 퍼부었다.

적 우두머리가 벽에 뒤통수를 처박고 다시 고개를 앞으로 숙인 순간, 어느새 이탄이 그 앞까지 따라잡았다.

이탄의 손바닥이 직선으로 치고 들어왔다.

콰직!

손바닥으로 적 우두머리의 안면 강타.

어마어마한 괴력에 밀려서 적 우두머리는 뒤통수로 벽을 뚫었다. 그러면서 우두머리의 뒤통수에 금이 쩍 갔다. 뇌가 온통 진탕되었다.

하지만 지금 뇌진탕이 문제가 아니었다. 이탄의 손바닥에 얻어맞은 안면 부위가 파탄이 나버렸다.

푸확!

이탄의 손바닥에 직격을 당한 우두머리의 안면은 산산이 폭발하여 온 사방으로 파편을 튀겼다.

이탄이 손을 거두고 등을 돌렸다. 그의 등 뒤 벽면엔, 사방으로 폭발한 사람의 머리통 잔해와 그 아래 대롱대롱 매달린 몸통만이 남겨졌다.

또 한 가지.

이탄의 손바닥 모양으로 벽에 구멍이 뚫렸다.

"우허헉."

"괴, 괴물이닷."

야스퍼 전사들이 엉거주춤 물러섰다.

이탄이 적들을 향해 성큼 발을 내디뎠다.

"으으으읏."

겁을 모른다는 야스퍼 전사들이 이탄이 접근한 거리만큼 뒷걸음질 쳤다. 마치 사자가 성큼성큼 다가오자 겁에 질린 하이에나 떼가 허둥지둥 흩어지는 장면 같았다.

어느 한순간, 이탄이 몸을 확 가속했다. 동시에 적들 뒤쪽에 소일 월(Soil Wall: 흙의 벽)을 둘러쳐 버렸다.

"으헉?"

뒷걸음질 치던 야스퍼 전사들이 흙벽에 등이 부딪쳐 당황했다.

적들의 신경이 분산된 사이, 이탄이 훅 파고들어 야스퍼 전사 한 명의 손목을 덥석 잡았다.

"으어어?"

종잇장처럼 휙 딸려온 야스퍼 전사가 기겁했다.

이탄은 상대의 턱을 아래쪽에서 붙잡아 번쩍 치켜들더니, 그 전사의 머리통으로 또 다른 야스퍼 전사의 정수리를 내리찍었다.

까앙!

투구와 투구가 맞부딪치면서 불똥이 튀었다. 뇌진탕을 겪은 두 전사가 잠시 정신을 잃었다.

그게 오히려 행운이었다. 정신을 잃는 바람에 고통을 느끼지 못했으니 말이다. 이탄은 두 전사의 얼굴을 양손으로 붙잡아 진흙 주무르듯이 짓뭉개놓았다.

"으아아악."

놀란 적들이 사방으로 흩어졌다.

도망치는 야스퍼 전사들 앞에 높이 10미터의 소일 월이 가로세로로 돋아났다. 땅이 흔들리고 하늘이 좁혀졌다. 눈 깜짝할 사이에 솟구친 소일 월은 거대한 미로가 되어 적들을 내부에 가뒀다.

"어헉?"

"출구가 어디야?"

당황한 적들이 미로 안을 미친 듯이 달렸다.

참으로 어리석은 행동이었다.

"미로처럼 보이지만 사실은 미로가 아니지롱. 출구가 없이 꽉 막혔는걸."

적들의 퇴로를 차단해 가둔 뒤, 이탄이 느긋하게 움직였다.

"아아악, 안 돼."

"제발. 제발 그만. 크아악."

시야가 차단된 흙벽 안에서 끊임없이 비명이 들렸다. 뼈가 으스러지고 생살이 잡아 뽑히는 듯한 소음이 비명과 뒤섞였다. 다 큰 사내들이 흐느껴 우는 소리. 살려달라고, 아니 죽여 달라고 애걸하는 소리도 함께 버무려졌다.

눈에는 보이지 않고 소리만 들리는 것이 훨씬 더 무섭다는 사실을, 정보요원들은 그제야 실감했다.

"아으으으으."

먼발치에서 333호가 귀를 틀어막았다.

다른 정보요원들도 새파랗게 질린 얼굴로 턱을 덜덜 떨었다.

결국 24명의 야스퍼 전사들 가운데 살아남은 사람은 단한 명뿐이었다. 소일 월이 쿠르릉 주저앉은 뒤, 뿌연 흙먼지 속에서 이탄이 포로의 뒷덜미를 질질 잡아끌고 나왔다. 이탄은 패닉에 빠진 포로를 333호 앞에 휙 집어던졌다.

포로는 이미 한쪽 팔과 두 다리가 뽑힌 상태였다. 처참한 행색의 포로가 333호의 발밑에서 벌레처럼 꿈틀거렸다.

"뭐, 뭡니까?"

333호가 당황하여 물었다.

이탄이 얼굴에 튄 피를 손등으로 닦으며 반문했다.

"실적이 필요한 것 아니었나?"

"네에?"

333호가 눈을 동그랗게 떴다.

이탄이 손가락을 휘휘 저었다.

"과이올라 시에서 벌어졌던 괴변 말이야. 그에 대한 조사 결과를 어르신들께 보고해야 하는 것 아냐? 내 말이 틀렸어?"

"아닙니다. 맞습니다."

333호가 열심히 고개를 주억거렸다.

이탄이 포로를 가리켰다.

"야스퍼 전사탑의 포로다. 저놈을 심문하면 이곳에서 벌어진 괴변의 실마리를 찾을 수 있을지도 몰라."

"하지만 49호 님. 괴변을 일으킨 자는 야스퍼 전사탑이 아니라 검보라빛 로브를 뒤집어쓴 노인이었습니다. 그러니 이 포로를 심문해봤자 무슨 소용이……."

이탄이 한심하다는 듯이 쏘아붙였다.

"너 바보냐?"

"네에?"

333호가 두 눈을 껌뻑거렸다.

이탄은 한숨을 한 번 내쉬고는 약간의 설명을 덧붙였다.

"하아아. 보기보다 머리 회전이 느리군. 물론 나흘 전의 그 노인은 야스퍼 전사탑 소속이 아닐지도 모르지. 그 노인은 전사가 아니라 흑마법사처럼 보였으니까. 하지만 야스퍼 전사탑도 과이올라 시의 괴변에 대해서 뭔가 알고 있을 거 아냐? 그러니까 이곳에 24명이나 되는 정예부대를 파견했겠지."

"아!"

"어떻게든 저 포로를 다그쳐서 자백을 받아내. 그럼 너희들이 받은 퀘스트도 어느 정도 해결이 될 거다."

"아아아, 알겠습니다."

333호는 그제야 이탄의 말뜻을 알아들었다.

"감사합니다. 49호 님, 정말 감사합니다."

333호가 이탄을 향해 90도로 허리를 숙였다.

"고맙습니다. 고맙습니다."

다른 정보요원들도 이탄을 향해 꾸벅꾸벅 감사의 마음을 전했다.

"고맙기는 뭘 이런 걸 가지고."

정보요원들의 행동이 부담스러운 듯 이탄이 검지로 콧방울을 슥슥 비볐다. 그 다음 한 마디를 툭 던지고는 자리를 떴다.

　　"뒷정리는 너희들끼리 해라. 나는 좀 씻으러 갈 테니까."

　　"넵. 49호 님."

　　"저희가 깔끔하게 마무리를 짓겠습니다."

　　전담 보조팀의 정보요원들이 힘차게 대답했다.

제7화
간씨 세가의 오찬

Chapter 1

이탄이 간철호에게 다시 신경을 쓰게 된 것은 백호대주가 올린 보고서 때문이었다.

아홉 겹의 문 안쪽.

이탄이 나무탁자 앞에 앉아서 정면을 바라보았다.

이탄의 앞에는 검은 양복에 주홍색 넥타이를 맨 험상궂은 사내가 엎드려 있었다. 간씨 세가의 4대 무력부대 가운데 하나인 백호대의 대주 서원평이었다. 서원평은 눈이 옆으로 찢어지고 매부리코에 키가 190센티미터나 되어서 무척 위압적이었지만, 간철호, 즉 이탄 앞에서는 사자 앞의 양처럼 쩔쩔맸다.

"이게 조사 결과라고?"

이탄이 보고서 종이 너머로 서원평을 응시했다.

서원평은 감히 고개도 들지 못하고 아뢰었다.

"그렇습니다. 의장님의 명을 받잡아 16년 전 탑에 들어온 이탄이라는 소년에 대해서 조사를 한 결과입니다."

"흠."

이탄은 두근거리는 심정으로 보고서를 펼쳤다. 총 다섯 페이지 분량의 보고서 첫 페이지에는 어린 이탄의 가정환경이 기술되어 있었다.

3세의 어린 나이에 이탄은 어미를 잃었다. 이탄을 낳은 어머니는 어린 자식을 버리고 야반도주를 한 것으로 조사되었다. 술주정뱅이 남편의 폭력을 견디지 못한 것이 야반도주의 첫 번째 원인이었으며, 동네의 연하남과 눈이 맞은 것이 그 두 번째 원인이라고 했다.

'쩝.'

이것은 이탄이 익히 들어서 알고 있던 내용이었다. 그러나 이렇게 공식적인 보고서를 통해서 다시 보니 기분이 썩 좋지는 않았다.

"어미가 아직 살아 있던가?"

이탄이 서원평에게 남의 일처럼 물었다.

서원평이 즉각 대답했다.

"18년 전 내연남과 함께 미주지역으로 도망친 것으로 조사되었습니다. 현재 미주지역의 정보망을 풀어서 그녀의 행방을 찾고 있으니 조만간 결과가 나올 것입니다."

"그래. 계속 알아봐."

이탄이 다시 보고서에 눈을 돌렸다.

보고서 안에는 이탄이 4세 무렵에 겪었던 일이 기술되었다. 당시 이탄의 집에 화재가 발생하여 어린 이탄이 오른쪽 뺨에 큰 화상을 입었다. 이때 별의 여신을 섬기는 여신관이 근처를 지나가다가 다친 이탄을 불쌍히 여겨 화상을 치료해준 일도 함께 적혔다.

이탄이 그 부근을 지적했다.

"별의 여신을 섬기는 신관이라? 그 여신관이 누구인지도 찾아보았으면 좋겠군."

"명을 받들겠습니다."

서원평이 냉큼 머리를 조아렸다. 서원평은 간철호가 왜 이런 일에 관심을 두는지는 알지 못했다. 그저 떨어지는 명을 충심으로 받들 뿐이었다.

이탄이 다시 보고서에 집중했다.

이탄이 5세가 될 즈음, 이탄의 아비는 어린 자식을 탑에 팔아넘겼다. 그 후 이탄은 탑에서 고강도의 훈련을 받았다. 체력 훈련, 18종의 무기를 다루는 훈련, 마력순환로를 통해 마나를 순환하는 훈련, 싸이킥 에너지를 사용하는 훈련, 정신력 훈련, 살인 훈련, 독 훈련, 생체실험 훈련이 바로 그것들이었다.

서원평은 이탄의 훈련 성적도 보고서에 담았다.

"대부분의 과목에서 수석 아니면 차석이었군."

"그렇습니다. 교관들을 인터뷰한 바에 따르면, 이탄이라는 아이는 탑의 수련생들 가운데 첫손가락에 꼽힐 정도로 뛰어났다고 합니다. 특히 마력순환로와 상성이 잘 맞아 효율 면에서 역대급이라고 하며, 싸이킥 에너지와 정신력 측면에서도 놀라운 성취를 보였답니다."

서원평의 말이 맞았다. 보고서에 첨부된 이탄의 성적표는 나름 화려했다.

과목	성적
마력순환로 분야	S+
싸이킥 에너지 분야	S+
정신력 분야	S+
살인 분야	S0
독 분야	A+
체력 분야	A0
18종 무기 분야	A—

이탄이 물었다.

"S+가 셋이면 좋은 건가?"

"아주 뛰어난 성적입니다. 지금 탑에서 훈련을 받는 아이들 가운데 단 한 과목이라도 S+가 나오는 아이는 없다고 합니다. 또한 그 이전에도 S+는 정말 보기 드물었습니다."

"그래?"

비록 내색을 하지는 않았지만 이탄은 은근히 기분이 좋았다. 그러다 갑자기 화가 치밀었다.

'쳇. 그렇게 성적이 좋으면 뭐하나? 결국 죽어서 망령목에 매달린 것을. 쯧쯧쯧.'

이탄은 속으로 혀를 차면서 보고서를 넘겼다.

그곳에는 이탄의 아비의 죽음이 적혀 있었다. 이탄의 부친은 어린 아들을 탑에 팔아넘긴 돈으로 도박을 하다가 결국 외지인과 시비가 붙어 비명횡사했다고 전한다.

직접적인 사망 원인은 칼에 찔린 자상.

부검을 한 의사가 기술한 소견서에는, 폐를 찌른 공격이 여섯 차례, 심장을 찌른 공격이 다섯 차례, 복부에 받은 칼침이 열여섯 번이라고 했다. 그 밖에도 허벅지와 목, 팔에 맞은 칼침까지 더하면 총 40회가 넘는다고 적혔다.

"무슨 원수라도 졌어? 왜 이렇게 마구 쑤셨지?"

이탄이 보고서 너머로 서원평을 응시했다.

서원평이 설명을 덧붙였다.

"당시의 목격자를 찾아서 진술을 받았습니다. 목격자의 말에 따르면, 이탄의 아비와 시비가 붙은 외지인이 대여섯 명이었다고 합니다. 그들이 이탄의 아비를 뒷골목으로 끌고 가서 집단으로 린치를 가하고 칼부림을 한 것 같습니다."

"그 외지인들은 어떻게 되었나? 감히 간씨 세가의 역역에서 칼부림을 한 자들을 그냥 풀어준 것은 아니겠지?"

"의장님, 송구합니다. 외지인들이 살인을 저지른 다음 곧바로 도망쳐서 행방불명이 되었다고 합니다."

서원평이 납죽 자세를 낮추었다.

Chapter 2

"허어."

이탄은 어이가 없었다.

서원평이 이마에 흐르는 식은땀을 양복 소매로 훔쳤다.

"죄송합니다. 지금이라도 사람을 풀어서 그 외지인들을 추적하겠습니다."

"흥. 16년 전에 도망친 놈들을 무슨 수로 찾아?"

"죄송합니다."

서원평이 쩔쩔맸다.

이탄이 다른 점을 물었다.

"그나저나 이것 말이야. 이탄의 죽은 아비는 목씨잖아. 그런데 왜 이탄은 이씨 성을 쓰지?"

"저도 그 점이 이상하여 탐문해 보았습니다. 그 결과 이탄의 아비가 이탄의 생부가 아니라는 소문을 들었습니다."

"뭐?"

이탄의 눈이 칼날처럼 날카로운 빛을 띠었다.

서원평이 침을 꿀꺽 삼키고 대답했다.

"확실하게 증명된 이야기는 아닙니다. 다만 이탄의 부친과 안면이 있던 자들을 탐문한 결과, 그런 이야기를 듣게 되었습니다. 이탄을 탑에 팔아넘긴 자가 이탄의 친아버지가 아니라는 소문 말입니다."

"하면, 이탄의 생부는 누구란 말이야?"

이제는 이탄의 눈빛뿐 아니라 목소리에도 날이 섰다.

"그걸 알아내려면 미주지역으로 도망친 이탄의 어미부터 찾아야 합니다."

"찾아."

누구의 명이라고 거역하겠는가. 서원평이 깊숙이 머리를 조아렸다.

"네, 의장님. 빠른 시일 안에 결과를 정리해서 다시 보고를 올리겠습니다."

서원평은 이 말을 끝으로 간씨 세가의 내실에서 물러났다.

잠시 후, 이탄만 남은 내실에서 섬뜩한 음성이 풀려나왔다.

"친부가 아니라고?"

11월 7일.

이날은 간철호의 생일이었다.

아시아의 대군벌인 간씨 세가의 실질적인 주인은 간성주가 아니라 간철호였다. 그 절대권력자의 생일을 맞았으니 세가 전체가 떠들썩하게 잔치가 벌어져야 정상이었으나, 의외로 세가 안팎은 조용했다.

간철호가 번잡스러운 것을 싫어하기 때문이었다.

생일을 맞은 간철호는 직계가족들만 모아놓고 오찬을 함께 하는 것으로 모든 행사를 갈음했다.

오찬 준비는 비서 2실에서 맡았다.

비서 1실은 간철호의 공식적인 업무를 보좌하는 전담기구였다. 공식 조직인 만큼 비서 1실의 인원수도 가장 많고 행정, 금융, 전략 분야 전문가들이 잔뜩 포진되어 있었다.

비서 2실은 간철호의 대내외 의전을 도맡는 조직이었다. 홍보, 외교, 국방 분야 전문가들이 비서 2실에 배치되었다.

비서 3실은 간철호의 개인 비서실이었다. 간철호의 입에서 튀어나오는 크고 작은 명령들이 비서3실을 통해 수행되곤 했다. 간철호는 비서 3실의 실장인 주소연을 꽤나 신뢰하여 많은 일들을 맡겼다. 하지만 오늘과 같은 공식 행사는 비서 3실이 아니라 비서 2실을 통해 치르게 마련이었다.

비서 2실에서는 간철호의 생일을 맞아 직계 혈통들에게 안내장을 미리 돌렸으며, 그 성골들이 오찬장에서 앉을 자리도 의전 순서에 따라 미리 지정해 놓았다.

상석의 간철호를 중심으로, 오른쪽에는 간철호의 정식 부인들이 서열 순으로 배치되었다. 왼쪽에는 간철호의 자식들을 위한 자리가 마련되었다.

간철호의 첩이나 첩의 자식들은 공식 오찬 자리에 초대받지 못했다. 정실부인들이 낳은 자식들 중에서도 간철호의 눈에 차지 않는 이들은 오찬 석상에서 제외되었다. 따라서 이 자리에 착석한 사람들은 대부분 간철호의 생일 오찬에 초대를 받은 것만으로도 큰 자부심을 느끼는 중이었다.

테이블 왼쪽의 첫 번째 자리.

간철호의 장남인 간민수가 가장 중요한 자리에 앉았다. 올해로 49세가 된 간민수는 간씨 세가의 여러 사업체 가운데 에너지 부문의 대표이사를 맡고 있으며, 망령목에 34개의 망령을 매단 강자 중의 강자였다.

물론 56개의 망령을 가진 간철호와 비교하면 손색이 있지만, 형제들 가운데는 간민수가 선두주자로 꼽혔다.

간민수의 옆에는 간철호의 셋째 아들인 간영수가 자리했다.

간영수의 올해 나이는 48세.

망령의 수는 31개.

공식직함은 간씨 세가의 철도 및 광산 사업부문 대표이사.

솔직히 말해서 간민수와 간영수는 나이 차이도 별로 나지 않고, 사업체 규모도 엇비슷했으며, 망령의 수까지 비등비등했다. 게다가 이 두 사람은 어머니가 서로 달라서 사이가 좋지 않았다.

힘의 우열이 뚜렷하지 않고 사이가 나쁘니 형제간에 피비린내 나는 혈투가 벌어져야 마땅했다. 그러나 두 아들 모두 간철호의 눈치를 보느라 아직 본격적인 골육상잔의 전쟁을 시작하지 못했다.

간민수의 옆자리는 간철호의 넷째 아들인 간형수의 차지였다. 간형수의 망령목은 가지를 9개밖에 치지 못했기에 늘 주눅이 들어 있었다. 사업체도 독립적으로 맡지 못하여, 대표이사가 아니라 그냥 이사 자리만 하나 받았을 뿐이다.

간철호의 다섯째 아들인 간태수도 망령목의 가지가 고작 11개에 불과했다. 당연히 형들과는 싸움이 되지 않는 처지였다.

그나마 간형수와 간태수는 한 배에서 태어난 동기간이라 서로 우애는 좋았다.

그러면 무엇 하겠는가. 평소 간철호는 능력이 없는 자식들은 사람 취급도 하지 않았다. 큰아들과 셋째 아들도 눈에 차지 않는데 간형수나 간태수가 간철호의 눈에 들 리 없었다. 두 형제는 진땀을 흘리며 형들의 눈치를 살폈다.

간태수의 옆에는 간희주와 간송주가 나란히 앉았다.

간희주는 간철호의 장녀이고, 간송주는 셋째 딸이었다. 물론 두 자매 모두 태어난 배는 달랐다.

남아선호사상이 뚜렷한 간씨 세가에서는 딸들에게는 망령목을 내어주지 않았다. 따라서 간희주와 간송주 모두 망령목의 도움을 받지 못하였고, 무력도 남자 형제들에 비해서 열세일 수밖에 없었다.

대신 간희주와 간송주는 머리가 비상하여 간철호의 신임을 받았다. 간철호는 간희주에게 백화점 사업부를 맡겼다. 간송주에게는 방송 사업부를 던져주었다.

Chapter 3

간송주의 옆에는 간철호의 맏손자이자 간민수의 장남인
간세진이 자리했다. 간철호의 손주들 가운데는 간세진만이
유일하게 이 자리에 참석이 허락되었다. 간세진은 어려운
자리에 초대되어 잔뜩 긴장한 상태였다.

테이블 왼쪽 라인은 간세진이 마지막이었다. 간철호의
둘째 아들은 오래 전에 독에 중독되어 죽었다. 간철호의 둘
째 딸은 타 군벌에 시집을 가서 참석하지 못했다.

간철호에게는 이 밖에도 몇 명의 자식들이 더 있었지만,
그들에게는 오찬 초대장이 배송되지 않았다.

"그딴 녀석들은 빼."

이것이 간철호의 뜻이었다.

한편 테이블 오른쪽에도 자리가 꽉 찼다.

오른쪽 첫 번째 자리는 당연히 간철호의 첫 번째 부인인
남서윤의 차지였다.

남서윤은 간씨 세가의 오랜 가신인 남씨 가문의 딸이었
다. 그녀는 간씨 세가의 원로원주 남충주를 아버지로 두었
으며, 청룡대주 남서군을 동생으로 두었다. 또한 남서윤은
간민수와 간희주를 낳은 친모이기도 했다.

오른쪽 두 번째 자리에는 간철호의 두 번째 부인인 이지

수가 앉았다.

이지수는 멸망한 쥬신 황가의 방계 핏줄로 알려져 있었다. 또한 그녀는 기품이 넘치는 외모와 온화한 성품으로 칭송을 받았다.

다만 이지수의 곱게 늙은 얼굴에는 한 줄기 그늘이 드리웠다. 그 이유는 그녀의 아들이 오래 전에 독으로 죽은 탓이었다.

그래도 딸인 간송주가 이지수의 버팀목이 되어주었기에 이 살벌한 간씨 세가에서 오늘날까지 잘 견뎌내었다.

이지수의 옆에는 간철호의 세 번째 부인인 남궁현화가 자리했다.

남궁현화는 간철호의 정실부인들 가운데 가장 화려하고 야망이 넘치는 여자였다. 남궁현화의 아버지는 간씨 세가의 원로원 부원주인 남궁운식이었고, 남동생은 현무대주 남궁장호였다.

다시 말해서 남궁현화의 배경은 첫 번째 부인인 남서윤과 당당히 겨룰 만한 상황이었다. 그 때문인지 남궁현화는 남서윤에 대한 라이벌 의식이 강했다. 그녀가 어떻게든 친아들인 간영수를 간씨 세가의 차기 후계자 자리에 앉히려고 애를 쓰는 이유도 바로 이 때문이었다. 심지어 남궁현화는 딸을 유럽의 발렌시드 가문으로 시집보냈는데, 그것도 권력과 연결되었다.

'나중에 우리 영수가 후계자 다툼을 벌일 때 유럽 쪽의 지원을 받으려면 미리 선을 대어놓아야지.'

남궁현화는 먼 앞날을 내다보고 발렌시드 군벌과 미리 혼인 관계를 맺은 것이다.

남궁현화 옆, 테이블 오른쪽 라인의 마지막 자리에는 간철호의 네 번째 정실부인인 성수진이 착석했다.

원로원의 두 부원주 가운데 한 명인 성충은 딸을 하나 두었는데, 그녀가 바로 성수진이었다.

성수진은 키가 늘씬하게 크지만 성격은 여렸다. 그래서 늘 간형수와 간태수 걱정에 마음을 졸였다. 나중에 간민수나 간영수가 세가의 후계자가 되었을 때 그녀의 친자식들을 해코지하지 않을까 걱정하는 것이다.

지금도 성수진은 수심 가득한 얼굴로 아들들의 안색을 살폈다.

그때 비서 2실장이 굵은 목소리로 아뢰었다.

"의장님께서 들어오십니다."

간철호의 정실부인들과 자식, 손자가 모두 자리에서 일어나 옷매무새를 고쳤다.

간철호, 아니 이탄이 다이닝룸으로 저벅저벅 들어왔다. 간철호의 뒤에는 백호대주 서원평이 그림자처럼 따랐다.

비서 2실장이 간철호를 위해서 의자를 빼주었다.

간철호가 자리에 앉을 때까지 부인들과 자식들은 미동도 하지 않았다.

"앉지."

"네, 의장님."

그들은 간철호의 말이 떨어지자 비로소 자리에 다시 착석했다.

특이한 점은 또 하나 있었다. 간철호의 부인들이나 자식들 가운데 그 누구도 간철호를 "여보"나 "아버님"이라는 호칭으로 부르지 못했다. 모두 다 간철호를 "의장님"이라고 높여 불렀다.

간철호가 등장하자 요리사들이 비로소 음식을 내왔다. 간씨 세가의 전속 요리사들은 가벼운 전채 요리부터 시작하여 메인 디쉬(Main Dish)까지 온갖 산해진미를 준비했다.

간철호는 이 요리들을 아주 조금씩만 덜어서 맛을 보았다.

처음 이탄이 간철호의 몸에 기생했을 때는 음식에 욕심을 부렸다. 하지만 몇 차례 과식을 한 이후부터는 식도락에 대한 흥미를 잃었다.

간철호, 즉 이탄이 조금만 먹자 자식들과 부인들도 알아서 식사량을 줄였다. 아무도 음식 씹는 소리를 내지 않아 다이닝룸은 바늘 하나 떨어지는 소리도 들리지 않을 정도로 고요했다.

오늘의 메인 디쉬는 중앙아시아식으로 조리한 양고기였다. 이탄은 양고기를 조금만 썰어서 소스에 찍어먹은 다음, 셋째 아들에게 시선을 주었다.

"마, 말씀하십시오."

간영수가 바짝 긴장하였다.

이탄이 내몽고의 철도 사업에 대해 물었다.

"내몽고 쪽에서 코로니 녀석들과 툭탁거린다고 들었다. 철도 사업에 혹시 지장은 없느냐?"

"의장님께서 보살펴주시는 덕분에 요새는 코로니 녀석들이 조용합니다. 조만간 내몽고 횡단 철도가 완공되면 광물을 유통하는 속도가 개선될 것입니다."

간영수가 미리 준비해 놓은 멘트를 신속하게 내뱉었다. 간영수의 친어머니인 남궁현화가 흐뭇하게 아들의 얼굴을 쳐다보았다.

이는 이탄도 익히 알고 있는 바였다.

최근 천산산맥에서 세계의 파편 쟁탈전을 벌일 때 이탄은 코로니의 공식 서열 8위인 키셀로비치를 때려죽였다. 이어서 코로니의 공식 서열 3위이자 아이스 듀크(Ice Duke: 얼음

공작)라 불리는 표트르도 해치웠다. 그렇게 큰 타격을 받았으니 코로니가 조용해지는 것은 정한 이치였다.

다만 이 사실은 아직까지 세상에 알려지지 않았다. 시베리아의 대군벌 코로니에서는 표트르와 키셀로비치의 죽음을 꽁꽁 숨겼다. 당시 현장에 있었던 발렌시드의 두 공주도, 그리고 이탄도 굳이 이 사실을 입에 담지 않았다.

따라서 간영수는 코로니가 최근에 왜 조용해졌는지 이유를 알지 못하였다.

이탄이 셋째 아들 간영수에게 먼저 질문을 하자 남궁현화는 마치 승리자가 된 듯한 표정을 지었다. 심지어 남궁현화는 첫째 부인인 남서윤의 안색을 살피기까지 했다.

그 모습이 보기 싫어서인지, 이탄은 곧바로 간영수에게서 시선을 거두고 맏아들 간민수에게 관심을 돌렸다.

"남인도양의 가스 채굴은 어떻게 되고 있지?"

간민수가 기다렸다는 듯이 보고했다.

"의장님께서 신경을 써주시는 덕분에 채굴 진척률이 목표치를 상회하였습니다. 늦어도 다음 달까지는 목표지점으로 뚫고 들어가 가스 표본 채취를 시작할 예정입니다. 또한 동남아시아의 또 다른 지역에서도 가스 채굴을 준비 중입니다."

Chapter 4

간민수의 보고는 매끄러웠다.

질투심을 느낀 간영수와 남궁현화가 눈매를 샐쭉하게 만들었다.

이탄은 그 모습을 목격하고서도 짐짓 모르는 척했다. 이탄의 시선이 이번에는 간희주에게 향했다.

"백화점 사업부는 어떤가?"

간희주가 목소리를 가다듬어 보고를 올렸다.

"여름 이후로 매출이 조금 줄었지만 예년 3분기에 비하면 오히려 3퍼센트가량 매출이 늘어난 추세입니다. 겨울시즌 준비를 탄탄하게 해놓았으니 4분기 매출은 급증할 것으로 예상합니다. 지역적으로는 옛 쥬신 제국의 발원지인 한반도에서의 매출이 살아나고 있습니다."

"쥬신의 발원지에서?"

이탄이 간희주의 보고에 관심을 보였다.

간철호는 유독 쥬신 제국에 대한 소식에 민감했다.

이탄도 쥬신 제국에 대한 관심이 컸다. 지금 이탄이 간희주의 보고에 반응을 보인 것은, 간철호를 흉내 내기 위해서가 아니었다. 이탄 본인의 관심사이기 때문이었다.

어쨌거나 간희주의 의도가 잘 먹혔다.

'일부러 쥬신을 언급한 효과가 있네. 호호호.'

간희주가 배시시 웃었다.

반면 남궁현화는 도끼눈을 떴다.

'저 여우 같은 것 좀 봐라. 으드득.'

맞은편에 앉은 남궁현화를 힐끗 쳐다본 뒤, 간희주는 쥬신 제국의 발원지인 한반도의 매출 동향에 대해서 자세하게 보고했다.

평소 간철호는 긴 이야기를 듣기 싫어했다. 백화점보다 훨씬 더 덩치가 큰 사업 부문 브리핑도 최대한 짧게 하라고 명하는 사람이 바로 간철호였다.

그런데 쥬신 제국 이야기가 나오자 간희주의 말을 끊지 않고 끝까지 경청했다.

간희주의 친오빠인 간민수는 이런 상황이 흐뭇하기만 했다. 반면 남궁현화와 간영수는 속이 타들어 갔다.

그래도 간희주의 말이 너무 길어지자 이탄이 손을 들어 제지했다.

"그만. 백화점 쪽 보고는 그만하면 되었다."

"헉! 의장님, 죄송합니다. 제가 그만 마음이 앞서서 실수를 했습니다."

간희주가 재빨리 사죄했다.

이탄이 손을 휘휘 저었다.

"실수는 무슨. 보고는 잘 들었다. 나중에 자세한 내용은 보고서로 작성해서 비서 1실로 보내봐라. 내가 다시 한 번 읽어보마."

"네, 의장님."

간희주의 얼굴에 함박웃음이 피었다.

'아, 젠장. 희주 누나가 점수를 따면 그게 결국 민수 형만 이롭게 하는 건데.'

간영수는 얼굴을 더욱 구겼다.

이탄이 간송주에게 눈길을 돌렸다.

"방송 쪽은 어떠냐?"

"송구스런 말씀이오나, 사업이 크게 신장되지는 않고 있습니다. 그저 작년과 비슷한 수준만 유지하였습니다."

간송주가 부끄러움을 무릅쓰고 솔직하게 현황을 밝혔다.

이탄은 간송주를 꾸짖지 않았다.

"방송 사업은 매출이 목적이 아니야. 방송을 통해 우리 세가의 이념을 확실하게 뿌리 내리고 아시아의 민심을 하나로 모으는 것이 주된 목적이지. 매출에 크게 신경 쓸 필요는 없다. 손해를 봐도 좋으니 네가 전에 올린 전략을 뚝심 있게 추진하여라."

"의장님. 고맙습니다."

용기를 얻은 간송주가 얼굴을 활짝 폈다.

간송주의 친어머니인 이지수도 가슴을 쓸어내렸다.

간송주를 떠난 이탄의 눈길이 간세진에게 향했다. 곱상하면서도 고집스레 생긴 귀공자가 이탄의 눈에 들어왔다.

'저 녀석이 바로 간세진이구나. 내 머리통을 잘라서 자신의 망령목에 매단 그 녀석.'

간세진을 바라보는 이탄의 눈이 곱지 않았다.

이건 당연한 감정이었다. 오래 전 이탄이 언노운 월드에 처음 정착할 때 그의 머릿속에 울린 첫마디가 바로 '간세진 베타'였다.

간세진 베타가 의미하는 바는, 이탄이 언노운 월드에서 살아가면서 얻어내는 에너지가 망령목을 통해 간세진에게 흘러들어 간다는 뜻이었다. 그러니 이탄이 간세진을 곱게 볼 리 없었다.

물론 이탄은 겉으로는 간세진에게 온화한 낯빛을 보였다. 그러면서 머릿속으로 간세진에 대한 정보를 떠올렸다.

간세진의 나이는 올해로 21세였다. 그는 아시아 최고의 귀공자로 명성이 자자하며, 친할머니인 남서윤의 총애를 한 몸에 받는다고 했다. 간철호의 기억에 따르면, 지금 간세진은 간씨 세가에서 세운 이스트(East) 대학에서 학업 중이었다.

이탄과 눈이 마주치자 간세진은 공손하면서도 존경심이 가득한 표정을 지었다. 그 표정에 가식은 없었다.

'이런! 저 철부지 도련님은 제 할아버지가 망령목의 망령을 바꿔치기했다는 사실을 모르는구나. 하긴, 그 바꿔치기 덕분에 내가 간철호에게 분혼을 심어놓게 되었지. 흐흐흐.'

이탄이 이빨을 살짝 드러내고 웃었다.

"대학 생활은 어떠냐?"

이탄이 간세진에게 관심을 보이자 남서윤의 얼굴이 활짝 폈다.

간세진이 약간 목이 잠긴 음성으로 대답했다.

"의, 의장님 덕분에 즐겁게 다니고 있습니다."

"마법학과를 택했다고 했나?"

"그렇습니다. 무술과 마법 사이에서 고민을 했는데, 의장님을 본받고 싶어서 마법학과를 선택했습니다."

간세진이 미리 준비해온 답을 읊었다.

이탄이 손가락으로 자신의 얼굴을 가리켰다.

"나를 본받고 싶다고?"

"예. 저는 의장님처럼 뛰어난 소서러가 되고 싶습니다."

"흐음."

이탄이 고개를 끄덕였다.

그 미세한 몸짓 하나에 간세진과 간민수, 남서윤의 얼굴이 동시에 밝아졌다. 반면 남궁현화와 간영수의 표정은 좋지 않았다.

Chapter 5

이탄이 간세진에게 몇 가지를 더 물었다.

"지금 대학 3학년이지? 그럼 학과뿐 아니라 세부전공도 선택했겠구나."

"예. 원소마법 쪽을 선택했습니다."

"그래? 그 점도 나와 같군."

이탄이 간민수를 돌아보았다.

아들을 대신하여 간민수가 대답했다.

"저 녀석이 의장님을 닮고자 하는 마음이 굉장히 강합니다. 저는 원소마법에 소질이 없어 소환마법을 택했는데, 저 녀석은 오로지 원소마법만 파고 있습니다."

이쪽 세계에서 원소마법이란, 불(Fire), 물(Water), 흙(Soil), 바람(Wind)의 4대 기본원소에 얼음(Ice), 번개(Lightning)를 더한 6대 원소를 다루는 학문을 의미한다. 원소마법은 다른 마법에 비해 고지식한 면이 있고 초반 진도도 느리지만, 끝까지 파고들면 나중에는 그 파괴력이 어마어마해지는 것이 특징이었다.

이탄이 간세진에게 또 물었다.

"대학을 졸업한 이후에는 대학원을 가겠구나."

"그렇습니다."

"그때 세세부 전공은 무얼 선택할 셈이냐?"

"제게 재능이 허락한다면, 흙 계열을 선택하고 싶습니다."

흙 계열의 원소마법이라면 간철호의 전문 분야였다. 간세진은 '흙 원소'를 입에 담아서 간철호의 호감을 사고 싶어 했다.

간철호, 아니 이탄의 반응은 애매모호했다.

"흐음. 원소마법 가운데 공격력을 따지면 단연 불이지. 공격과 수비의 균형을 생각하면 물이나 바람도 제법 쓸 만하고. 혹시 특별한 재능을 타고났다면 얼음이나 번개도 괜찮아. 이 두 가지도 공격력 측면에서 불에 못지않으니까. 하지만 흙은 애매한데?"

"의장님 말씀처럼 불이나 얼음, 번개도 좋다고 생각합니다. 하지만 이 세 가지 마법을 거뜬히 막아내는 것이 바로 흙 아닙니까?"

처음에 바짝 긴장했던 간세진도 대화가 거듭될수록 자신

감을 찾았다. 그래서 간철호의 말을 바로 받아쳤다.

'세진이가 너무 무례한 것 아냐?'

간민수의 얼굴에 얼핏 걱정의 기색이 스쳐 지나갔다. 남서윤도 남편의 안색을 빠르게 살폈다.

다행히 이탄은 불쾌해하지 않았다.

"네 말도 맞다. 흙은 불이나 얼음, 번개에 상성이 좋지. 또한 원소마법들 가운데 기본 방어력이 가장 뛰어난 것이 장점이다. 대신 약점도 있다. 그게 무언지 아느냐?"

"흙 원소를 다루려면 마나가 정말 풍부해야 합니다. 또한 다른 마법에 비해 공격속도가 느린 것이 단점입니다."

간세진이 곧바로 정답을 내놓았다.

이탄이 속으로 생각했다.

'간세진의 망령목 나뭇가지가 16개던가? 고작 그 정도로는 흙 원소 마법을 펼치기에 부족할 텐데? 차라리 불을 선택하는 편이 좋았을 것을. 쯧쯧쯧.'

이탄은 이렇게 생각하면서도 겉으로 티를 내지 않았다.

"단점을 알면서도 흙 원소를 선택하겠다면 말리지 않으마. 열심히 해보아라."

"예. 의장님."

간세진이 잔뜩 고무되었다. 간철호의 입에서 "열심히 해봐라."라는 말이 나오는 것은 극히 드물기 때문이었다.

평소 간철호는 칭찬에 인색했다. 웬만하면 격려도 하지 않았다.

오늘은 좀 바뀌었다. 간철호의 입을 움직이는 것이 간철호 본인이 아니라 이탄이기 때문이었다.

이탄의 반응에 기뻐한 사람은 간세진만이 아니었다. 남서윤과 간민수도 크게 기뻐서 입이 귀에 걸렸다.

그에 반비례하여 간영수와 남궁현화의 얼굴은 썩은 간의 빛깔을 띠었다.

'아우, 젠장. 미치겠네. 민수 형 쪽이 자꾸 점수를 따잖아.'

'의장님이 오늘따라 왜 자꾸 희주와 세진이 녀석을 칭찬하는 거야? 흥. 흥.'

이번에는 이탄이 간형수와 간태수 형제에게 시선을 주었다. 주눅이 들어 있는 두 형제와 안절부절못하는 성수진을 보자 이탄은 속으로 웃음이 났다.

"무기 개발은 재미있느냐?"

이탄이 먼저 간형수에게 물었다.

간형수는 간씨 세가 휘하 신무기 개발 사업부의 연구소 중역이었다.

소극적인 성격의 간형수는 치고받고 싸우는 것에는 소질이 없었다. 사업을 크게 번창시키는 재주도 미흡했다. 대신 간형수는 머리가 좋고 외골수처럼 파고드는 성격이라 연구에 적성이 맞았다.

"네에? 네네. 재미있게 다니고 있습니다."

간형수가 쩔쩔매며 대답했다.

이탄은 간형수의 용기를 북돋아주었다.

"신무기 개발 업무는 매일 같이 보고를 받는다. 그 보고서에 너의 실적도 적혀 있더구나. 네 적성이 연구개발 쪽인 것 같으니 계속해서 매진하여라."

"아아! 알겠습니다. 의장님."

간형수가 안도의 한숨을 내쉬었다.

예전의 간철호는 맥아리가 없는 간형수를 볼 때마다 호통을 치거나 마뜩지 않아 했다. 그런 일이 반복되다 보니 간형수는 더욱 마음이 쪼그라들어 부친의 앞에 설 때마다 잔뜩 긴장하게 되었다. 덕분에 그는 매번 부친을 만날 때마다 배탈이 날 정도였다.

그런데 오늘은 모처럼 부친으로부터 격려를 받았다. 기쁜 마음에 간형수의 입꼬리가 움찔움찔 움직였다.

간형수의 친어머니인 성수진도 가슴을 쓸어내렸다.

다음으로 이탄은 다섯째 아들 간태수를 챙겼다.

"태수는 자동차 부문으로 옮긴 지 얼마나 되었지?"

"이제 1년이 다 되어갑니다."

간태수가 군기가 바짝 들어 대답했다.

사실 간태수도 간형수와 다를 바 없었다. 간철호 앞에만 서면 바짝 얼어붙기는 마찬가지일 뿐 아니라, 오히려 더한 측면이 있었다.

그도 그럴 것이, 간태수는 이전에 맡았던 업무들이 성과가 없어서 1년 전 자동차 부문으로 전출되었다. 한데 이곳에서도 그다지 좋은 실적을 내지는 못하였다. 오늘 간태수는 부친에게 크게 꾸중을 들을 각오를 했다.

처음에 이탄은 엄하게 간태수를 대했다.

"1년이면 슬슬 성과를 내야 해. 그런데 아직까지 쓸 만한 결과를 보여주지 못했어."

"지당하신 말씀이십니다. 바짝 긴장하여 챙기겠습니다."

간태수가 식은땀을 흘렸다.

'태수야.'

간태수의 친어머니인 성수진도 덩달아 긴장했다. 테이블 밑에서 성수진의 꼭 움켜쥔 주먹이 바들바들 떨렸다.

Chapter 6

그때 이탄이 당겼던 고삐를 슬쩍 풀어주었다.

"하지만 너무 긴장할 필요는 없다. 성과에 쫓기다 보면 오히려 실적이 더 떨어질 수도 있음이야. 그냥 편하게 해."

"넵. 의장님 말씀을 뼈에 새기겠습니……. 네에에?"

의외로 따뜻한 조언에 간태수의 눈이 휘둥그레졌다.

다른 사람들도 놀란 눈으로 이탄을 바라보았다.

이탄이 한 마디를 덧붙였다.

"그렇다고 나태하게 일을 하라는 소리는 아니야. 다만 태수 너는 너무 긴장하여 본래 실력도 내지 못하는 경향이 있어. 그러니까 조절을 잘하란 말이다."

"알겠습니다. 의장님의 조언을 명심하겠습니다."

간태수가 감격하여 동공을 바르르 떨었다. 성수진도 소리를 내지 않고 입 모양으로 '고맙습니다. 의장님, 고맙습니다.'를 반복했다.

반면 남궁현화는 고개를 갸웃했다. 그녀는 어쩐지 남편이 낯설게 느껴졌다.

오찬을 마친 후, 이탄은 정실부인들과 따로 자리를 마련했다. 비서 2실에서는 아홉 겹의 문 안쪽, 이탄의 내실에 다과상을 차렸다.

이탄의 정실부인들도 이곳 내실에는 들어와 본 적이 드물었다.

잘 꾸며진 정원과 노천탕을 보면서 정실부인들은 한 마

디씩 칭찬을 던졌다. 그녀들 입장에서 간철호는 남편이라기보다는 로드(Lord : 군주)였다. 그녀들의 가문과 자식들의 목숨줄을 꽉 움켜쥐고 있는 로드.

이탄은 상석에 깍지를 끼고 앉아서 정실부인들의 이야기를 들었다.

처음에 입에 발린 소리만 하던 정실부인들도 차츰 시간이 흐르자 속에 담긴 말을 한 마디씩 흘렸다.

이탄이 파악하기에, 남서윤의 최대 관심사는 친손자인 간세진이었다.

남서윤은 현명한 여자였다. 그녀는 친아들인 간민수가 가문의 후계자로 낙점받을 가능성은 없다고 생각했다. 남편인 간철호가 거대한 나무처럼 건재한 까닭이었다. 게다가 남서윤이 보기에 간철호는 절대 권력을 나눠줄 성격이 아니었다.

'민수는 건너뛰는 징검다리 역할에 불과해. 의장님은 분명히 한 대를 건너뛰고, 그 다음 손자에게나 권력을 물려줄 게야.'

이것이 남서윤의 판단이었다. 하여 남서윤은 이탄 앞에서 아들 대신 간세진을 어필하려고 애썼다.

두 번째 정실부인인 이지수는 크게 욕심이 없는 여인이었다. 곱게 나이가 든 이지수의 얼굴 속에서 이탄은 얼굴 한

번 본 적 없는 어머니나 할머니의 느낌을 받았다. 이지수는 이탄에게 딱히 어필하려고 애를 쓰지도 않았다. 그저 하나밖에 없는 혈육인 간송주가 무탈하기만을 바랄 뿐이었다.

세 번째 부인인 남궁현화는 강하고 화려한 여인이었다. 그녀는 이지수보다도 한 살이 많았지만 무공을 깊게 익혀서 아직까지 30대 후반이나 40대 초반으로밖에 보이지 않았다. 남궁현화는 남서윤에 대한 라이벌 의식이 은연중에 드러났으며, 어떻게든 아들인 간영수를 밀어주기 위해서 노력했다.

물론 남궁현화도 충분히 똑똑한 여인이었다. 그녀는 '아들 간영수의 최대 걸림돌이 이복형제인 간민수가 아니라 부친인 간철호.'라고 생각했다. 남서윤이 생각한 것을 남궁현화라고 모를 리 없었다.

다만 남궁현화에게는 간세진과 겨룰 만큼 뛰어난 손자가 없었다. 간영수도 몇 명의 아들과 딸을 두었지만 그중에 이탄의 눈에 들 만한 재목은 전무했다.

'휴우우. 그러니 죽이 되든 밥이 되든 영수를 밀어볼 수밖에.'

이런 생각을 하면서 남궁현화는 내심 한숨을 내쉬었다.

한편 네 번째 부인인 성수진은 이탄보다도 남서윤이나 남궁현화의 눈치를 더 살폈다. 그녀의 최대 관심사는 장차 이탄이 권력에서 물러났을 때 자신의 두 아들이 무사할 것인지의 여부였다.

'어차피 형수나 태수는 의장님의 후계자가 되기는 불가능해. 민수나 영수, 아니면 세진 가운데 한 명이 의장님의 뒤를 잇겠지. 그때 우리 아이들이 무사해야 할 텐데.'

성수진은 자나 깨나 이게 걱정이었다.

정실부인들의 말을 충분히 경청한 다음, 이탄이 비로소 입을 열었다.

"요새 돌아가는 정세가 심상치 않아."

"그게 무슨 말씀이셔요?"

남궁현화가 곧바로 반응을 보였다.

이탄이 하얗게 이빨을 드러내며 설명했다.

"아직 공식적으로 밝힐 때는 아니니까 그대들만 알아둬. 6개월쯤 전에 내가 시베리아의 불곰 녀석들과 무력충돌을 벌였거든."

"아!"

네 여인들이 손으로 입을 가리고 놀랐다.

"그때 발렌시드도 끼어들었고."

"아아아!"

"요새 분위기라면 조만간 다섯 군벌 사이에 전쟁이 터질지도 몰라."

"아아아아!"

"세상이 그리 넓지 않은데 호랑이가 다섯 마리나 살아갈 수는 없겠지. 아마도 정리가 좀 필요할 거야. 그러니까 그대들이 자식들 단속 좀 해."

"네?"

4명의 여인들이 흠칫했다.

"장차 다른 군벌들과 피 튀기는 전쟁이 벌어졌을 때 내부 결속이 흐트러지지 않도록 자식들 단속 좀 하라고. 내가 어지간한 것은 눈 감아 줄 수 있지만, 외부의 적을 눈앞에 둔 상태에서 내분이 일어나는 것은 참지 못하니까."

이탄의 경고는 서늘했다. 특히 경쟁 관계인 남서윤과 남궁현화는 목덜미가 찌릿해지는 느낌을 받았다.

"아, 알겠어요."

"저희가 신경을 쓸게요."

남서윤과 남궁현화가 황급히 대답했다. 나머지 두 여인도 심각한 표정으로 고개를 주억거렸다.

이탄이 빙그레 웃었다.

"그래. 경쟁을 할 때 하더라도 다른 군벌들을 싹 다 물리친 뒤로 미루라고. 후후후."

이탄의 웃음에서는 어딘지 모르게 피 냄새가 풍겼다. 네여인 모두 머리카락이 쭈뼛 서는 느낌이었다.

'오늘따라 의장님이 자상하게 굴어서 이상하다 싶었는데, 그게 아니었구나. 사실은 외부의 적을 향해 발톱을 곤두세우시느라 자식들에게 온화하게 대해준 것뿐이었어. 영수에게 미리 언질을 주어야겠다.'

남궁현화가 입매를 일자로 만든 채 곰곰이 생각에 잠겼다.

'역시 의장님은 변함없이 무서우신 분이셔. 민수와 세진이를 조심시켜야지.'

남서운도 침을 꿀꺽 삼켰다.

Chapter 8

사실 이탄은 간씨 세가에 신경을 오래 쓸 생각은 없었다. 몇 가지 관심사만 챙긴 다음, 곧바로 돌아가 언노운 월드에 집중할 생각이었다.

'여기는 그냥 분혼에게 맡겨놓으려고 했지. 그런데 별거지 발싸개 같은 놈들이 발목을 잡네. 하하하.'

입으로는 웃고 있지만 이탄의 눈은 전혀 웃음기가 없었다.

이탄의 앞에는 백호대주 서원평이 심각한 표정으로 한쪽

무릎을 꿇은 상태였다. 서원평의 뒤에는 비서 3실의 실장 주소연이 단정한 정장 차림으로 시립해 있었다. 주소연의 표정도 심각하기는 매한가지였다.

콰앙!

그때 이탄의 내실 문이 거칠게 열렸다.

"의장님!"

독기를 품은 듯한 뾰족한 음성과 함께 남궁현화가 내실에 들이닥쳤다. 남궁현화의 눈에서는 불똥이 튀어나오는 것 같았다.

"이러시면 곤란합니다. 여기는 의장님께서 머무시는 내실입니다."

"사모님. 부디 자중하십시오."

뒤따라 들어온 현무대원들이 어떻게든 남궁현화를 저지하려고 들었다. 물론 남궁현화는 꿈쩍도 안 했다.

이탄이 그 모습을 무표정하게 바라보았다.

'애를 쓴다. 애를 써. 남궁현화를 막지도 못할 거면서 뒤늦게 생색만 내네.'

이탄은 속으로 현무대원들을 욕했다.

현무대의 역할이 무엇이던가? 다름 아닌 이탄의 신변보호, 즉 호위였다. 제아무리 남궁현화가 이탄의 부인이라고 해도, 이탄의 허락 없이 함부로 내실에 들이닥칠 수는 없었다. 만약 그런 일이 발생한다면 당연히 현무대가 남궁현화를 막아야 했다.

하지만 이건 원칙상 그렇다는 것이고, 사실은 현무대원들이 흥분한 남궁현화를 막기란 불가능했다. 당장 현무대의 대주가 남궁현화의 친동생인 남궁장호였다. 그리고 남궁장호는 나이 차이가 제법 나는 누나를 무척 어려워했다.

"의장님. 으흐흐흑."

남궁현화가 이탄의 발아래 쓰러져 오열했다.

이탄은 여전히 무표정했다.

입술을 꽉 깨문 남궁현화가 이탄에게 간청했다.

"흐흐흑. 의장님께서도 소식을 들으셨겠지요? 오늘 새벽 우리 영수가 내몽고의 철도 건설 사업을 마무리 짓기 위해 북방으로 날아가다가 피습을 당했습니다. 극악무도한 코로니 군벌 놈들이 몽고 깊숙한 곳까지 쳐내려와서 우리 영수를 납치하려고 시도했지 뭡니까. 다행히 적들을 물리치기는 했지만 그 와중에 영수가 크게 다쳐서 사경을 헤맨다고 합니다. 흐흐흐흑. 제발 영수를 살려주십시오. 그리고 코로니 놈들에게 응분의 대가를 치르게 해주십시오. 흐흐흑."

남궁현화가 굵은 눈물을 펑펑 흘렸다.

이탄이 물끄러미 그 모습을 내려다보았다.

이탄은 코로니 군벌의 목적을 이미 짐작하고 있었다. 6

개월 전 이탄은 천산산맥에서 코로니 군벌과 부딪쳤고, 코로니의 수뇌부인 표트르와 키셀로비치를 때려죽였다. 세계의 파편도 손에 넣었다.

물론 코로니 군벌은 표트르와 키셀로비치의 죽음을 뒤늦게나 알아차렸을 것이다. 그 전까지는 두 사람이 실종된 것으로만 알고 있었을 것이고, 아직도 정확한 전후사정은 모를 가능성이 높았다. 당시 코로니 일당들은 천산산맥 땅속에서 모두 죽었으니까 그때 일을 알아낼 방법은 없었다.

'아마도 코로니 녀석들이 이제야 사태 파악을 한 거지. 그래서 내게 한 방 먹이려고 간영수를 공격한 거야. 만약 운이 좋아 납치에 성공하면 그걸 미끼로 나를 협박하여 세계의 파편과 교환하자고 할 테고, 납치에 실패하면 그냥 복수한 셈 칠 테고. 쯧쯧쯧.'

이탄이 주소연에게 고개를 돌렸다.

"영수를 호위하던 자들도 현무대 소속이지?"

"네, 그렇습니다. 의장님의 직계혈족들은 모두 현무대에서 전담 호위 중입니다."

"호위하던 놈들을 모두 대기발령 시켜. 주인을 지키지 못한 죄는 나중에 사태를 수습한 다음에 묻겠다."

"넵."

주소연이 비장하게 대답했다.

이탄의 말을 들은 현무대원들이 찔끔하여 머리를 조아렸다.

이탄이 서원평을 불렀다.

"원평."

"말씀하십시오. 의장님."

서원평이 한쪽 무릎을 꿇은 상태에서 절도 있게 고개를 숙여 보였다.

이탄이 단추를 풀고 양 소매를 슥슥 걷어붙였다.

"당장 수송기를 대령하고 백호대를 무장시켜라. 내가 나서야겠다."

서원평이 깜짝 놀라 고개를 들었다.

"의장님께서 손수 움직이십니까? 그냥 저희에게 명령만 내려주십시오. 저희가 시베리아로 날아가서 셋째 도련님의 복수를 하겠습니다."

"백호대만으로는 코로니 놈들에게 제대로 된 경고를 해줄 수 없어."

이탄이 딱 잘라 말했다.

"……. 송구합니다."

서원평은 입술을 꾹 다물었다.

이탄이 손가락으로 홀로그램 화면을 잡아끌었다. 화면 한구석이 쫘악 늘어나면서 은발에 푸른 눈을 지닌 미녀의 사진이 떠올랐다.

"최근에 주작대에서 올라온 첩고가 있다. 아나스타샤가 북해를 떠나서 은밀하게 블라디보스톡에 내려와 있다더군."

"헉! 아이스 프린세스가 말입니까?"

서원평의 동공이 바르르 흔들렸다.

아이스 프린세스(Ice Princess: 얼음공주) 아나스타샤.

코로니 대군벌의 공식서열 20위.

아나스타샤는 비록 서열은 표트르보다 낮지만, 중요성은 표트르보다도 더 높았다. 왜냐하면 코로니의 제1무력인 빙제(氷帝) 알렉세이가 아나스타샤를 목숨처럼 끔찍하게 여기기 때문이었다.

"아나스타샤를 쳐야지. 놈들이 우리 간씨 세가의 성골을 노렸다면, 마땅히 그에 상응하는 보답을 해줘야지."

이것이 이탄의 셈법이었다.

"고맙습니다. 의장님. 흐흐흑."

남궁현화가 손으로 입을 막고 흐느꼈다.

이탄이 현무대원들을 향해 고개를 홱 돌렸다.

"현무대는 들어라."

"넵."

현무대원들이 즉시 한쪽 무릎을 꿇고 머리를 조아렸다.

"지금 이 시각부터 아군 요인들에 대한 경호 등급을 최고도로 유지한다. 내가 자리를 비운 사이 코로니 놈들이 또 누구를 노릴지 모른다."

"목숨을 바쳐 의장님의 명을 이행하겠습니다."

현무대원들이 한 목소리로 대답했다.

이탄이 명을 이었다.

"또한 최고의 의료진과 힐러들을 투입하여 영수를 어떻게든 살려내라. 만약 영수에게 문제가 생긴다면 그 죄 또한 현무대에 묻겠다."

"모, 목숨을 바쳐 명을 이행하겠습니다."

현무대원들이 찔끔하여 대답했다.

이탄의 눈이 주소연에게 향했다.

"비서 3실에서는 원로원에 상황을 보고하고, 코로니 군벌과의 전면전에 대비하라."

"바로 시행하겠습니다. 의장님, 염려 놓으십시오."

주소연이 당차게 대답했다.

이탄은 사람들을 휙 둘러본 다음, 곧바로 내실을 나섰다. 서원평이 벌떡 일어나 이탄을 그림자처럼 뒤쫓았다.

블라디보스톡 전투

Chapter 1

기이이이잉—.

거대한 수송기가 구름 위를 날았다. 수송기 위에는 무인 초계기가 떠올라 사방 1,000킬로미터를 한꺼번에 탐색했다.

수송기의 앞쪽에서는 전투기 편대가 길을 열었다.

블라디보스톡은 코로니 군벌이 다스리는 영토지만, 아시아에 깊숙하게 파고든 지역이라 간씨 세가에서 작전을 펼치기에 유리했다. 따라서 코로니의 수뇌부들은 어지간한 일이 아니면 블라디보스톡까지 내려오는 경우가 드물었다.

"그런데 겁도 없지. 내몽고까지 쳐들어와서 도발을 펼친 주제에 블라디보스톡까지 놀러 와? 죽으려고 작정을 했군."

이탄이 창문 너머에 펼쳐진 양털구름을 내려다보면서 낮게 으르렁거렸다.

이탄은 간영수에게 딱히 정을 느끼지 않았다. 간영수는 간철호의 자식들 가운데 한 명일 뿐, 이탄과는 완전 남남이었다.

그런데 이탄이 이렇게 곧바로 반격에 나선 이유는 기선제압을 위해서였다.

'시베리아 놈들에게 질질 끌려다니면 안 돼. 초반에 강력하게 한 방을 때려 넣어야 분혼이 일 처리를 하기 쉬워질 거야. 그런 다음 나는 다시 언노운 월드에 집중해야지.'

이탄은 입 안에 뜨거운 차를 털어넣었다. 그 다음 자리에서 벌떡 일어나 수송기 뒤편으로 향했다.

백호대주 서원평이 곧바로 이탄을 뒤따랐다.

수송기 뒤쪽에는 검정색 양복에 주홍색 넥타이를 착용한 백호대원들이 열을 맞춰 앉아 있었다. 또한 두텁게 장갑을 두른 탑승형 전투로봇 100기가 대기 중이었다.

'젠―201'이라고 이름이 붙여진 이 전투로봇들은 사람이 탑승해서 조종하는 대인병기로, 간씨 세가에서 최근에 완성한 신무기 시리즈 가운데 하나였다. 서원평은 백호대원들이 젠―201의 조종에 익숙해질 때까지 강한 훈련을 시켰다.

조종석의 기장이 무전기를 통해 현재 위치를 알려왔다.

"의장님, 기장입니다. 현재 블라디보스톡 상공에 접근 중입니다. 앞으로 1분 30초 뒤면 블라디보스톡 바로 위에 도착합니다."

이탄이 곧바로 명을 내렸다.

"기수를 낮춰라."

"의장님, 하강하는 즉시 코로니 군벌의 레이다망에 포착될 것입니다."

"포착되어도 상관없다. 기수를 낮추고 수송기 하단부를 개방해라. 그 다음 낙하가 완료되는 즉시 다시 상승하여 적의 공격을 피하도록 하라."

"옙."

기장이 이탄의 명을 따랐다.

기이이이잉—.

수송기가 하강을 시작했다. 양떼구름이 수송기 정면 유리창으로 확 다가왔다.

그보다 한발 앞서 전투기들이 구름 아래로 내리꽂혔다. 전투기들은 적 레이다를 교란시키기 위하여 미사일을 떨어뜨렸다.

적정 높이가 되자 수송선 하단부가 덜컹 열렸다. 강한 풍압에 백호대원들의 다리가 휘청거렸다.

이탄이 가장 먼저 수송선에서 뛰어내렸다. 이번에도 이탄은 낙하산을 짊어지지 않고 곧바로 수직 낙하했다.

뒤이어 백호대원들이 젠—201에 탑승하여 조종하기 시작했다.

젠—201의 탑승 높이는 3.2 미터. 양쪽 어깨에 초대형 기관총과 화염방사기, 다연발 로켓포를 장착한 젠—201이 쿵쿵 움직여서 수송선 아래로 뛰어내렸다. 서원평도 젠—201에 올라타 수송선을 이탈했다.

슈와아악—.

구름을 뚫고 내려갈 때 차가운 얼음알갱이가 이탄의 얼굴을 때렸다. 이탄은 눈 하나 깜짝하지 않고 다리를 일자로 모았다. 팔도 몸에 착 붙였다. 이탄의 몸뚱어리가 송곳과 같이 구름을 관통했다.

구름을 뚫고 내려오자 블라디보스톡의 전경이 눈에 확 들어왔다. 강한 풍압이 이탄을 위로 밀어올렸다.

쿠우웅!

이탄은 몸 전체에 10배의 중력을 걸었다.

거의 700킬로그램이 넘는 무게가 이탄의 위치에너지를 증가시켰다. 그 위치에너지가 공기마찰력을 무시하게 만들었다.

쑤와아아앙—.

이탄은 마치 미사일이 내리꽂히는 듯한 속도로 지상에 작렬했다.

이탄이 낙하하는 동안 블라디보스톡의 고층건물 곳곳에서 대응사격이 시작되었다. 간씨 세가의 전투기들이 쏜 미사일이 건물 몇 개를 화염 덩어리로 만들었다. 타타타타, 소리와 함께 코로니의 대공무기들도 불을 뿜었다.

파차—앙!

간씨 세가의 수송선에서 쏜 이엠피(EMP : Electromagnetic Pulse 전자기펄스) 쇼크가 블라드보스톡 전역의 전자기기를 오작동 하도록 만들었다.

그 사이 백호대원들이 탑승한 젠—201이 낙하산을 활짝 펴고 지상 침투를 시작했다.

투타타타타!

코로니 놈들이 마구잡이로 난사한 대공무기 실탄 가운데 일부가 이탄에게도 날아왔다. 이탄은 소일 쉴드로 적의 실탄을 가볍게 막아냈다.

물론 대부분의 실탄은 이탄이 아니라 젠—201에게 집중되었다.

그 사이 구름 위로 솟구쳤던 간씨 세가의 전투기가 미사일 몇 방을 더 떨어뜨렸다.

수송기도 이에 보조를 맞췄다. 백호대원들을 모두 투하

한 다음, 간씨 세가의 수송기는 다시 위로 상승했다. 그리곤 구름 위에서 블라디보스톡 상공을 크게 한 바퀴 선회한 다음, 무게 200킬로그램의 대형 폭탄 두 방을 선물했다.

쿠와아앙! 쿠와앙!

블라디보스톡 전체가 폭격에 뒤흔들렸다. 붉은 화염에 뒤이어 검은색 연기가 매캐하게 치솟았다.

이때 이미 이탄은 블라디보스톡의 20층 건물 지붕에 안착하여 코로니 병사들 4명을 압살한 뒤였다. 네 병사의 머리통을 차례로 으깨버린 뒤, 이탄은 대공무기를 붙잡아 총부리를 아래로 낮추었다.

대공무기 조준경에 코로니의 장갑차 부대가 잡혔다. 이탄은 조종대를 연속발사 모드에 놓고 장갑차 부대를 향해 화력을 집중했다.

투타타타타!

미친 듯이 연사되는 대형 실탄이 코로니 장갑차 부대를 향해 날아갔다. 건물 옥상 바닥엔 굵은 탄피가 수북하게 쌓여갔다.

물론 이 정도 화력으로 장갑을 뚫을 수는 없었다. 하지만 사격만으로도 적을 주춤하게 만드는 효과는 보았다.

Chapter 2

"여기는 이만하면 되었고, 가만 보자. 주작대에서 파악한 아나스타샤의 위치가 어디더라?"

이탄이 주변을 휙 둘러보았다.

블라디보스톡의 주요 건물들은 이미 숙지한 상태였다. 이탄은 목표물의 위치를 가늠한 다음, 20층 건물 꼭대기에서 그대로 점프하여 옆 건물 지붕으로 내려섰다. 같은 방식으로 몇 번을 이동하자 어느새 이탄의 목적지가 손에 잡힐 듯 가까워졌다.

블라디보스톡 외곽.

항구에서 조금 떨어진 해안가에 고풍스러운 성이 하나 우뚝 솟아 있었다. 이탄은 질풍처럼 도로를 가로질러 성으로 날아갔다.

성 주변에는 중무장한 전투헬기들이 우르르 떠오른 상태였다.

"훗. 멍청한 놈들. 감히 누구 앞에서 헬기를 띄우는 거지?"

이탄이 전투헬기들을 향해 오른손을 뻗었다.

쿠우웅!

전투헬기들이 머무는 공간 일대가 중력 다섯 배의 적용을 받았다.

그 즉시 헬기들이 모터에서 불을 뿜으며 추락하기 시작했다. 몸이 무거워진 헬기 조종사들은 제대로 탈출도 하지 못하고 헬기와 함께 추락하여 불덩어리 속에 파묻혔다. 헬기가 추락하면서 성 주변이 검은 연기에 휩싸였다.

이탄은 헬기 파편 사이를 가로질러 성으로 뛰어들었다.

"아나스타샤!"

이탄의 우렁찬 목소리가 성 전체를 진동시켰다.

사방이 조용했다.

"아나스타샤."

이탄이 한 번 더 목청을 높였다.

성 뒤쪽으로 이어진 부두에서 10미터 높이의 소일 월이 일어났다가 와르르 허물어졌다. 대량의 흙더미가 부두를 엉망으로 만들었다. 장애물 때문에 배가 부두에 접근할 수 없으니 바다를 통한 퇴로는 차단된 셈이었다.

이탄은 성 왼편의 오솔길에도 주목했다. 그곳에도 소일 월이 몇 겹으로 일어나 도주로를 막았다.

콰아앙! 콰앙!

젠—201 가운데 두 기가 운 좋게 성 근처에 낙하했다. 묵직하게 땅을 밟은 젠—201호 두 기는 곧바로 기동을 시작하여 성을 향해 달려왔다.

촤촤촤촤촥!

젠—201호의 오른쪽 어깨에 장착된 다연발 로켓포가 눈 깜짝할 사이에 열여덟 발의 로켓을 쏴서 성탑을 포격했다.

성탑에서 검은 연기가 뭉게뭉게 치솟았다. 성탑 일부가 허물어졌다.

"막아랏."

"어서 대응사력을 해라."

코로니의 병사들이 성탑에 기관총을 올려놓고 맞대응했다. 투타타타 소리가 요란하게 울렸다.

이탄은 시베리아어로 소리치는 적들의 대화를 모두 알아들었다. 이탄이 입매를 고약하게 비틀었다.

"네깟 놈들이 막긴 무슨 재주로 막아?"

토웅!

이탄이 어느새 땅을 박차고 성탑 위쪽까지 뛰어올랐다가 허공에서 중력을 조종했다.

쿠와앙—.

중력 10배 적용.

"크헙."

중력마법이 구현되는 것과 동시에 코로니 병사들이 손으로 허리를 짚고 고꾸라졌다. 이탄이 적병들 사이로 내리꽂혀 두 손을 휘저었다. 이탄의 손아귀에 붙잡힌 병사들이 머리가 으깨지고 목이 끊겨 죽었다.

"아나스타샤."

이탄이 한 번 더 목표물의 이름을 불렀다.

화악!

그에 반응이라도 하듯, 성탑 창문을 뚫고 10여 명의 마법사들이 등장했다. 고대 러시아 정교회의 복장을 입은 마법사들은 두 손으로 둥그런 원을 그렸다.

쭈왕—. 쭈왕—. 쭈와왕—.

원에서 방출된 빛이 이탄이 서 있던 자리를 강타했다. 그 즉시 주변이 얼어붙었다. 멀쩡하던 땅에서 얼음가시들이 뾰족뾰족하게 솟구쳤다. 성탑 벽돌이 얼음가시를 감당하지 못하고 파스스 부서졌다.

이탄은 어느새 옆으로 몸을 피했다가 오른손을 번쩍 들어 대지를 내리찍었다. 이탄의 오른손이 팔뚝까지 땅속에 파묻혔다.

그렇게 이탄의 손이 흙 속에 들어간 대신, 흙으로 빚어진 거대한 손, 즉 어쓰 핸드(Earth Hand)가 적진 한복판에서 불쑥 튀어나와 코로니 마법사들을 후려쳤다. 어쓰 핸드의 크기는 무려 10미터가 넘었으며, 위력은 수 톤에 달하는 질량이 후려치는 것 같았다.

퍼버벅.

코로니의 마법사 3명이 즉사했다.

"막앗."

"다 같이 힘을 합쳐야 해."

나머지 7명의 마법사들이 동시에 얼음 방패를 소환하여 어쓰 핸드에 저항했다.

거대한 어쓰 핸드가 얼음 방패를 부수고 적들에게 짓쳐 들어갔다. 코로니 마법사들은 풀쩍 뛰어 뒤로 물러선 다음, 연속으로 마법을 펼쳐서 꾸역꾸역 어쓰 핸드를 막았다.

"어디 이것도 막아보아라."

이탄이 왼손을 번쩍 들었다가 땅 속에 푹 박았다.

이번엔 머디(Muddy: 진흙화)가 발휘되었다.

코로니 마법사들이 밟고 있는 땅 주변이 늪처럼 질퍽하게 변했다.

"으흡?"

코로니 마법사들이 흠칫 놀란 사이, 이탄이 어느새 가까이 들이닥쳤다. 이탄이 뻗은 손이 마법사 가운데 한 명을 붙잡았다.

"놔라."

마법사가 얼음 방패로 이탄을 물리치려 들었다.

가당치도 않은 수작이었다. 이탄의 손이 두꺼운 얼음 방패를 유리창 부수듯이 깨고 들어가 마법사의 얼굴을 쥐어 뜯었다.

"으아아아악."

얼굴 전면이 통째로 뜯겨나간 마법사가 괴성을 질렀다.

이탄이 어느새 두 번째 희생양을 붙잡아 무릎으로 상대의 턱뼈를 으스러뜨렸다.

"으악? 대지의 소서러다."

"대지의 소서러가 직접 쳐들어왔다."

코로니 마법사들은 그제야 이탄의 얼굴을 알아보았다. 공포에 질린 마법사들이 감히 이탄에게 맞서지 못하고 허둥지둥 후퇴했다.

Chapter 3

이탄은 적들이 날리는 얼음 마법들을 손으로 툭툭 쳐내며 계속 전진했다.

그 사이 젠—201 두 기는 다연발 로켓포로 두 번째 성탑을 무너뜨렸다. 코로니 병사들이 쏘아대는 기관총으로는 젠—201호의 전면에 마법으로 둘러쳐진 반투명한 쉴드를 뚫지 못했다. 젠—201호의 기체 표면 아로새겨진 마법진이 휘황찬란한 빛을 뿌렸다.

병사들의 신경이 온통 젠—201호에게 집중된 동안, 이

탄은 코로니의 마법사들을 전멸시키고 오토바이 부대마저
박살 냈다.

대지의 소서러이자 중력마법사인 이탄 앞에서 기동부대
를 운용하는 것은 온몸에 기름을 바르고 불구덩이에 뛰어
드는 행동이나 마찬가지였다. 이탄이 주변 중력을 일곱 배
로 끌어올리자 이탄에게 달려들던 오토바이 부대가 스스로
벽을 처박고 자멸했다.

이탄이 또다시 아나스타샤를 불렀다.

"아나스타샤. 어서 나와라. 네 부하들을 모두 죽일 때까
지 숨어 있을 셈이냐?"

콰아앙!

성탑 지붕 한 곳이 폭발하면서 눈부시게 아름다운 미녀
가 뛰쳐나왔다. 치렁치렁한 은발을 발목까지 길게 늘어뜨
리고, 눈처럼 새하얀 스태프(Staff: 지팡이)를 손에 든 이
미녀가 바로 코로니 대군벌의 공식 서열 20위, 아이스 프
린세스 아나스타샤였다.

"거기 숨어 있었구나."

이탄이 곧장 아나스타샤에게 날아갔다.

그보다 한발 앞서 성탑의 옆면이 콰앙! 터져 나왔다. 터
진 벽 안쪽에서 2명의 노파가 모습을 드러내었다.

"이노옴."

"공주님에게서 당장 떨어지지 못할까."

두 노파는 등장과 동시에 이탄을 향해 새하얀 눈뭉치를 날렸다.

푸화화확, 푸화화화확—.

둥그런 눈뭉치 2개가 빙글빙글 회전하면서 온 사방으로 얼음벼락을 때렸다. 그 벼락이 작렬한 곳마다 주변 10미터씩 영역이 얼음으로 변했다.

이탄이 앞쪽에 소일 쉴드를 둘러 얼음벼락을 막았다. 흙의 방패는 얼음벼락에 잘 견디는가 싶었지만, 방패를 구성하는 흙 알갱이가 꽝꽝 얼어붙었다가 깨지면서 소일 쉴드 전체가 와르르 허물어졌다.

이탄은 소일 쉴드를 겹겹이 소환하여 얼음벼락을 막아냈다.

하지만 그것도 한계에 부딪쳤다. 두 노파가 만들어낸 눈뭉치는 눈 깜짝할 사이에 소일 쉴드 14개를 박살 내고 열다섯 번째 방패를 부수는 중이었다.

그게 끝이 아니었다. 두 노파가 중얼중얼 캐스팅을 하자 얼음벼락을 쏘아내던 눈뭉치가 점점 더 크게 부풀었다.

그렇게 성장한 눈뭉치 2개가 하나로 합쳐지면서 길이 12미터의 드래곤 형상을 갖추었다.

이탄이 흠칫했다.

"설마, 스노우 드래곤?"

스노우 드래곤(Snow Dragon)은 결코 이 자리에서 등장할 수 없는 마법이었다.

빙계 마법의 최고봉 가운데 하나. 빙제 알렉세이의 주특기로 널리 알려진 그 절대마법이 등장했다. 그것도 이름도 들어보지 못한 노파들의 손에 의해서.

이탄이 깜짝 놀라는 사이, 스노우 드래곤이 완벽하게 제모습을 갖추었다.

쿠와아아아!

마법으로 만들어진 이 환상적인 드래곤은 몸을 살짝 움츠렸다가 쫙 펴면서 이탄을 향해 아가리를 쩍 벌렸다. 스노우 드래곤의 입에서 튀어나온 12개의 눈뭉치가 이탄을 사방팔방에서 포위하더니, 그대로 회전을 시작했다.

쩌저저적! 쩌저저저적! 쩌저저저적!

그 눈뭉치 하나하나가 사방팔방으로 얼음벼락을 때려댔다.

이탄의 앞에서, 좌우 양옆에서, 머리 위에서, 다리 밑에서, 등 뒤에서, 온 사방에서 이탄을 향해 얼음벼락이 날아들었다.

"후우읍!"

이탄이 숨을 훅 들이켰다.

이런 최강의 마법이 준비되었다는 것은, 어쩌면 이곳 블라디보스톡이 함정일지도 모른다는 소리였다.

아이스 프린세스 아나스타샤가 겁도 없이 블라디보스톡에 내려왔다는 첩보를 주작대를 통해 은밀하게 흘리고, 이어서 간영수를 습격하여 간씨 세가를 잔뜩 약 올리면, 간씨 세가의 주력부대가 반드시 이곳 블라디보스톡을 공격할 것이라는 추측 아래 계획된 치명적인 함정 말이다.

"후우우우우."

이탄이 힘껏 들이쉬었던 숨을 단번에 내뱉었다.

이곳 블라디보스톡이 함정이면 어떻고, 함정이 아니면 또 어떻단 말인가. 이탄은 이미 함정 따위는 신경 쓰지 않는 수준이었다.

소일 쉴드?

얼음벼락 한 방에 바스러지는 그런 나약한 방어막 따위는 필요 없었다. 이탄은 이미 소일 쉴드에 대한 소환을 취소해버렸다.

소일 월?

흙의 벽을 아무리 겹겹이 세워도 이 무지막지한 얼음벼락의 향연 속에서 버틸 수는 없었다.

소일 아머(Soil Armor: 흙의 갑옷)?

이것도 괜한 시간 낭비일 뿐이었다.

"가랏."

이탄은 일체의 방어를 포기한 채 두 손을 번쩍 들었다가 대지를 내리찍었다.

쿠와와아앙!

상대가 빙계 최강의 마법 가운데 하나인 스노우 드래곤을 사용한다면, 이탄이라고 뒤질 수 없었다. 이탄은 흙 속성의 마법 가운데 최강으로 꼽히는 어쓰퀘이크(Earthquake: 지진)를 불러왔다.

과거 간철호는 어쓰퀘이크를 사용하기 위해 약 10분 정도 캐스팅 시간이 필요했다.

이탄은 달랐다. 이탄의 핏줄 속, (진)마력순환로 내부를 도도하게 휘도는 만자비문의 거력이 야생마처럼 내달려 이탄의 양손에 모였다. 이탄의 손바닥 주변으로 읽을 수 없는 문자, 즉 만자비문이 불길한 빛을 뿌리며 모여들었다.

츳츳츳츳츳—.

이탄은 그 강대한 힘을 곧바로 마법과 연결 지었다.

블라디보스톡의 대지 아래, 지각 속 맨틀이 거대한 역도에 의해 꿈틀 움직였다. 그 즉시 해양지각이 융기하고, 대륙지각이 해양지각 아래로 파고들었다. 두 지각이 충돌하면서 어마어마한 지진이 전파되었다.

가장 먼저 주변 중력파가 바뀌었다. 빛의 속도로 전달된

중력 변화가 블라디보스톡 일대 사람들의 머리카락을 쭈뼛
서게 만들었다. 이어서 종파인 P파가 들이닥치고, 횡파인
S파가 그 뒤를 따랐다.

쿠와앙! 콰드드득!

도시 하나가 통째로 바스러지는 광경은 실로 비현실적이
었다.

블라디보스톡의 모든 도로가 한여름의 엿가락처럼 뒤틀
렸다. 다리가 뚝 끊겼다. 전기가 차단되었다. 정유소에서는
화염이 솟구쳐서 구름에 닿을 듯이 높이 치솟았다. 매캐한
연기가 온 사방을 자욱하게 가렸다. 해양에서 시작된 거대
한 쓰나미가 육지를 향해 무지막지하게 밀려들었다. 대지
는 계속해서 우르릉 우르릉 흔들렸다.

이 어마어마한 자연재해 앞에서 사람들은 입을 쩍 벌렸
다.

이탄의 앞을 막아선 두 노파도 예외는 아니었다.

아니, 엄밀하게 말해서 두 노파는 지진 때문에 놀란 것이
아니었다. 바다에서 밀려오는 거대한 쓰나미 때문에 놀란
것도 아니었다. 두 노파가 기함을 한 이유는 바로 이탄 때
문이었다.

스노우 드래곤이 쏘아낸 12개의 눈뭉치. 그 둥그런 눈뭉
치 하나하나에서 방출되는 무지막지한 얼음벼락의 향연.

이 얼음벼락을 맨몸으로 맞고도 멀쩡한 사람은 이 세상에 없었다. 스노우 드래곤 마법의 전승자로 알려진 빙제 알렉세이조차도 "나 자신이 무방비로 이 마법에 노출된다면 바로 즉사할 것이다."라고 말했다.

스노우 드래곤은 그만큼 무서운 마법이었다.

한데 이탄을 보라.

수천 발, 수만 발의 얼음벼락을 맨몸으로 얻어맞고도 거뜬히 몸을 움직인다. 오히려 맞불을 놓듯이 어쓰퀘이크를 때려 박아 블라디보스톡 전체를 생지옥의 구렁텅이에 처넣어 버린다. 두 노파의 코앞에서 지옥의 문이 삐이꺽 소리를 내며 열렸다.

이탄이 열어젖힌 문이었다.

〈다음 권에 계속〉